I0761734

Crónicas del gato viajero

Crónicas del gato viajero

Hiro Arikawa

Traducción del japonés de
María Fuentes Armán

Lumen

narrativa

Papel certificado por el Forest Stewardship Council®

Título original: 旅猫リポート (*Tabineko ripôto*)

Primera edición con el título *A cuerpo de gato*: marzo de 2017
Primera edición con el título *Crónicas del gato viajero*: febrero de 2024

Printed in Spain – Impreso en España

ISBN: 978-84-264-3060-1
Depósito legal: B-20162-2023

Compuesto en la Nueva Edimac, S. L.
Impreso en Unigraf, S. L., Móstoles (Madrid)

H 4 3 0 6 0 1

Crónicas del gato viajero

Precrónica

Nosotros antes de emprender el viaje

«Soy un gato y todavía no tengo nombre...» He oído decir que en este país hubo un gato eminente que pronunció estas palabras.

No sé de qué grado de eminencia disfrutaba ese gato, pero, en lo referido al pequeño detalle de tener un nombre, a ese eminente gato le gano yo.

Que el nombre me guste o deje de gustarme es harina de otro costal, pues el hecho de que mi nombre no esté en consonancia con mi sexo va más allá de lo tolerable.

Me lo pusieron hará unos cinco años, al llegar a la edad adulta. Hay, dicho sea de paso, diversas teorías sobre cómo establecer la edad de los gatos en comparación con la de los humanos, pero, al parecer, la más común es considerar que el primer año de vida de un gato equivale más o menos a veinte años de un humano.

En aquella época, mi lugar favorito para tumbarme a dormir era el capó de una furgoneta de color plateado en el parking de un bloque de pisos.

Me gustaba porque allí nadie me ahuyentaba con humillantes «¡shuuuu!» «¡shuuuu!» ni cosas por el estilo. Aunque no sean más que monos grandes cuyo único mérito es andar erguidos, los humanos poseen una arrogancia sin límite.

¿Por qué, si dejan el coche a la intemperie, consideran intolerable que un gato se suba al capó? Y eso que los gatos tienen vía libre para ir y venir por cualquier parte donde puedan plantar sus patas. Pero no. En cuanto te descuidas y dejas una huella en un capó, hay tipos que corren desesperados a echarte de allí.

En cualquier caso, el capó de la furgoneta plateada era mi lugar favorito para dormir. Durante el primer invierno de mi vida, aquel capó dulcemente caldeado por el sol se convirtió en una estupenda calefacción por suelo radiante, un lugar privilegiado para echar la siesta.

Pronto llegó la primavera y completé felizmente el ciclo de las estaciones. Para los gatos es una bendición nacer en primavera. Las dos épocas de amor de los gatos son la primavera y el otoño, y casi ningún gatito nacido en otoño logra superar el invierno.

Estaba yo aovillado en el tibio capó cuando, de pronto, percibí una mirada intensa. Eché una rápida ojeada con los ojos entreabiertos y…

Un joven alto y desgarbado contemplaba arrobado mi silueta yaciente.

—¿Duermes siempre aquí?

Pues, sí. ¿Algo que objetar?

—¡Qué mono eres!

Sí. Ya me lo habían dicho.

—¿Puedo acariciarte?

Ni lo sueñes. Agité en el aire las patas delanteras en son de amenaza y el hombre torció el gesto. Y si te lo dijeran a ti, ¿qué? ¿No te fastidiaría que te sobaran cuando estás durmiendo?

—Vamos, que gratis, nada. ¿Es eso?

Bueno, veo que vas comprendiendo. Porque, si perturbas mi sueño, alguna compensación has de ofrecerme, ¿no? De pronto erguí la cabeza y le dirigí una mirada; entonces el hombre empezó a rebuscar en la bolsa que llevaba en la mano de una cadena de tiendas abiertas las veinticuatro horas.

—¡Uf! Algo que pueda comer un gato, a ver qué he comprado.

Cualquier cosa vale. Un gato callejero no le hace ascos a nada. Esas telillas de vieira, por ejemplo, no estarían nada mal. Olisqueé un envoltorio que asomaba por los bordes de la bolsa y el hombre me dio un golpecito en la cabeza mientras dibujaba una sonrisa irónica en los labios.

¡Eh! ¡Para!

Salida falsa. Te estás adelantando.

—No, eso no. Eso es malo para la salud. Además, es muy picante.

Lo de que es malo para la salud, aplícatelo a ti. ¿Crees acaso que un gato callejero, que no sabe si llegará a mañana, puede permitirse el lujo de preocuparse por la salud? Lo fundamental es llenarse la barriga, aquí y ahora.

Al final, el hombre sacó de un sándwich el filete de carne de cerdo empanado, le quitó el rebozado y me lo ofreció sobre la palma de la mano. ¿Quieres que me lo coma así, directamente? ¡Vaya con esa mano que intenta acortar distancias...! Aunque lo cierto es que no me ofrecen a menudo tanta carne y tan fresca, así que haré una concesión.

Mientras me comía a dos carrillos la carne rebozada, él hundió los dedos de la mano derecha, que tenía libre, en mi pelo, los deslizó desde debajo de la barbilla hasta la base del cráneo y me rascó con suavidad detrás de las orejas. Suelo permitir caricias someras de cualquier humano que me dé de comer, pero aquel hombre era notablemente hábil con las manos.

Si me das algo más, no me importará que me hagas cosquillas bajo el mentón. Restregué la cabeza contra la mano del hombre y... ¡hecho!

—Eso no, es un bocadillo de col. Toma esto.

Con una sonrisa triste, le quitó el rebozado al otro pedazo de carne del sándwich y me lo ofreció. No me importaría que me lo dieses tal cual, con el rebozado y todo. Eso llena la barriga.

A cambio de la ofrenda, dejé que me acariciara un buen rato. Ya era hora de ir echando el cierre. Me disponía a ahuyentarlo agitando las patas delanteras en el aire cuando soltó:

—Bueno, ¡hasta la próxima!

El hombre se me adelantó apenas un instante, retiró la mano y se fue. Subió sin más las escaleras del bloque de pisos.

¡Caramba! También era notablemente hábil eligiendo el momento oportuno.

Así fue nuestro primer encuentro. Lo del nombre vendría después.

* * *

De pronto, por las noches empezó a aparecer pienso para gatos debajo de la furgoneta plateada, detrás de las ruedas traseras. Un puñado justo, la ración suficiente para una comida diaria.

El hombre que había subido las escaleras del bloque de pisos lo dejaba, de improviso, durante la noche. Si yo me encontraba allí, a cambio él podía hacerme una caricia y luego se iba, pero cuando yo no estaba también dejaba su ofrenda.

Algunos días, muy de vez en cuando, algún gato se me adelantaba y se lo zampaba primero. Otros días, el hombre debía de haberse ido a alguna parte porque el pienso no aparecía aunque yo estuviera esperándolo toda la noche. Pero, por lo general, puedo decir que tenía asegurada una comida diaria con regularidad. Claro que los humanos son caprichosos y no se puede depender enteramente de ellos. Pertenece a la sabiduría ancestral de los gatos callejeros tener repartidas aquí y allá varias líneas de avituallamiento.

Éramos simples conocidos, nunca demasiado cerca ni demasiado lejos. Y cuando ya se había establecido esta entente con aquel hombre... la fatalidad cambió nuestra relación de una manera drástica.

El destino me asestó un duro golpe.

Una noche, al cruzar la calle, los brillantes faros de un coche me deslumbraron. Me disponía a salir corriendo cuando sonó un estridente claxon. Y eso tuvo consecuencias fatales.

Me asusté, apenas tardé un instante en reaccionar. Me faltó un pelo para escabullirme, pero el coche me pilló. El violento impacto me hizo volar por los aires... No sé qué diablos sucedió.

Fuera lo que fuere, el caso es que en menos que canta un gallo me encontré tirado entre los arbustos, a un lado de la calle. El cuerpo entero me dolía muchísimo, más que nunca. Pero estaba vivo.

¡Uf! ¡Qué horror!... Cuando me disponía a incorporarme solté un alarido de dolor. ¡Ay! ¡Ay! ¡Ay! Algo debía de sucederle a mi pata trasera derecha porque me dolía una barbaridad.

Con el culo pegado al suelo, retorcí la mitad superior del cuerpo e intenté lamerme la herida... ¡Oh, no! ¡Tenía el hueso al descubierto!

Siempre me había curado yo solo con la lengua todas las heridas, los mordiscos y los rasguños, pero ahora era imposible. El hueso se me salía de la pata y el dolor era espantoso. La verdad es que no sé por qué tenía que imponer tanto su presencia.

¿Qué hago? ¿Qué puedo hacer?… Alguien.

Necesitaba que alguien me ayudara. Aunque se supone que un gato callejero no tiene quien lo socorra.

En aquel momento me acordé del hombre que me dejaba comida por las noches.

¿Me ayudaría? Pese a que no estaba nunca demasiado cerca ni demasiado lejos y yo le permitía que me acariciara a razón de lo que me ofrecía… No, no.

Eché a andar arrastrando la pata con el hueso al descubierto. Solo del roce en el suelo, el hueso crujía, resentido. Me derrumbaba una y otra vez. Mis fuerzas flaqueaban, era imposible, no podía dar un paso más.

El bloque de pisos no estaba muy lejos, pero cuando por fin logré llegar a la furgoneta plateada, el cielo ya había adquirido una tonalidad lechosa.

Estaba exhausto, era imposible, no podía dar un paso más. Esta vez iba en serio.

Chillé todo lo que pude. Grité y grité, una y otra vez, hasta desgañitarme, hasta que acabó doliéndome la garganta. Es la pura verdad.

Entonces alguien bajó la escalera del bloque de pisos. Levanté los ojos y vi al hombre.

—¡Así que eres tú! Lo suponía.

Se me acercó corriendo con el semblante demudado.

—¿Qué te ha pasado? ¿Te han atropellado?

Me da un poco de vergüenza, pero he sido algo torpe, ¿sabes?

—¿Te duele? ¡Claro que debe de dolerte!

No hagas preguntas obvias, que me cabreo. Un poco de consideración con un gato herido, ¿no?

—Llamabas con tanta urgencia que me has despertado... Porque me llamabas, ¿verdad? Me llamabas a mí.

Te llamaba, sí. Te llamaba. Me he desgañitado llamándote. Eres un poco lento de reflejos, ¿lo sabías?

—Has pensado que yo te ayudaría, ¿verdad?

Sí, pero de mala gana. Me disponía a adoptar una actitud sarcástica cuando el hombre, vete tú a saber por qué, se emocionó.

—¡Qué listo has sido! Acordarte de mí...

Los gatos no nos ponemos sentimentales como los humanos. Pero, bien mirado, me parece que entiendo qué se siente.

Cuando creía que todo estaba perdido, me acordé de ti. Me dije que si conseguía llegar hasta aquí, alguna solución encontraría.

¿No? Porque tú me ayudarás, ¿verdad? Me duele tanto, tanto, que no lo puedo soportar.

El dolor es demasiado fuerte y tengo miedo. ¿Qué será de mí?

—Vale, vale. Todo se arreglará, ya lo verás.

El hombre me metió en una caja de cartón en la que había extendido una mullida toalla y me cargó en la furgoneta plateada.

Nos dirigimos a la clínica veterinaria. Omitiré los detalles que me llevaron a considerarlo el lugar funesto por excelencia. Para la mayoría de los animales, la clínica es un lugar al que no quieren volver tras visitarlo por primera vez, de modo que no tiene ningún sentido que me extienda sobre mi caso particular.

Al final, me quedé en casa de aquel hombre hasta que mis heridas sanaron. Era una casa pulcra y bien arreglada. Él vivía allí solo. En el vestidor del baño puso mi retrete, y en la cocina, mi plato de comida y mi tazón de agua.

Aquí donde me ven, soy un gato muy inteligente y bien educado, de modo que, una vez he aprendido cómo se usa el retrete, he dejado de hacer mis necesidades por ahí. Tampoco me afilo las uñas en los lugares donde me lo prohíben. Por lo visto, no podía hacerlo en las paredes ni en los pilares de la casa, así que opté por afilármelas en los muebles y en la alfombra. Porque la verdad es que el hombre no me dijo que fuera del todo imposible hacerlo en los muebles y en la alfombra. Al principio él ponía cara de consternación, pero soy un gato muy receptivo y soy capaz de apreciar la diferencia entre lo que es del todo imposible y lo que no lo es. Y en los muebles y la alfombra no era «del todo» imposible.

Debió de tardar un par de meses en soldarse el hueso y luego me quitaron los puntos. Mientras tanto, me enteré de cómo se llamaba aquel hombre:

Satoru Miyawaki.

Satoru, por su parte, durante todo ese tiempo me llamaba como se le antojaba: «tú», «gato», «gatito» y cosas así. Normal, teniendo en cuenta que yo no tenía nombre.

Claro que, aunque lo hubiera tenido, como Satoru no entendía mi lengua, tampoco habría habido modo de comunicárselo. Los humanos son poco prácticos, ¿verdad? Solo entienden su propia lengua. ¿Sabían ustedes que los animales somos multilingües?

Cada vez que yo quería salir a la calle, Satoru me disuadía con el rostro compungido y las cejas medio bajadas.

—Si sales, es posible que no vuelvas, ¿entiendes? Espera a estar curado del todo. No querrás ir toda la vida con un hilo en la pata, ¿no?

Estaba en un punto en que, soportando un poco el dolor, era capaz de andar con normalidad y, por otro lado, no me parecía un problema tan grande llevar un hilo en la pata, pero Satoru ponía tal cara de apuro que contuve durante dos meses mis ganas de salir a pasear. Además, lo cierto era que, cojeando como lo hacía, habría sido nefasto pelearme con algún gato rival.

Mis heridas no tardaron en curarse por completo.

Llegó el día en que maullé en el recibidor, donde siempre me retenía con cara de apuro, pidiéndole que me dejara salir. Estoy muy agradecido por tus cuidados, por todo lo que has hecho por mí. Contigo haré una excepción y, a partir de ahora, dejaré que me acaricies encima de la furgoneta plateada aunque no me ofrezcas nada a cambio.

En ese instante, Satoru no ponía cara de apuro, sino de tristeza. Ocurría como con los muebles y la alfombra: no era imposible del todo, pero... Aquella cara.

—¿Así que prefieres estar fuera?

¡Eh! ¡Eh! No pongas esa... esa cara.

No me hagas sentir triste por marcharme de aquí.

—Pensaba que quizá te quedarías en casa...

Esa opción no la había contemplado. Soy un auténtico gato callejero y la idea de convertirme en una mascota jamás se me había pasado por la cabeza.

Mi intención era que me cuidaras hasta que las heridas se curaran y después marcharme... No, es un poco distinto: pensaba que tenía que marcharme.

Porque, ya que debo irme de todos modos, ¿no es más elegante que decida marcharme yo que esperar a que tú, un buen día, me digas que ya va siendo hora de que recoja los trastos y me largue? Los gatos tenemos mucha clase.

Si querías que me quedara en esta casa... ¡podías habérmelo dicho!

Me escurrí por la puerta, que Satoru había abierto de mala gana. Me volví hacia él y maullé: ¡Miau!… ¡Ven!

Para ser un humano, Satoru intuía muy bien el lenguaje gatuno y, por lo visto, comprendió qué le estaba diciendo. Desconcertado, me siguió.

Era una clara noche de luna. Las calles estaban en absoluto silencio.

De un brinco me subí al capó de la furgoneta, feliz por haber recuperado la facultad de saltar. Acto seguido, salté al suelo y me revolqué tanto rato como me vino en gana.

El rabo se me erizó al ver un coche. El terror se me pegó al cuerpo y salí disparado con tanto ímpetu que pensé que se me saldrían todos los huesos. De pronto me descubrí escondido detrás de Satoru mientras él me miraba con una sonrisa en los labios.

Di una vuelta por el barrio acompañado por Satoru y regresé a la casa. Ante la primera puerta del primer piso solté un maullido: Miau… ¡Va! Ábreme.

Alcé la vista hacia Satoru y sonreía.

—Vuelves a casa.

Sí. Abre la puerta enseguida.

—¿Serás mi gato?

Sí. Pero alguna que otra vez daremos un paseíto, ¿eh?

Y así fue como me convertí en el gato de Satoru.

* * *

—Cuando era pequeño, tenía un gato igual que tú, ¿sabes?

Satoru sacó un álbum del armario empotrado.

—Mira.

El álbum estaba lleno de fotografías de un gato. Lo sé muy bien. A los humanos que hacen eso les llaman «chiflados por los gatos».

En efecto, el gato de la fotografía se parecía a mí. Casi todo el cuerpo era blanco y tenía unas notas de color en la cara y el rabo. En la cara, dos manchas, y el rabo formaba un gancho de color negro. La inclinación del gancho era opuesta a la mía, pero la forma de las manchas de la cara era idéntica.

—Como en la frente tenía dos manchas con la forma del número ocho, lo llamé Hachi.

Vaya manera más facilona de bautizar al prójimo. Me preocupé un poco al pensar qué nombre me pondría.

Qué haría si se le ocurría llamarme Kyū, que significa «nueve». Como el nueve va después del ocho…

—¿Qué te parece Nana?

Nana, «siete». ¡Vaya! ¿Una resta? Eso sí que no me lo esperaba. Me pilló un poco desprevenido.

—Sí. Es que la dirección del gancho es opuesta a la de Hachi, y al mirarte desde arriba parece el número siete.

Al parecer, era cosa de rabos.

¡Eh! ¡Eh! ¡Espera un momento! Nana es un nombre de chica cien por cien. Y yo soy muy macho. ¿Cómo ves esa combinación?

—Está muy bien, ¿verdad?, lo de Nana. Lucky Seven. Es un nombre de buen augurio.

¡Pero, oye! ¡Escucha a quien te habla!, maullé. Pero Satoru se limitó a hacerme cosquillas en la barbilla sonriendo de oreja a oreja.

—¿Te gusta a ti también?

¡Noo!… Eso de hacer preguntas mientras me haces cosquillas en la barbilla debería ser falta, ¿no? Sin darme cuenta, me había puesto a ronronear y…

—¿Así que te gusta? ¡Vaya!

¡Que nooo….!

No tuve oportunidad de deshacer el malentendido —no dejó de acariciarme en todo el rato, el condenado— y me quedé con el nombre de Nana.

—Tenemos que mudarnos.

Por lo visto, en aquel bloque no se permitían mascotas y él había acordado con el dueño que solo me daría cobijo mientras se me curaban las heridas. Satoru se mudó a otro piso en el mismo barrio y me llevó consigo. Puede resultar raro que lo diga yo, siendo un gato, pero eso de cambiarse de casa solo por mí es ser un redomado «chiflado por los gatos».

Y así empezó nuestra vida en común. Como compañero de piso de un gato, Satoru era irreprochable, y también yo era un gato irreprochable como compañero de piso de un humano.

Logramos que las cosas marcharan bien durante cinco años.

* * *

Como gato, yo estaba en plena edad adulta y Satoru había rebasado ya los treinta años.

—Nana, lo siento.

Satoru me acarició la cabeza con aire apesadumbrado. Vale, vale. No te preocupes.

—Siento mucho que haya pasado eso.

No hace falta que sigas. Soy un gato muy comprensivo.

—No tenía la menor intención de separarme de ti.

La vida humana te sorprende por donde menos te lo esperas.

Dejar de vivir contigo solo significa retroceder cinco años. Como si, al curarme, después de que se me saliera el hueso de la pata, te hubiera dicho adiós y me hubiese largado. Ya ves, no pasa nada. He tenido un período de inactividad, pero puedo volver a la calle a partir de mañana mismo.

No he perdido nada de nada. En cambio, he conseguido un nombre, Nana, y cinco años a tu lado. Así que no pongas esta cara de apuro.

Los gatos nos tomamos con estoicismo lo que nos sucede.

Solo incumplí la regla cuando me rompí la pata y acudí a ti.

—Anda, vamos.

Satoru abrió la puerta del transportín y dócilmente me metí dentro… En los cinco años que había vivido con él me había convertido en un gato sensato. Por ejemplo, cuando me llevaba a la clínica veterinaria, lugar funesto por excelencia, no armaba jaleo ni me negaba a que me metiera en el transportín.

Anda, vamos. Había sido un gato irreprochable como compañero de piso de Satoru, y ahora sería también un irreprochable compañero de viaje para él.

Satoru montó en la furgoneta sosteniendo mi transportín en la mano.

Crónica 01

Kōsuke

«¡Hola! ¡Cuánto tiempo sin vernos!»

Así comenzaba el mensaje.

Lo enviaba Satoru Miyawaki, un amigo de la infancia que se había ido a vivir a otra ciudad cuando ambos estaban en primaria. Después se había mudado varias veces de ciudad, pero nunca habían perdido el contacto e, incluso ahora, rebasados los treinta años, mantenían su relación casi de milagro.

Aunque entre un encuentro y otro hubiera interrupciones de varios años, en cuanto volvían a verse conversaban como si se hubieran visto el día anterior. Esa era la clase de amistad que los unía.

«Siento pedírtelo así, tan de repente, pero ¿te importaría hacerte cargo de mi gato?»

Añadía que lo quería mucho, pero que las circunstancias lo obligaban a separarse de él y que estaba buscando a alguien que pudiera cuidarlo. No daba detalle alguno sobre las circunstancias insoslayables que mencionaba. Pero añadía que, si se decidía a quedárselo, se lo llevaría a su casa para ver si ambos congeniaban.

Adjuntaba dos fotografías. El gato tenía dos manchas en la frente que dibujaban el número ocho.

—¡Caramba! —exclamó el amigo—. ¡Pero si es idéntico a Hachi!

El gato de la fotografía se parecía mucho al que un día, hacía ya muchos años, ellos habían recogido en la calle.

Al pasar en *scroll* a la imagen siguiente, apareció un primer plano de la cola. Una cola de color negro con un gancho en forma de siete. «He oído decir que los gatos de rabo curvo pescan la buena suerte con la cola», recordó.

Pero ¿quién se lo había dicho? Siguió el hilo de sus recuerdos y, de pronto, se quedó sin aliento. Se lo había contado su esposa, que se había marchado a casa de sus padres, y él no sabía cuándo volvería.

«Quizá…, es posible que ya no regrese nunca…» Poco a poco, sin tener apenas conciencia de ello, se había ido resignando a la idea de que quizá no volviera jamás.

«Si en casa hubiésemos tenido un gato como este, con la cola torcida, tal vez todo habría sido distinto…» Una idea absurda pasó por su mente.

Las migajas de felicidad que reunía la cola ganchuda. Si un gato como aquel hubiera rondado por la casa, quizá la convivencia habría sido más fácil… aunque no tuvieran hijos.

«Sí. Podría quedármelo», se dijo. El gato de la fotografía era un precioso animal que se parecía a Hachi, tenía la cola en forma de gancho y, por otra parte, hacía tanto tiempo que no veía a Satoru…

«Un amigo me ha preguntado si puedo quedarme su gato, ¿qué te parece?» Este fue el mensaje que le envió a su esposa y su respuesta fue: «Haz lo que te parezca». Una respuesta muy fría, aunque, teniendo en cuenta que no había dado señales de vida hasta entonces, esa podía ser una buena señal.

«Al final, me he quedado con el gato de mi amigo, ¿no te gustaría conocerlo?» Si se lo decía con estas palabras, tal vez lograra convencer a su esposa, ya que a ella le gustaban mucho los gatos. «Me lo he quedado, pero lo cierto es que no sé muy bien cómo cuidarlo.» Tenía la impresión de que si se lo imploraba, ella volvería, ya no por él sino por el gato.

«Mi padre no los soporta. No podrá ser», habría dicho antes. Al descubrirse a sí mismo considerando la opinión de su padre, chasqueó la lengua.

Así se perdía el cariño de una esposa. Y eso que no había necesidad de preocuparse por las opiniones de su padre, ahora que la tienda ya estaba a su nombre.

El rechazo que sintió hacia el padre acabó de decidirlo, y Kōsuke Sawada presentó su candidatura a adoptar el gato de su amigo de la infancia.

Satoru Miyawaki no tardó en aparecer. Llegó el primer día libre de la semana siguiente, montado en la furgoneta plateada y acompañado por su adorado gato.

* * *

Al oír el motor del vehículo, Kōsuke salió a la entrada de la tienda. Justo en aquel instante, Satoru estaba maniobrando para meter la furgoneta en el aparcamiento.

—¡Hola, Kōsuke! ¡Cuánto tiempo sin vernos!

Satoru detuvo la mano con la que hacía girar el volante y la agitó con energía por la ventanilla del conductor, abierta de par en par.

—¡Vamos, hombre! ¡Mete el coche ya de una vez!

Kōsuke lo apremió con una sonrisa burlona. Hacía tres años que no se veían, pero les embargaba la misma alegría de siempre. Nada había cambiado desde su infancia.

—Podrías haber aparcado en la punta. Cuesta mucho meterlo aquí.

Bajo un tejadillo había tres plazas de aparcamiento para los clientes y Satoru había dejado el coche en la más cercana a la puerta. Como, junto a la entrada, había una caseta que reducía el espacio, los clientes solían aparcar en la primera plaza libre que encontraban a partir del otro extremo. El vehículo de la casa estaba en el jardín trasero sin pavimentar.

—¿Y si viene un cliente, qué?

—Hoy no está abierto. ¿Es que no te acuerdas?

El estudio fotográfico que regentaba Kōsuke, heredado de su padre, cerraba los miércoles. Kōsuke se había mostrado dispuesto a tomarse libre el sábado o el domingo para recibir a su amigo, que trabajaba en una empresa, pero finalmente fue Satoru quien pidió fiesta para adecuarse al día libre de Kōsuke, ya que, al fin y al cabo, era él quien iba a pedirle un favor.

«¡Ostras! ¡Es verdad.» Satoru salió del coche rascándose la cabeza antes de sacar de los asientos traseros un transportín para gatos.

—¿Ese es Nana?

—Sí. Ya te envié la foto. Como tiene la cola en forma de siete... Es un nombre bonito, ¿verdad?

—Bueno, lo cierto es que tienes un método peculiar para bautizar a los gatos. Como hiciste antes con Hachi.

Tras hacerlos pasar a la sala de estar, Kōsuke quiso verle la cara a Nana, pero el gato se limitó a lanzar un gañido malhumorado dentro del transportín: no parecía que tuviera intención alguna de salir de allí. De nada le sirvió a Kōsuke atisbar en su interior, pues solo vio un culo blanco con una cola ganchuda de color negro.

—¡Vaya! ¿Qué le pasa? ¡Naaana! ¡Naniiita!

Satoru intentó calmar al gato hablándole con voz meliflua

—Lo siento. Debe de estar nervioso. Es normal, está en una casa que no conoce. En cuanto pase un rato se tranquilizará.

Dejaron la puerta del transportín abierta y se dedicaron a ponerse al día de los avatares de sus respectivas vidas.

—Supongo que no tomarás alcohol, si tienes que conducir. ¿Qué te apetece? ¿Café? ¿Té inglés?

—Un café me vendrá bien.

Kōsuke preparó el café y lo sirvió.

—Y tu esposa, ¿no está en casa? —preguntó Satoru como quien no quiere la cosa, al coger la taza.

En un primer instante, Kōsuke sintió la tentación de mentir, pero se sintió tan incómodo al tratar de inventarse una excusa que abandonó su propósito.

—Se ha ido a casa de sus padres por una temporada.

—¡Ah!

En el rostro de Satoru se dibujó una expresión indefinible, como si quisiera decir: «Lo siento. No tenía la menor idea de que tuvieras problemas…».

—¿Puedes tomar una decisión tú solo sobre el gato? No quisiera que cuando tu esposa vuelva riñáis por su culpa…

—A mi mujer le gustan los gatos. Si me lo quedo, quizá sirva más bien de anzuelo para que ella vuelva.

—Es que los gatos tiran mucho, creo yo.

—Le envié la foto de Nana y le pregunté qué le parecía, me respondió que hiciera lo que quisiera.

—Vaya. Imagino que eso debe de ser un sí.

—De hecho, este ha sido el único mail que me ha respondido desde que se marchó.

Que gracias al gato quizá su mujer regresara a casa lo había dicho en broma, pero lo cierto es que confiaba en que así ocurriera.

—Si vuelve, puedes estar seguro de que no agarrará al gato por el pescuezo para echarlo a la calle y, si no vuelve, me encargaré yo de él. En cualquiera caso, no hay problema.

—Ya. —Satoru se calló.

Había llegado el turno de preguntas de Kōsuke.

—Ahora cuéntame tú. ¿Por qué no puedes seguir ocupándote de Nana?

—Bueno…, es que…

Satoru se rascó la cabeza sonriendo con cara de apuro.

—Es que ha pasado algo y ahora mismo no me lo puedo permitir.

Kōsuke cayó en la cuenta. Ya le pareció que algo no cuadraba cuando Satoru, pese a trabajar en una empresa, le dijo que podía tomarse el día libre para ir a visitarlo en mitad de la semana.

—¿Te han despedido?

—Sí, bueno…, no puedo permitírmelo.

Kōsuke no quiso atosigar a Satoru, que le respondía con evasivas. Todo indicaba que no le apetecía demasiado hablar del tema.

—En todo caso, tengo que hacer algo con Nana y estoy ofreciéndolo a todos mis amigos.

—¡Vaya! ¡Pobre!

Al oírlo todavía le entraron más ganas de quedarse con el gato. Así ayudaría a alguien y, ante todo, se trataba de Satoru.

—¿Y tú? ¿Seguro que no necesitas nada más? ¿Qué vas a hacer ahora?

—Gracias. Si le encuentro un hogar a Nana, estará todo bien.

Notó que no debía hurgar más en el tema. Porque decirle: «Si puedo hacer algo, ya sabes...» quizá fuera meterse donde no le llamaban.

—Lo cierto es que, cuando vi la foto, me quedé pasmado. Es clavado a Hachi.

—Al natural aún se le parece más.

Satoru echó un vistazo al transportín, que estaba a sus espaldas, pero Nana no tenía la menor intención de asomarse.

—A mí también me sorprendió cuando lo vi por primera vez. Por un segundo, me pregunté si no sería el mismo Hachi.

Aquella risa despreocupada que venía a decir: «Vaya tontería, ¿no? ¡Como si eso fuera posible!» hizo que a Kōsuke le doliera el alma.

—¿Qué fue de Hachi?

—Murió cuando ya estábamos en el instituto. Me lo dijo su dueño. En un accidente de tráfico, por lo visto.

Para Satoru, aquella noticia debió de ser más dura todavía. ¿Dónde se encontraba cuando la recibió?

Puesto que ambos lo conocían, al menos hubieran podido compartir el dolor de su pérdida.

—Perdona. Es que estaba tan triste que no podía pensar en nada más.

—¡No seas tonto! No hace falta que te disculpes.

Kōsuke hizo ademán de darle un golpecito en las costillas y Satoru lo esquivó echándose hacia un lado.

—Vaya, el tiempo pasa volando. Parece que fue ayer cuando encontramos a Hachi en la calle. ¿Lo recuerdas?

—¿Que si lo recuerdo?... ¡Como si pudiera olvidarlo! —Kōsuke esbozó una sonrisa sarcástica y Satoru sonrió avergonzado.

* * *

Muy cerca del barrio donde se encontraba el estudio fotográfico Sawada, a lo largo de la suave cuesta que conducía a la parte alta de la ciudad, había una zona residencial. Treinta años atrás había gozado de gran prestigio por la novedosa distribución del terreno, y en la urbanización se alineaban casas en venta y pisos de cierta elegancia. Entre ellos estaba la pequeña y acogedora casa de vecinos donde vivía Satoru con sus padres.

Cuando estaban en segundo de primaria ambos empezaron a ir juntos a la misma academia de natación. Desde pequeño, Kōsuke había tenido tendencia a la dermatitis atópica y su madre, que creía que nadar curtía la piel, lo obligaba a ir a natación. En el caso de Satoru, la razón era otra. Nadaba tan veloz que se rumoreaba que tenía los dedos palmeados y entró en la academia porque los profesores del colegio le aconsejaron que aprendiera natación de un modo sistemático.

Satoru era muy bromista y en los ratos muertos se arrastraba por el fondo de la piscina como una salamandra, emergía de repente y se abalanzaba sobre los otros alumnos, asustándolos. Como no hacía más que payasadas, los profesores de la academia se enfadaban con él y le decían: «¡Eh, tú! ¿Acaso eres un kappa?», y al final Kappa pasó a ser su apodo. Otras veces los profesores se dirigían a él diciéndole: «¡Eh, tú, Palmípedo!».

Con todo, al empezar la clase, Satoru iba al grupo avanzado, donde solo estaban los niños más preparados, mientras que Kōsuke pertenecía al grupo ordinario, que reunía a los atópicos.

Pese a los constantes «Kappa» y «Palmípedo», Satoru tenía mucho estilo cuando nadaba dando enérgicas brazadas. A pesar de que eran muy buenos amigos, Kōsuke sentía cierta envidia hacia Satoru. Se decía: «¡Ojalá yo también fuera como él!». Sin embargo, cuando Satoru se abría la frente al dar contra el fondo de la piscina por haberse zambullido haciendo el payaso y otras cosas por el estilo, su envidia se esfumaba en un santiamén y de golpe recobraba la sensatez.

En aquella ocasión, la casualidad hizo que, poco antes, la aguja hubiera oscilado hacia el lado de la envidia.

Era a principios de verano, dos años después de que hubieran empezado a ir juntos a natación. Kōsuke llegó primero al pie de la cuesta de la zona urbanizada donde se encontraban siempre de camino a la escuela, de modo que fue él quien descubrió la caja.

Estaba debajo de un cartel con el mapa de la zona y, de aquella caja de cartón, salía un maullido.

Al abrirla medrosamente, vio dos bolitas blancas cubiertas de pelusilla con unas motas negras y marrones aquí y allá. Les clavó los ojos sin decir palabra. ¡Qué animales tan blandos y qué poca confianza le inspiraban! ¿Podría siquiera tocarse algo tan pequeño?

—¡Oh! ¡Gatos!

Era la voz de Satoru que le llegaba por encima de su cabeza.

—¿De dónde los has sacado? —Al decirlo, se acuclilló a su lado.

—Estaban aquí.

—¡Qué monos son!

Durante un rato, ambos deslizaron con vacilación los dedos sobre aquellas bolitas peludas.

—¿Los cogemos? —dijo Satoru enseguida.

«Eres alérgico, no puedes tocar animales.» La vieja cantinela de su madre le vino a la mente pero Satoru los estaba tocando y él no se quedaría atrás. Para empezar, había sido él quien los había visto primero.

Los levantaron y los sostuvieron sobre las palmas de las manos… ¡Qué poco pesaban! Los habrían acariciado eternamente, pero si se quedaban más rato llegarían tarde a la clase de natación. Ya iba siendo hora. Tenían que irse. Tenían que irse ¡ya! Se pusieron en marcha apenados por tener que separarse de los gatitos.

Ya pasarían a la vuelta para ver cómo estaban. Y corrieron a toda velocidad por el camino hacia la escuela.

Por poco, no lograron llegar a tiempo y el profesor les dio a ambos un coscorrón.

Al acabar la clase, echaron a correr a toda velocidad, ahora por el camino de vuelta, hasta el pie de la cuesta de la urbanización.

La caja seguía bajo el cartel, pero ya no había dos gatitos sino uno. Alguien se había llevado el otro.

Les dio la impresión de que el destino de aquel gatito estaba en sus manos. Las manchas negras y marrones que tenía en la frente dibujaban el número ocho. Y el rabo era curvado de color negro.

Se sentaron junto a la caja y se quedaron mirando de hito en hito al gatito, que dormía plácidamente hecho un ovillo.

¿A qué niño no le habrían entrado ganas de quedarse con un animalito tan pequeño y suave como aquel?

«¿Qué pasaría si me lo llevara a casa?» Kōsuke comprendió que tanto él como Satoru estaban dándole vueltas a la misma idea.

«A mí me gustaría llevármelo, pero con lo de la alergia, seguro que mi madre dirá que no. Además, a mi padre no le gustan los animales…»

Frente a las múltiples zozobras de Kōsuke, Satoru fue rápido en tomar su decisión.

—… Voy a pedírselo a mi madre, a ver qué me dice.

—¡Vaya morro tienes!

Aquel reproche era producto del resquemor surgido en una clase anterior. La chica que a Kōsuke le gustaba, al ver a Satoru nadando en el grupo avanzado, había murmurado: «¡Qué guapo es!».

Satoru nadaba rápido, no tenía alergia y, como su padre y su madre eran cariñosos, si se llevaba el gato a casa, seguro que le permitirían quedárselo. No solo la chica que le gustaba a él había dicho que Satoru era guapo, sino que, para colmo, él se quedaría con aquel animalito tan blando y suave, ¿existía en el mundo mayor injusticia?

Al oír que su amigo lo calificaba de caradura, Satoru se sintió tan desconcertado como si de pronto le hubieran dado una bofetada. Con solo ver su cara de confusión, Kōsuke sintió remordimientos.

—… Es que yo lo he visto primero.

Ante el pretexto que Kōsuke se había sacado de la manga, Satoru repuso lleno de buena fe:

—Perdona. Tú lo has visto primero, Kō-chan. El gato es tuyo.

Avergonzado de sí mismo por haber descargado de manera injusta su furia contra Satoru, a Kōsuke no le quedó otra opción que asentir con aire ofendido. Se despidió de su amigo con cierta tirantez y volvió a casa con la caja de cartón bajo el brazo y el gatito en su interior.

Para su sorpresa, su madre accedió a que el gato se quedara en su casa.

—Quizá es por la natación, pero lo cierto es que últimamente no has tenido urticaria. Además, la última vez que fuiste a casa de tu tío, su gato no te produjo ninguna erupción. Si te comprometes a mantenerlo limpio, podemos quedarnos con él.

Pensándolo bien, en los últimos tiempos su madre había dejado de darle la lata con lo de la alergia. Tampoco había tenido que ir al hospital.

Quien sí supuso un obstáculo infranqueable fue su padre.

—¡No, no y no! ¡Un gato, pero qué te has creído!

Cuando su padre empezaba así, no había nada que hacer.

—Y cuando se afile las uñas dentro de casa, ¿qué?, ¿eh? ¡Y no es que salga gratis, digo yo! ¡Yo no me dedico a llevar el negocio adelante para alimentar gatos!

Incluso la madre le rogó que accediera, pero eso, al parecer, no hizo más que acrecentar su disgusto. El padre se fue empecinando más y más hasta que, al final, echó de casa a su hijo a gritos ordenándole que, antes de cenar, dejara el gato donde lo había encontrado.

Con la caja de cartón del gatito bajo el brazo, caminó lloroso hasta el pie de la cuesta de la urbanización.

Dejar la caja debajo del rótulo con el mapa… No. No podía hacer algo así. Hacía un rato se había despedido de Satoru con frialdad y se sentía avergonzado, pero, aun así, Kōsuke se dirigió a su casa.

* * *

—Traigo el gato, mi padre dice que no…

Cuando logró decírselo a Satoru, que había salido a la entrada, este asintió con un movimiento de la cabeza: «Vale».

—Déjalo en mis manos. ¡Tengo una buena idea!

En cuanto lo dijo, se metió corriendo en casa. Kōsuke aguardó. Suponía que Satoru había ido a pedirle a su madre si podía quedarse con el gato, pero poco después volvió a salir cargando al hombro la bolsa de deporte que solía llevar para ir a clases de natación.

—Satoru, ¿adónde vas con eso? Cuando vuelva tu padre, cenaremos enseguida.

—¡Empezad sin mí! —dijo mientras se ponía los zapatos en el recibidor—. Es que me escapo de casa con Kō-chan. Ya volveré.

—¡¿Qué?!

Era la primera vez que Kôsuke oía alzar la voz a aquella señora tan distinguida y cariñosa.

—¡Satoru! ¡¿Se puede saber de qué estás hablando?!

Nerviosa y aturdida, la mujer se asomó precipitadamente a la puerta de la cocina, donde al parecer estaba friendo *tempura*.

—Kō-chan, ¿qué significa eso?

De nada había servido preguntárselo a Kōsuke, porque él tampoco tenía la menor idea y también había exclamado: «¡¿Qué?!».

—No se preocupe —dijo, y abandonó la casa, arrastrado por Satoru, que le tiraba de la mano.

—Leí hace poco un libro, ¿sabes? Contaba la historia de un niño que había recogido un perrito. Su padre se enfadaba con él y le mandaba que lo dejara donde lo había encontrado. Pero el niño no podía abandonarlo, así que se escapaba de casa. A medianoche, el padre iba a buscarlo y le decía que si quería tenerlo en casa tendría que ocuparse del perrito. Y al final le daba permiso para quedárselo.

Excitado, Satoru le contó con pelos y señales el argumento del libro.

—Es lo mismo que te pasa a ti, Kō-chan. ¡Seguro que saldrá bien! ¡Solo que, en vez de un perrito es un gatito! ¡Además, yo te ayudaré!

Lo de que el perrito se convirtiera en gatito podía pasar. En cuanto a lo de contar con la ayuda de Satoru, a Kōsuke le daba la impresión de que eso no salía en el libro. Con todo, le tentaba la idea de que, si llegaba al punto de fugarse de casa, quizá hasta su padre se ablandara, aunque solo fuese un poco.

Así que decidió seguir a su amigo y ver qué pasaba. Primero fueron juntos a comprar comida para gatos en una tienda abierta las veinticuatro horas. Al pedir algo que pudiera comer un gatito, el joven dependiente con el pelo teñido de rojo les dio una latita de comida triturada para gatos y les dijo: «Creo que podrá tragar esto sin problemas». El aspecto de aquel dependiente daba miedo, pero contra toda previsión resultó ser una buena persona.

Luego tocaba la cena en el parque de la urbanización. Satoru había llevado comida, pan y pasteles de casa, y comieron lo que les apeteció. Al gatito le abrieron la latita.

—El libro decía que iban por ellos a la medianoche, así que si no resistimos hasta alrededor de las doce, quizá no funcione.

Satoru, que no había descuidado ningún detalle, se había llevado hasta un despertador.

—Si vuelvo tan tarde, mi padre se enfadará muchísimo…

—¡Pero qué dices! ¡Si lo estamos haciendo por el gato! ¿O no? ¡Al final te dará permiso para quedarte el gatito, ya verás!

«Sí, ya. El permiso lo da el padre del libro que leíste, ¿pero el mío…?» Apabullado por el exceso de entusiasmo de Satoru, Kōsuke fue incapaz de replicarle: «Creo que mi padre es muy distinto. ¿Estás seguro de que no habrá problema?»

Mientras permanecían en el parque matando el tiempo y haciendo carantoñas al gatito, algunas mujeres del barrio que paseaban al perro o que habían salido a dar una vuelta se sorprendieron al verlos.

—¡Vaya! ¿Qué estáis haciendo aquí solos a estas horas? Vuestras familias estarán preocupadas.

En el barrio los conocían demasiado. ¿No habría sido, quizá, desacertada la elección de aquel lugar? Kōsuke abrigaba vagas sospechas de que así era, pero a Satoru no parecía importarle.

—No se preocupe, señora. ¡Solo nos hemos fugado!

—¿Ah, sí? Volved a casa ahora mismo.

No. Esa no era la manera correcta de fugarse de casa. Aunque Kōsuke desconocía cuál era la mejor manera de hacerlo, sabía con certeza que no era aquella.

Cuando ya se habían dirigido a ellos cinco mujeres, Kōsuke expuso finalmente sus objeciones al plan de su amigo.

—Satoru, creo que esta no es la manera correcta de irse de casa.

—¿Qué? Pero es que en el libro el padre iba a buscarlo al parque.

—Ya. Pero creo que de esta manera no tiene sentido.

Si se fugara de casa, quizá su padre se compadeciese de él y le permitiera quedarse con el gato... Eso había pensado, pero, tal como iban las cosas, a aquel final seguro que no llegaban.

—¡Satoooru! —oyeron gritar.

Era la madre de Satoru que se acercaba.

—Es tarde. ¡Vuelve a casa! ¡Y tú también, Kō-chan, tu familia estará preocupada!

—¡Pero es que...! —dijo Satoru temblando de excitación—. ¡Mira que encontrarnos tan pronto!

—¡¿Pensabas que no nos encontrarían?!

Lo sorprendente era aquello. Seguro que todas las mujeres que se les habían acercado, todas sin excepción, habían pasado por casa de Satoru y le habían dicho a su madre: «Su hijo todavía está jugando en el parque, ¿lo sabe usted?».

—¡Perdona, mamá! ¡Pero todavía no podemos volver! —Y dirigiéndose a su amigo, Satoru añadió—: ¡Vamos, Kō-chan!

Se puso bajo el brazo la caja de cartón con el gatito y echó a correr. Llegados a ese punto, también Kōsuke debía seguir adelante. Tenía la impresión de que la historia que le había contado Satoru ya no tenía mucho que ver con ellos, pero las cosas aún podían cambiar.

Sin embargo, cuando bajaban la cuesta de la urbanización a la carrera, ignorando las advertencias de la madre de Satoru, alguien exclamó:

—¡¡Eh, tú!!

Aquel bramido, que más bien parecía un trueno, era del padre de Kōsuke. Ya no habría cambios. Kōsuke se estaba preguntando si no sería mejor pedir perdón cuando Satoru gritó:

—¡El enemigo!

Aquello era a todas luces excesivo.

—¡Huyamos!

Del argumento del cuento de la fuga de casa ya no quedaba nada. ¿Cuál sería el final de su historia? Como Kōsuke aún no lo conocía, lo único que podía hacer era seguir a Satoru, que corría muy seguro de sí mismo.

En cuanto doblaron la primera esquina, dejaron atrás al padre de Kōsuke, un candidato a padecer el síndrome metabólico poco acostumbrado al ejercicio físico; sin embargo, como habían salido a la carretera no podían ocultarse en ninguna parte.

—¡Kō-chan! ¡Aquí!

Satoru entró precipitadamente en la tienda donde habían comprado la comida para el gato. En el interior había algunos clientes leyendo de pie, y el dependiente de pelo rojo reponía con desgana el género en los estantes.

—¡Escóndenos, por favor, que nos persiguen!

Al oír la súplica extemporánea formulada a voz en grito, el dependiente los miró con cara de sorpresa.

—¡Si nos alcanzan, lo abandonarán!

Del interior de la caja de cartón que Satoru tendía al dependiente con gesto dramático, salió un maullido parecido a una sirena. Al correr habían agitado la caja de un lado a otro y el gatito debía de estar muy asustado.

El dependiente clavó la mirada en la caja de cartón y empezó a avanzar en silencio hacia el fondo de la tienda. Dio unos pasos, se volvió hacia ellos y con un gesto de la mano les indicó que se acercaran. Entraron en la trastienda y les mostró la puerta trasera.

—¡Gracias!

Satoru echó a correr seguido de Kōsuke. Kōsuke se volvió y dirigió una rápida inclinación de cabeza al dependiente, que, aún con el semblante hosco, agitó la mano en señal de despedida.

* * *

Y así continuaron huyendo, pero el radio de acción de los niños es bien conocido por todos y acabaron refugiándose en la escuela. El alboroto que armó la extravagante fuga proyectada por Satoru corrió de voz en voz entre los vecinos y, acosados por los adultos que los perseguían, los dos niños entraron en el recinto del colegio a oscuras.

Todos los alumnos sabían que había una ventana medio rota que cerraba mal y la forzaron. Los adultos, que no sabían por dónde entrar, corrían de un lado a otro a las puertas de la escuela mientras los dos niños, ignorándolos, subieron a la carrera hasta la última planta.

Una vez en la azotea, dejaron en el suelo la caja de cartón que contenía el gatito.

—¿Crees que estará bien, con tantas sacudidas?

Abrieron la caja que guardaba un absoluto silencio y encontraron al gato hecho un ovillo en un rincón. Kōsuke lo palpó con miedo.

«¡¡Miau!!»

Aquel fue el maullido más potente que había soltado hasta entonces.

—¡Chist! ¡Cállate!

Trataron de apaciguarlo, pero, por lo general, los gatos no atienden a razones. Ambos eran presa de un gran nerviosismo cuando…

—¡Se ha oído un gato!

—¡En la azotea!

Los adultos empezaron a agruparse debajo.

—¡Kōsuke! ¡¿Quieres dejar de hacer disparates de una vez?!

Aquel bramido, procedente del padre de Kōsuke, se elevó por encima de los demás. A juzgar por el tono de su voz, en cuanto lo pillara lo molería a palos. Eso era lo que venía a continuación.

—¡Todo ha salido fatal! ¡Eres un mentiroso! —recriminó Kōsuke a Satoru con los ojos bañados en lágrimas.

—¡No, todavía no podemos rendirnos! A partir de ahora, ¡cambio total!

—¡Seguro que nos pillarán! ¡Ya verás lo que nos espera!

Desde abajo volvió a alzarse una voz:

—¡Satoru, baja!

Al parecer, también el padre de Satoru se había sumado a las filas de los perseguidores.

—Por esta escalera de incendios se puede subir.

Alguien había hablado más de la cuenta. Y el padre de Kōsuke, a quien la sangre se le había subido a la cabeza y ardía en cólera, había empezado a trepar.

—¡Todo está perdido! ¡Ahhh!

Aterrado, Kōsuke no sabía qué camino tomar, pero Satoru corrió hasta el muro bajo que rodeaba la azotea y se asomó sacando medio cuerpo fuera.

—¡No suba…! ¡Como usted suba, él salta…!

Abajo, los adultos se agitaron sobrecogidos. Al unísono se elevó un rumor.

—¡Es lo que dice Kōsuke…!

—¡¡¡¿Queeé?!!!

Quién más alzó la voz fue el propio interesado:

—¡¿Pero qué te estás inventando, Satoru?!

Cuando Kōsuke le llamó la atención, Satoru levantó el dedo pulgar, sonriendo de oreja a oreja, como diciendo «¡Cambio total!». Aunque, ese cambio total Kōsuke no lo deseaba en absoluto.

Aun así, surtió efecto y su padre se detuvo.

—¿Es verdad lo que dices, Satoru? —preguntó su madre gritando desde abajo.

—¡Es verdad! ¡Es verdad! —respondió Satoru gritando a su vez. ¡Se ha quitado los zapatos!

Desde abajo se alzó un alarido de pánico.

—¡Kōsuke, no hagas tonterías! —dijo el padre de Satoru.

—¡¡Déjate de bromas!! —exclamó el padre de Kōsuke. Estaba tan encolerizado que incluso desde arriba podía verse el humo que echaba por las fauces—. ¡Basta de memeces de niño malcriado! ¡Ahora mismo subo y te bajo a rastras!

—¡No, señor! ¡La determinación de Kō-chan es firme! ¡Si usted sube, está decidido a cometer un doble suicidio con el gato!

Satoru, entregado por completo a aquellos amagos estratégicos, se volvió hacia Kōsuke con expresión grave.

—¿Por qué no te asomas por encima de la pared, Kō-chan?

—¿Qué? ¡Ni pensarlo! ¿Quieres hacerme el favor de dejar de arriesgar mi vida como te da la gana?

—¿Pero quieres quedarte con el gato o no?

—Sí, claro que lo quiero, pero…

¿Era imprescindible jugarse la vida para tener un gato? Allí había algo que no acababa de funcionar. Algo muy raro. Para empezar, el relato que Satoru había leído seguro que no acababa con el niño saltando al vacío con el perro en brazos.

—Antes que eso, sería mejor que te lo quedaras tú, ¿no te parece?

—¿Eh? —Satoru se quedó boquiabierto—. ¡¿Podría quedarme yo el gato?!

—Pues diría que lo normal es que a uno se le ocurra eso antes que hacer que su amigo se suicide con el gato, ¿no crees?

—¡¿Qué?! Si te parecía bien que me lo quedara podrías habérmelo dicho antes. Con el rostro rebosante de alegría, Satoru gritó, dirigiéndose hacia abajo:

—¡Papá! ¡Mamá! ¡Kō-chan dice que quiere que me quede yo el gato!

—¡Muy bien! ¡Nos lo quedaremos! ¡Pero ahora convence a Kōchan para que desista!

Abajo, entre los adultos, la borrasca no amainaba todavía.

* * *

… ¡Qué poco seso tenías de pequeño, Satoru!

El relato de Satoru y Kōsuke llegó con toda claridad al interior del transportín donde yo seguía atrincherado, pero una historia tan cargada de emociones como esa resultaba difícil de comprender desde fuera.

—¡Uf! Cuando bajamos de la azotea, sí que pasamos un mal rato, ¿recuerdas?

—Tu padre nos sacudió de lo lindo. A la mañana siguiente, teníamos tantos chichones que nuestras cabezas parecían la del Gran Buda.

Según deduje, el gato que recogieron y que tanto revuelo levantó no era otro que mi antecesor gatuno, Hachi.

—Era un macho de color blanco, marrón y negro, ¿lo recuerdas? Dicen que hay poquísimos gatos machos tricolores.

¿Ah, sí? ¡Mira por dónde! Ahora resultará que yo, que por lo que dicen tengo el pelaje como el de Hachi, soy un gato singular.

Agucé el oído con gran interés y oí que Satoru decía riendo: «¡Qué va!»

—Hasta se lo pregunté al veterinario. Parece ser que la proporción de las manchas del moteado era demasiado baja para que pudiera considerarse un gato tricolor.

—Pues no lo sabía, pero es cierto que, aparte de la frente y la cola, era completamente blanco.

«¡Vaya!» Por un resquicio del transportín, pude ver cómo Kōsuke, desengañado, alzaba los brazos con ímpetu y los cruzaba.

—Y yo que creía que, si le hubiese dicho a mi padre que era un valioso macho tricolor cuando lo recogimos, quizá lo habría convencido, pero... ¡O sea que de todos modos no había nada que hacer!

Kōsuke miró el transportín. Volví rápidamente la cara para que mis ojos no se encontraran con los suyos. La verdad es que me fastidia el exceso de familiaridad.

—¿Y Nana? Su cara es idéntica a la de Hachi, pero ¿qué hay de la proporción de color?

—A Nana tampoco lo reconocerían como gato tricolor. Es un simple gato mestizo.

Lo de simple mestizo no me gustó. Enojado, fulminé con la mirada el cogote de Satoru, que me daba la espalda, mientras este añadía:

—Aunque, para mí, vale mucho más que un gato tricolor. Que se parezca tanto al primer gato que cuidé y al que quise tanto, ¿no te parece providencial? La primera vez que vi a Nana me dije que quizá algún día también él se convertiría en mi gato.

... Tampoco es que eso me haga feliz. Lo dice para que yo lo oiga, lo tengo clarísimo... ¡Ah! Pero era eso. Por eso Satoru lloró aquella vez. El día que volví a su casa después de que aquel coche me asustara tanto. Lo han dicho hace un rato. Hachi murió en un accidente de tráfico después de que Satoru, por la razón que fuera, se desprendiera de él.

Por segunda vez Satoru habría estado a punto de perder en un accidente de tráfico un gato al que quería y por eso...

—Hachi era muy bueno, tan manso...

Satoru sonrió a Kōsuke, que acababa de decir aquellas palabras, y repuso:

—En cambio, era torpe moviéndose.

Por lo que dijeron, debía de ser uno de esos gatos que, cuando los agarran por el pescuezo, se quedan así, con las patas colgando. En otras palabras, uno de esos gatos que jamás atraparía un ratón. ¡Ja, ja! ¡Qué torpe! Los gatos con brío doblan las patas bien dobladas. ¿Yo? Yo soy un gato brioso, faltaría más. La primera vez que cacé un gorrión aún no había cumplido el medio año. Y mira que es más difícil atrapar un bicho con alas que uno con cuatro patas.

—Cuando perseguía el juguete ese, el *nekojarashi*, se mareaba, ¿te acuerdas?

—Bueno, sí, porque era un gato muy tranquilo.

—¿Y cómo es Nana?

—Lo que más le gusta son los ratones de juguete. Esos que están hechos de piel de conejo.

¡Oye, oye! ¡Un momento! Eso sí que no puedo pasarlo por alto. ¿Desde cuándo me gustan tanto a mí esos irritantes ratones falsificados? El olor es parecido a los de verdad, por eso cuando me sueltas uno me lanzo a perseguirlo y lucho encarnizadamente con él, pero luego, como por más que muerda y muerda no sale ni una pizca de sabroso jugo y tampoco pueden comerse, me enfrío y me quedo con la triste sensación de que tanto esfuerzo no ha valido la pena.

Si al menos los rellenaran de tierna pechuga de pollo. ¿No podría alguien hacer llegar esta reclamación al fabricante de artículos para mascotas? No miréis solo la cara de los dueños. A ver si alguna que otra vez volvéis la cabeza hacia vuestros verdaderos clientes. Porque vuestros verdaderos clientes somos nosotros. ¿Lo sabíais?

Y en cuanto a la oportunidad de descargar la frustración, en mi caso solo sería posible durante los paseos. Pero el problema es que, cuando voy de paseo, normalmente me acompaña Satoru, y cazar con él a mi lado es toda una epopeya. Cada vez que doy con una presa del tamaño adecuado, Satoru va y me entorpece la faena. Hace ruidos indiscretos a propósito, se mueve demasiado. Y si le lanzo miradas asesinas, él finge inocencia, como si no hiciera nada, pero se le ve el plumero. Y si agito el rabo a un lado y otro malhumorado, él se disculpa poniendo cara triste.

¿Es que acaso no comes en casa pienso suficiente? ¡Qué necesidad tienes de matar animales! Además, Nana, los atrapas y luego ni te los comes.

¡Idiota! ¡Idiota! ¡Idiooota! Todos los animales que respiran bajo la luz del sol cuentan con instintos innatos. ¿No lo sabías? Y en cuanto a evitarlo por el rollo vegetariano y otras monsergas, lo que pasa es que cuando arrancas las plantas no oyes sus alaridos de dolor. ¡Cazar cuanto pueda ser cazado es el sano y legítimo instinto de un gato! Ya sé que a veces no me como lo que pillo, pero también hay que mantenerse en forma, ¿no?

Un ser vivo que haya dejado de matar lo que come es un ser pusilánime e insufrible. Y como Satoru, al fin y al cabo, no deja de ser un humano y bastante cursi, pues, la verdad, en este aspecto, no nos entendemos.

—¿Es Nana buen cazador?

—¿Que si es bueno? Atrapa las palomas que se posan en el balcón.

Exacto. Porque las muy condenadas se pasean con toda la cara por el dominio de los humanos. La primera vez que vi una pensé que debía darle una lección. Aunque luego Satoru me dijo: «¿Y por qué la has cazado si no te la comerás?». Vale, pero luego haz el favor de no fastidiarme la caza cuando salimos de paseo.

Por otra parte, ¿no era él quien se quejaba siempre de que encontraba excrementos de paloma emplastados en la ropa tendida? Yo pensaba que Satoru estaría contento si yo las cazaba, así matábamos dos pájaros de un tiro. Pero Satoru me salió con esas… A partir de aquel día, dicho sea de paso, las palomas dejaron de acercarse al balcón, aunque yo aún no he oído ni una sola palabra de agradecimiento.

—¡En buen apuro me metió aquel día! Puedo enterrar a un gorrión o un ratón en los parterres de la acera de la calle, pero una paloma, no. Es demasiado grande. Al final, la enterré en el parque, pero, al ver a un tipo de mi edad enterrando a una paloma, la gente me miraba con cara de sospecha, como preguntándose quién sería ese tipo tan raro.

—Últimamente han aumentado los episodios desagradables.

—Es verdad. Cada vez que pasaba alguien, yo me disculpaba diciendo: «Lo siento. Ha sido mi gato», pero me miraban con frialdad. Y, mira por dónde, esa fue la única vez que Nana no me acompañaba.

Habría hecho bien en ir contigo para compartir al menos el mal rato que pasaste. Pero la culpa también fue tuya por no decirme que lo hiciera, así que no tengo intención de disculparme.

—Ya veo que, a diferencia de Hachi, Nana es bastante agresivo.

—Pero es igual de cariñoso. Cuando me ve deprimido o ve que no me encuentro bien, no se aparta de mi lado.

A lo mejor es porque verte así no me hace feliz, que digamos.

—A veces he llegado a preguntarme si no entiende la lengua de los humanos. Es muy inteligente.

Pues mira, a mí los que me parecéis estúpidos sois los humanos, que decidís sin fundamento que nosotros no entendemos lo que decís.

—Hachi también era cariñoso. Cuando mi padre me reñía y yo iba a tu casa, siempre se subía a mis rodillas.

—Sí, enseguida se daba cuenta de si alguien estaba desanimado o triste. Cuando mis padres discutían, se pegaba al que había salido perdiendo. Gracias a él, a mí que era un niño, me resultaba fácil comprender quién se había erigido con el triunfo y quién había salido derrotado. Cuando veía que Hachi estaba pegado a uno de ellos, pensaba: «¡Ah! Es que ha perdido».

—¿También Nana se pone del lado del perdedor?

—Seguro. Porque Nana es muy cariñoso..

… Ahora sí que te felicito por no haber dicho, inducido por las palabras de Kōsuke: «Nana también».

Al parecer, Hachi fue un buen gato, pero después de tanto oír: «Hachi, Hachi», llegué a pensar, que si aquel gato desaparecido era tan fantástico quizá lo mejor sería desaparecer yo también.

—Siento mucho —murmuró Kōsuke de pronto— no haber podido quedarme con Hachi cuando tú te fuiste.

—¡Qué le vamos a hacer! Así son las cosas.

El tono de Satoru no traslucía ni el menor atisbo de rencor, pero miré a Kōsuke y me dio la sensación de que él sí lo sentía.

* * *

Hachi vivía en casa de Satoru, que era lo mismo que decir que Kōsuke lo tenía a medias.

Siempre que visitaba a su amigo, Kōsuke podía jugar con Hachi, y también había ocasiones en que Satoru llevaba el gato a su casa.

Al principio, como el padre de Kōsuke se oponía tercamente a que el gato apareciera por allí, jugaban en el garaje. Más adelante, la madre empezó a dejarlo entrar en la vivienda, aunque no en el estudio. Y poco a poco, también el padre acabó por acostumbrarse al gato. No dejaba de repetirles que no dejaran que se afilara las uñas en las paredes ni en los muebles, pero al final acabó haciéndole alguna carantoña.

A Kōsuke le mortificaba no haber podido quedarse con Hachi, pero se alegraba cuando su padre jugaba con él. Era una prueba de que con el tiempo su padre empezaba a aceptar sus gustos.

Si volviese a encontrar un gato, quizá incluso le permitiría quedárselo.

Y es que tener tu gato en tu casa tenía que ser algo muy especial. Una vez que había dormido en casa de Satoru y estaba en el cuarto de este, tendido en un futón a su lado, a medianoche lo despertaron cuatro pesadas patitas que andaban sobre su cuerpo. Hachi estaba cruzando por encima de su futón.

¡Qué sensación de felicidad sentir el peso de un gato a media noche!

Se lo quedó mirando. Hachi se hizo un ovillo sobre el pecho de Satoru y se puso a dormir como si tal cosa. Satoru debió de sentir el peso porque se puso de lado, sin despertarse, pero aun así... ¡Qué suerte tenía Satoru! Si el gato fuera suyo, a medianoche le pasaría por encima con sus pesadas patitas y podrían dormir juntos.

—Me parece que ahora a mi padre ya le gusta Hachi. La próxima vez que encuentre un gato, es posible que me deje quedarme con él...

—¡Sería genial! Así Hachi tendría un amigo con el que jugar.

Satoru también se alegró, y a la ida y a la vuelta de las clases de natación aguzaban la vista por si descubrían una caja con un gato dentro. Pero debajo del cartel con el mapa de la urbanización no volvió a aparecer ninguna caja de cartón con un gatito.

Claro que era preferible que no hubiera ningún otro infeliz gatito abandonado. Porque, para empezar, aunque Kōsuke hubiera vuelto a recoger uno, era impensable que su padre lo hubiera aceptado.

* * *

Kōsuke y Satoru estaban ya en sexto de primaria. Habían trascurrido dos años desde la llegada de Hachi a la casa de Satoru.

Entrado el otoño, hicieron un viaje escolar. Tres días y dos noches en Kioto. Templos, podían verlos en cualquier otra parte, pero pasar la noche con sus amigos en un lugar desconocido era una experiencia inolvidable. También lo era contar con una cantidad de dinero, inimaginable en circunstancias normales, para comprar regalos. Había un montón de cosas que querían para ellos, pero tenían que comprar recuerdos para sus familias. Cómo gastar el dinero era para ellos un quebradero de cabeza.

Kōsuke vio a Satoru parado en la entrada de una tienda de recuerdos. Estaba muy serio, sumido en profundas cavilaciones. Kōsuke lo llamó.

—¿Qué te pasa, Satoru? —le preguntó.

—Estaba pensando en cuál comprar.

Apostado en la sección de papel secante facial, Satoru no sabía cuál elegir.

—Mi madre me ha dicho que le compre un papel facial de no-sé-qué-ya, pero he olvidado la marca.

—¿No son todas iguales?

Como Satoru se mostraba indeciso, le dijo:

—¿Por qué no dejas el regalo de tu madre para después? —Satoru aceptó su propuesta sin pensárselo dos veces.

—¿Vamos a comprar el regalo de mi padre?

—Vale. Yo también quiero comprarle algo al mío.

Miraron en varias tiendas y Kōsuke fue el primero en tener claro qué le compraría. Un llavero con un *manekineko*, un gato de la fortuna, con una banderola a la espalda donde ponía: «Prosperidad en los negocios». Ahí había una doble intención: «¡Ojalá les tomes cariño a los gatos!».

—¡Es una idea genial!

A Satoru también le brillaron los ojos ante la cómica expresión del *manekineko*.

—Pero, como mi padre no tiene un negocio propio, eso de «Prosperidad en los negocios» queda un poco raro, ¿verdad?

—Hay otros aparte de este.

Rebuscaron un poco más en la tienda. Había muchos *manekineko* con lemas de lo más variado. Los que no resultaban raros para regalar a su padre eran: «La salud es lo primero» y «Protección contra los accidentes de tráfico». También había uno que decía: «Seguridad en el hogar», pero no acabó de entender qué significaba. Al final, como el *manekineko* le recordaba a Hachi, eligió «Protección contra los accidentes de tráfico».

No consiguió recordar la marca del papel facial de su madre y lo dejó para el día siguiente. La segunda jornada del viaje.

Pero, al día siguiente, después de comer, Satoru había desaparecido. Cuando el grupo se reunió, el tutor les comunicó que Miyawaki había tenido que regresar a su casa.

«¿¡Por qué!? ¿Qué ha pasado? ¡Pobre Miyawaki!»

Un coro de voces compasivas se elevó entre sus compañeros. ¡Qué pena tener que regresar en mitad de un viaje tan deseado! Se ponían en su lugar y lo compadecían de todo corazón.

—¿Y tú, Sawada? ¿Sabes algo?

Kōsuke tampoco sabía nada. El hecho de que hubiera vuelto a casa sin avisar siquiera a Kōsuke, su mejor amigo, significaba que se trataba de algo grave.

¡Vaya! Satoru aún no había comprado los papeles faciales de su madre. ¿No se sentiría decepcionada la señora Miyawaki al ver que su marido tenía regalo y ella no?

«¡Pues, claro!» Kōsuke tuvo una idea.

Se los compraría él. Pero él tampoco sabía de qué clase de papeles se trataba. ¿Cómo podría averiguarlo?

Mientras cavilaba, llegó la hora de la siguiente visita cultural: el Kinkakuji. Aquel templo que brillaba con mil acerados destellos poseía una personalidad propia muy distinta de la sobria elegancia de los templos que habían visitado hasta entonces. Al verlo, los alumnos exclamaron al unísono: «¡Qué hermosura!». A Kōsuke le dolió en el alma que Satoru no estuviera allí para disfrutar de su belleza junto a él.

Durante el tiempo libre, vio a unas niñas de su clase alborotando en una tienda de recuerdos. Y volvió a tener una idea: «¡Pues, claro!» ¿Y si se lo preguntara a las niñas? ¿No lo sabrían ellas? Al fin y al cabo, el papel secante facial era algo que usaban las chicas.

—¡Hola! —dijo dirigiéndose al grupo de niñas que parloteaban como bulliciosos pajarillos—. ¿Conocéis un papel secante facial muy famoso que se llama no-sé-qué-ya? —les preguntó.

La respuesta fue automática:

—¡Yoojiya! ¡Yoojiya! La tienda está ahí enfrente.

Por lo visto, también ellas se dirigían hacia allí y lo acompañaron.

Incluso el papel secante facial más barato valía más de trescientos yenes y, al pensar en el dinero que le quedaba, desistió de comprarlo.

... Pero el pobre Satoru había tenido que volverse en mitad del viaje. Y él era su mejor amigo.

Seguro que a Satoru le atormentaba más no haber podido comprar el regalo de su madre que haber tenido que regresar antes de tiempo. Y Kōsuke era el único que lo sabía.

Como era un niño, no tenía la menor idea de cuál comprar, pero eligió uno que tenía dibujada una de aquellas muñecas tradicionales que son un cilindro de madera. Le costaba creer que unos papeles tan finos, tan humildes, pudieran complacer a la señora Miyawaki, pero, al fin y al cabo, era lo que ella había pedido.

—Sawada, ¿tu madre te ha pedido unos Yoojiya?

—No. Satoru los estuvo buscando para su madre. Y como él ha tenido que irse sin haberlos comprado...

—¡Queeé buen tío eres, Sawada! — exclamaron a coro las niñas, admiradas.

A Kōsuke eso no le desagradó.

—¡Seguro que la madre de Miyawaki estará contenta! Este es un sitio muy famoso.

¿Ah, sí? ¿Tan famoso era? Se sintió a la vez sorprendido y aliviado. En ese caso, por más delgados y frágiles que fueran los papeles, la madre de Satoru se alegraría con toda seguridad.

Ojalá también él los hubiera elegido para la suya, pensó. Pero ya le había comprado un recuerdo el día anterior, y no tenía dinero suficiente para llevarle dos cosas. Además, con tanta nitidez como si la tuviera delante, imaginó la cara de enojo que pondría su padre si llevaba dos regalos para ella y solo uno para él, de modo que desistió.

* * *

Completaron el recorrido del viaje y, al atardecer del tercer día llegaron a casa.

—¡Hola! ¡Ya estoy aquí!

Había empezado a hablar del viaje al tiempo que buscaba los regalos entre el equipaje cuando su padre le dio una colleja.

—¡Quieres dejar de parlotear a tontas y a locas!

¡Mira que soltarle aquella andanada justo cuando iba a darle su regalo! ¿Cabía mayor injusticia? Seguro que ninguno de sus compañeros de clase había recibido semejante trato al regresar del viaje.

—Cámbiate de ropa, que vamos a ir a casa de Satoru —le dijo entonces su madre con rostro serio.

—¡Ah, sí! Satoru tuvo que volver a medio viaje. ¿Ha pasado algo?

Su madre bajó la mirada y empezó a buscar las palabras adecuadas, pero su padre se lo soltó sin ambages, como si estuviera enojado:

—¡Los padres de Satoru han fallecido!

Fallecido. Kōsuke se quedó desconcertado, no acababa de entender el significado de aquella palabra. Entonces le llegó el tiro de gracia: «¡Han muerto!».

Satoru... Satoru, Satoru, Satoru, ¡Satoru! ¿Qué diablos había ocurrido?

El día antes de salir de viaje, Kōsuke había visitado a Satoru. Estaba jugando con Hachi cuando la señora Miyawaki lo había enviado de vuelta a casa. «Creo que es hora de que te vayas a tu casa, que mañana hay que madrugar —le había dicho—. Con Hachi podrás jugar siempre que quieras.»

Al igual que Hachi, también la señora Miyawaki estaría en casa al volver del viaje. Y el señor Miyawaki. Como siempre. Se suponía que podría verlos siempre que quisiera.

Pero lo principal era lo triste que debía de estar Satoru, obligado a regresar a medio viaje escolar porque sus padres habían muerto de repente.

—Ha sido un accidente de tráfico. Habían salido los dos en el coche. De repente se les cruzó una bicicleta, la quisieron esquivar y...

Sí, habían logrado orillar la bicicleta, pero ellos no se habían salvado.

—Tenemos que ir. Hoy es el velatorio.

Se puso el traje que le dio su madre y, padres e hijo, los tres juntos, se dirigieron a la calle. Al llegar al pie de la cuesta, Kōsuke se dio cuenta de que había olvidado algo.

«So burro!» —le espetó su padre a sus espaldas, mientras él corría de vuelta a casa.

* * *

El velatorio no tenía lugar en casa de Satoru, sino en el local comunal del barrio.

Unas mujeres enlutadas se movían con diligencia organizándolo todo y, sentado ante el altar, donde se alineaban los dos féretros, estaba Satoru, vestido de negro y con aire ausente.

—Satoru.

Al dirigirle Kōsuke la palabra, Satoru asintió con un movimiento de la cabeza, pero parecía distraído. Después de haberlo llamado por su nombre, tampoco Kōsuke sabía qué más decirle.

—Toma.

Se sacó el pequeño envoltorio del bolsillo del pantalón.

—Los papeles secantes faciales que quería tu madre. Eran Yoojiya, ¿sabes?

Entonces, de súbito, Satoru se echó a llorar a lágrima viva. Años después, cuando Kōsuke fuera mayor, comprendería el significado de la expresión «deshacerse en llanto» y pensaría que se refería a aquello.

Una mujer vestida de negro se les acercó. Era mucho más joven que las que la rodeaban. Posiblemente, también más joven que la madre de Satoru. Le habló a este y, por la manera en que le pasaba suavemente la mano por la espalda, Kōsuke comprendió que se trataba de alguien de la familia.

—¿Eres amigo de Satoru?

Kōsuke se puso derecho y le dijo que sí.

—¿Podrías acompañarlo a casa para que descanse un poco? Pobrecillo, es la primera vez que llora desde que ha vuelto del viaje.

Kōsuke se inquietó y se preguntó si sería él quien lo habría hecho llorar. Sus sollozos eran espantosos. Pero la mujer le sonrió débilmente con los ojos bañados en lágrimas.

—Gracias.

Kōsuke tomó a Satoru de la mano y se fueron a su casa. Por el camino, Satoru le habló de forma entrecortada, entre hipidos.

El amuleto para su padre no había llegado a tiempo... «el *manekineko* que decía "protección contra los accidentes de tráfico" no había servido de nada...», «no había podido comprar el regalo de su madre...», «gracias por habérselo comprado...»

Kōsuke era el único que podía comprender el significado de aquellas palabras. Los demás, aunque las escuchasen, solo podían ver a un niño que lloraba, casi aullaba.

Al entrar en la casa, Hachi estaba esperando en el recibidor. Sin temor ante el llanto desconsolado de Satoru, lo precedió hacia el salón, como si lo guiara. Una vez allí, se subió de un salto a las rodillas de Satoru, que se había desplomado en una silla, y se quedó lamiendo delicadamente, muy delicadamente, su mano.

Cuando lo recogieron era solo un gatito, pero en aquellos instantes parecía más adulto que Satoru.

* * *

Durante el funeral, Satoru permaneció todo el tiempo sentado con la espalda muy erguida al lado de aquella mujer. Había otras personas que parecían ser parientes, pero no familiares cercanos.

También sus compañeros de clase se presentaron a hacer la ofrenda de incienso a los difuntos. Las niñas, en particular, se mostraban llorosas. Satoru los saludó a todos sin derramar una lágrima.

Aún después de acabar los funerales, Satoru siguió sin aparecer por la escuela. Kōsuke le llevaba todos los días a casa las fotocopias que repartían en clase, hacía algunas carantoñas a Hachi junto a un Satoru callado y se iba.

En la casa siempre estaba aquella mujer. Parecía muy joven, pero era la hermana menor de su madre. Por lo visto, las dos hermanas se llevaban varios años.

Quizás a partir de entonces Satoru viviera allí con su tía. Diciéndose eso, Kōsuke lo visitaba incluso los días en que no habían repartido fotocopias. La tía pronto lo llamó por su nombre y lo recibía diciéndole: «Hola, Kōsuke», pero, a diferencia de la madre, que había sido siempre muy alegre, la tía era una persona muy tranquila y por eso él tenía la sensación de que estaba en una casa distinta.

Un día, Satoru le susurró de repente:

—Ya no voy a vivir más aquí.

La tía se haría cargo de Satoru, pero vivía lejos de allí.

Viendo que Satoru no iba a la escuela, Kōsuke ya presentía aquello de una manera vaga, pero, a la hora de la verdad, sintió cómo se le abría un vacío inmenso en el corazón.

Tenía muy claro que ponerse pesado, protestar y decir que no, que no quería era inútil. Kōsuke acarició en silencio a Hachi, subido a las rodillas de Satoru. También aquel día le lamía delicadamente, muy delicadamente, la mano.

—Hachi irá contigo, ¿no?

Así, Satoru no se encontrará tan solo —pensó Kōsuke al decirlo—. Se irá a otro lugar, pero al menos tendrá compañía.

Satoru hizo un gesto negativo con la cabeza.

—No puedo llevarme a Hachi. Mi tía se muda muy a menudo debido a su trabajo.

Satoru también ponía cara de tener muy claro que era inútil ponerse pesado diciendo que no, que no quería... Pero aquello era excesivo.

—¿Y qué pasará con Hachi?

—Se lo quedará un pariente lejano.

—¿Quién es ese pariente? ¿Lo conoces mucho?

Satoru negó con la cabeza sin decir palabra... ¡Aquello era demasiado! Este sentimiento fue adquiriendo fuerza en la cabeza de Kōsuke hasta derivar en indignación. ¡Hachi iría a parar a la casa de alguien a quien Satoru apenas conocía!

A pesar de estar lamiéndole delicadamente, muy delicadamente la mano, tal como lo hacía.

—¡Yo... yo voy a pedir si puedo quedarme con él!

Ya era como si Kōsuke lo estuviera medio cuidando. Si se lo quedara, Satoru podría ir a su casa a ver a Hachi cuando quisiera. Bastaría con que Satoru fuera a ver a Hachi.

Su padre, cuando Hachi iba a su casa, incluso jugueteaba un poco con él. Antes, cuando lo había encontrado, se había opuesto, pero ahora...

Pese a todo:

—¡No, no y no! ¡Un gato, pero qué te has creído!

La respuesta del padre no había cambiado ni un ápice.

—¡¿Qué?! ¡Los padres de Satoru han muerto y Hachi acabará en casa de un desconocido! ¡Pobre Satoru! ¡Pobre!

—No es un desconocido. Es un pariente de Satoru.

—¡Satoru ha dicho que no lo conoce!

A los ojos de un niño, un pariente lejano al que apenas ve es un completo desconocido. Un amigo es alguien mucho más cercano. ¿Por qué a los adultos les cuesta tanto entenderlo?

—Sea como sea, no puede ser. ¡Un gato vive diez años o veinte! ¿Y tú quieres tener esta responsabilidad de por vida?

—¡Sí, claro que sí!

—¡No seas tan insolente, tú que no has ganado nunca ni un céntimo, ni un solo céntimo!

La madre salió en defensa de Kōsuke, pero el terco empecinamiento de su padre no admitía réplica.

—Compadezco a Satoru, pero una cosa no tiene nada que ver con la otra. ¡Ve y dile que no puedes quedarte con el gato!

Un estudiante de sexto de primaria no tenía la fuerza suficiente para impugnar una sentencia como aquella. Subió la cuesta de la urbanización arrastrando los pies.

¡Y eso que la primera vez que había recogido a Hachi, Satoru había hecho lo imposible para que él, Kōsuke, pudiera quedárselo! Todos sus esfuerzos habían sido en vano, pero no cabía la menor duda de que Satoru había corrido de aquí para allá jugándosela por él. ¡Y eso que al final le había hecho el favor de tener a Hachi en su casa!

—¡Perdón! —dijo Kōsuke cabizbajo intentando contener las lágrimas—. Mi padre dice que no.

Kōsuke sentía rabia y resentimiento hacia un padre que ni siquiera era capaz de hacerse cargo de un gato para hacerle un favor al mejor amigo de su hijo. Hasta entonces le había dado vergüenza verbalizarlo, pero Satoru era su mejor amigo.

¡Vaya padre de mierda! ¡Y eso que Satoru es un amigo tan importante para tu único hijo!

—Vale —dijo Satoru sonriendo aun con los ojos bañados en lágrimas—. Me dio mucha alegría cuando me dijiste que se lo pedirías.

El día que Satoru se marchó, Kōsuke fue a despedirlo, por supuesto, pero lo más increíble fue que también lo acompañó su padre. Dijo que era natural, tratándose de alguien tan allegado a la familia.

Después de haberse negado a aceptar el gato que tanto quería Satoru, ¿cómo se atrevía a hacer el paripé de una manera tan desvergonzada?

La despedida de un buen amigo que se marchaba lejos se convirtió en el primer recuerdo del profundo desprecio que sentía por su padre.

* * *

Al principio, Kōsuke mantuvo un intenso intercambio de cartas y llamadas telefónicas con Satoru, pero a medida que fueron pasando los días el contacto se hizo más esporádico.

¿Nos vemos un día de estos? El intercambio de postales en las que tanto uno como el otro añadían unas líneas manifestando sus deseos de reunirse pronto continuó incluso después de que acabaran el instituto e ingresaran en la universidad. Sin embargo, el tiempo de ausencia, cuando se acumula, es un impedimento grave para reencontrarse de veras.

Cuando celebró la mayoría de edad, Kōsuke se reunió con todos sus antiguos condiscípulos. También había algunos llegados de otras prefecturas. Satoru no figuraba entre ellos.

Tal vez como consecuencia de la celebración de la mayoría de edad, durante algún tiempo se sucedieron las reuniones de antiguos compañeros de clase. Aún era demasiado pronto para las del instituto, pero era el momento justo para disfrutar de la nostalgia de los años de primaria y secundaria. Los que aún residían en la ciudad eran los encargados de organizar los encuentros y de convocar a los que vivían fuera.

En una ocasión, a Kōsuke que pertenecía al grupo local, le tocó organizar un encuentro con antiguos alumnos de primaria. Se trataba de que se reunieran los compañeros de clase de sexto curso.

De pronto, decidió enviarle una invitación a Satoru. Su deber como organizador de la reunión lo animó a hacerlo. Kōsuke era el único que no había perdido el contacto con él.

Satoru le contestó por teléfono. Al aparato, se mostró tan alegre y excitado como cuando era un niño travieso, y la conversación se desarrolló con insólita fluidez, teniendo en cuenta el tiempo transcurrido. Satoru habló por los codos, como si quisiera llenar el vacío de todos aquellos años.

—¡Me ha encantado volver a hablar contigo! ¡Hasta pronto! —dijo, y colgó, pero al instante volvió a llamarlo.

Había olvidado responder a la invitación para el encuentro. Asistiría, por supuesto.

Así renació la relación entre ambos y empezaron a verse varias veces al año. Satoru vivía en Tokio, pero como ya era un adulto eso había dejado de ser un obstáculo. Se había licenciado en una universidad de la capital y había encontrado empleo en la misma ciudad. Kōsuke, por su parte, se había licenciado en la universidad local y trabajaba en la ciudad donde había nacido.

Hacía tres años que Kōsuke había heredado el estudio fotográfico de su padre.

El padre, con quien no se avenía ni siquiera de adulto, había empezado a tener achaques, había cerrado la tienda y se había retirado a un pueblo algo alejado. Como pertenecía a una familia de hacendados, tenía tierras de sobra, aquí y allá.

El estudio fotográfico, que había sido siempre el hogar de Kōsuke, permaneció cerrado durante algún tiempo, pero costaba de mantener y, al final, decidieron desprenderse de él. Kōsuke ya se había hecho a la idea de que algún día sucedería aquello, pero... De repente, se entristeció.

Desde pequeño Kōsuke había estado muy familiarizado con la fotografía. Su colérico y despótico padre, en lo que se refería al oficio, siempre se había mostrado dispuesto a enseñarle cualquier cosa y un día le regaló una vieja cámara. Cierto que había sido a su manera, pero el padre le había dado unas nociones generales de fotografía y, ya de mayor, Kōsuke incluso lo había ayudado alguna vez a hacer retratos en el estudio.

Habló del tema con su esposa y, alentado por la crisis de la empresa en la que trabajaba, le propuso a su padre reabrir el negocio.

El padre se alegró tanto que costaba creerlo. Casi se le saltaron las lágrimas. Kōsuke pensó que, aunque tarde, quizá a partir de aquel momento las cosas mejoraran.

—Eso pensé...

Lo dijo en un susurro, como si lo escupiera, y Satoru lo miró con inquietud.

—¿Qué pasó entonces? ¿Se complicaron las cosas?

—A esas alturas, ya no se trataba de amor filial hacia un padre tan despótico y egoísta.

Tras la reapertura, el padre empezó a presentarse en el estudio cada dos por tres. Aunque se hubiera retirado al campo, tampoco se encontraba tan lejos y la distancia no le suponía el menor obstáculo.

Se entrometía en la gestión, se entrometía en la orientación del negocio, y se comportaba como el dueño y señor. Además, increpaba a la esposa de Kōsuke diciéndole cosas como: «A ver si pares pronto un sucesor para el estudio fotográfico Sawada».

No tener hijos era lo que más atormentaba a su esposa. Siempre que tenía ocasión, la madre de Kōsuke reconvenía suavemente a su marido, pero encastillarse cuando ella le decía las verdades era el mal que el padre había arrostrado toda la vida.

Por fin, su esposa se quedó embarazada. Hacía un año. Pero no había logrado superar el inestable primer período de gestación y había sufrido un aborto.

El padre de Kōsuke le dirigió a su esposa, muda y abatida, las peores palabras de consuelo que se puedan imaginar: «Bueno, al menos ahora sabemos que puedes quedarte embarazada».

Todo empezó a dar vueltas ante los ojos de Kōsuke. ¿Por qué tenía un padre como aquel? Se lo había preguntado muchas veces desde que era niño, desde aquel día en que, a pesar de haberle dado la espalda a Satoru, lo había ido a despedir con toda la desfachatez.

—Después mi esposa se marchó a casa de sus padres. Por supuesto, ellos también estaban indignados. No había excusas posibles.

Con todo, el padre no mostró la menor señal de arrepentimiento. Se limitó a decir: «Las mujeres jóvenes de hoy son unas neuróticas».

—He llegado a desear su muerte. —Tras dejar caer estas palabras como si estuviera hablando consigo mismo, Kōsuke añadió precipitadamente—: ¡Perdona!

Se sintió asqueado al pensar que tal vez había heredado la insensibilidad de su padre.

Riendo, Satoru lo tranquilizó.

—La relación entre padres e hijos es algo muy personal. Yo no quería que mis padres murieran porque me llevaba bien con ellos. Pero si hubieran sido distintos, ¡vete a saber qué habría pasado! ¿No se suele decir que los peores desencuentros son con los de tu misma sangre?

Y como, a pesar de sus palabras, la incomodidad persistía, Satoru sonrió maliciosamente.

—Yo mismo no sé si hubiera podido querer a tu padre, ¿sabes? —dijo. Y sin pensarlo, emitió un juicio arriesgado—: En este mundo hay personas que no deberían tener hijos. Creo que el amor entre padres e hijos no es algo que esté garantizado al cien por cien.

Era sorprendente que Satoru, que había perdido tan pronto a sus padres, con los que tan bien se llevaba, expusiera una opinión como esa.

—Ojalá vuelva pronto tu esposa.

—¡Uf! ¡Vete tú a saber! No debe de estar enfadada solo con el suegro, ¿sabes?

También debía de haberse hartado de un marido incapaz de hablarle claro a su padre. Kōsuke tenía la mala costumbre de callar cuando él gritaba enojado. No podía enfrentase a él de pequeño y no supo hacerlo de mayor. Kōsuke se achicaba ante el vigoroso discurso de su padre, por injusto que fuera, e incluso acababa tartamudeando.

—¿Tanto se ha inmiscuido tu padre en tu vida?

—Sí. Y además, en los últimos tiempos, tenemos menos clientes.

Eran muy pocos los que iban a un estudio fotográfico para que los retrataran. Era el signo de los tiempos, pero el padre lo achacaba a que su hijo era un pobre diablo. Y sus reproches eran cada vez más frecuentes, convencido de que él debía supervisarlo todo. Kōsuke escuchaba sus palabras como quien oía llover, pero era incapaz de reaccionar.

* * *

Yo soy distinto. Para mí, un NO es un NO rotundo. Porque es bien sabido que los gatos somos unos seres vivos que podemos decir NO.

Y a eso de ir a parar a casa de un panoli que sueña con recuperar a su mujer amante de los gatos si me acoge a mí, a eso, por respeto a la dignidad gatuna, respondo con un NO rotundo.

—Quizá Nana se haya tranquilizado ya.

Kōsuke se levantó del sofá y se acercó al transportín.

¡Ven y verás! Como me saques a la fuerza y me cojas en brazos, te voy a marcar la cara de tal modo que podrás jugar al tres en raya durante los próximos tres meses.

Intentando ganarse mi simpatía, Kōsuke introdujo el brazo en el transportín. Yo le mostré los dientes.

Sí, esta es una zona de defensa aérea. Si la violas, te arrepentirás.

—Parece que aún no se puede.

Kōsuke retiró la mano cabizbajo.

—Sí… Parece que no hay manera.

—Kōsuke… —Satoru abordó el tema, titubeante—. Oye, Kōsuke. Si quieres un gato, ¿no sería mejor que buscaras uno nuevo con tu mujer?

—¿Qué quieres decir con eso?

—Si te haces cargo de Nana, no sé, ¿no te parece que es como si le echaras en cara a tu padre lo de Hachi?

—Pero si él ya ni se acuerda de lo de Hachi. ¿Mi padre? ¡Qué dices, hombre!

—Pero tú sí, ¿no?

Kōsuke enmudeció... Sí.

Reconozco tu sentido de la amistad al estar dispuesto a hacerte cargo del querido gato de Satoru, o sea, de mí. Pero no se puede decir que en el hecho de recogerme a mí, que me parezco a Hachi, no haya cierto afán de revancha del pasado.

Tampoco se puede decir que con eso no te desquites del hecho de que tu esposa se fuera por culpa de tu problemático padre.

—Creo que es mejor que tú y tu esposa busquéis un gato que no arrastre ningún fardo.

Pero... Kōsuke se enfurruñó.

—Yo le tenía cariño a Hachi. Aquel día yo quería quedármelo de veras.

—Aunque se parezcan, Nana es Nana, no Hachi.

—Pero si tú mismo viste en Nana la mano del destino por lo mucho que se parecía a Hachi, ¿no es así? Pues si Nana fue para ti algo providencial también puede serlo para mí.

¡Hay que ver! ¿Por qué les costará tanto a los humanos, incluso a los adultos, entender las cosas? Parece mentira...

—Mi Hachi ya está muerto. Murió cuando yo estaba en bachillerato. Tu Hachi está vivo todavía.

Exacto... El Hachi de Satoru ha ocupado ya el lugar de los recuerdos. Por eso el puesto de Hachi y el mío son distintos.

Kōsuke, lo que te sucede a ti es distinto, ¿sabes? Por lo que he oído antes, por más que tu cabeza sepa que Hachi ha muerto, tu corazón no lo acepta, ¿no es así?

Si no lo lloras, no olvidarás al gato muerto. Y por más que

puedas sentir la muerte de un gato con el que no tenías contacto alguno, a estas alturas no puedes llorarlo, ¿verdad? Pues, entonces...

Tú quieres que yo ocupe el lugar de Hachi. Y yo, que soy Nana, y Satoru me quiere porque lo soy, no estoy dispuesto a convertirme en el sustituto de Hachi. ¡Ni hablar!

Y aún menos que me utilices para vengarte del padre despótico y atraer a la esposa herida. Soy un gato de una perspicacia excepcional, pero tener que cargar con unas relaciones personales tan deprimentes como estas es un fastidio. O sea que no, ni hablar.

—Busca un gato nuevo con tu esposa y compartidlo los dos. De tu padre no te preocupes. Quizá proteste, pero basta con que lo ignores y tengas el gato en casa como tú desees.

Kōsuke no respondió, pero por la cara que puso comprendí que al fin lo había entendido.

Por eso, cuando volvió a meter la mano dentro del transportín, como regalo de despedida dejé que me acariciara.

Y ya va siendo hora de que superes lo de tu padre. Bien sabido es que los gatos, al medio año de vida, ya nos emancipamos.

* * *

Satoru volvió a montarse en la furgoneta plateada con mi transportín en la mano.

Les apenaba separarse y la charla que, de pie en la calle, sostuvo con Kōsuke, parecía no tener fin.

—¡Ah! Por cierto... —Satoru dio una palmada como si se le hubiera ocurrido algo de repente—. ¿Sabes? En la ciudad han abierto unos estudios fotográficos donde retratan a las mascotas. Últimamente están muy de moda. Hay mucha más gente de lo que parece que quiere tener fotos bonitas de sus animales de compañía.

—¡Caramba! ¡Qué interesante!

Kōsuke se sintió atraído por la idea.

—¿Tú has ido para que fotografiaran a Nana?

—No, yo no, pero… —Satoru sonrió con aire travieso—. Cuando abras el estudio fotográfico de mascotas Sawada, quizá yo también sea tu cliente.

—Eso estaría bien.

Kōsuke sonrió.

—Será muy agradable pasarle por la cara a mi padre este nuevo negocio.

Satoru ya estaba montado en la furgoneta. Bajó la ventanilla del conductor y volvió a decirle a Kōsuke:

—¡Ah, por cierto! Hace ya unos años me enviaste una invitación para un encuentro de antiguos compañeros de clase, ¿lo recuerdas?

¡Con qué cosa tan vieja me sale ese! Kōsuke sonrió. La voz de Satoru también escondía una sonrisa.

—Aquel día me puse contento de veras.

—¿A qué viene eso ahora?

—Es que aún no te lo había dicho.

—Déjalo —dijo Kōsuke.

—No lo dejaré —bromeó Satoru—. Gracias. No creía que pudiera volver otra vez a esta ciudad.

—Hasta pronto.

Intercambiaron un breve saludo y Satoru dejó atrás el estudio fotográfico Sawada.

—Perdona, Nana.

Mientras conducía, Satoru se dirigió a mí.

—Me ha parecido que no le convenías a Kōsuke. Pero te buscaré un dueño que sea de total confianza.

Vale, vale. Para empezar, yo no te he pedido nada.

Si hoy hubieras intentado dejarme allí quieras que no, habríais salido mal parados los dos, tanto tú como Kōsuke. Os hubiera dejado la cara como un tablero de tres es raya para medio año.

Entonces Satoru me vio en el asiento del copiloto y alzó la voz:

—¡Cómo! Nana, ¡¿cómo has salido?!

¿No lo sabías? El transportín cierra mal, y de vez en cuando lo abro desde dentro.

—¡Vaya! Así que se abre. No lo sabía. Tendré que comprar otro.

Descubre que lo puedo abrir y no se le ocurre más comentario que ese. ¿No ves que no me he escapado nunca, ni siquiera cuando me llevabas a la clínica?

—Quizá no sea necesario. A pesar de saberlo, hasta ahora siempre me has obedecido cuando te he dicho algo.

Ahí, ahí. Satoru, tendrías que estarme agradecido por ser un gato de una perspicacia excepcional.

De puntillas en la ventanilla del copiloto, me quedé un rato contemplando el paisaje y luego me ovillé en el asiento.

Por la radio del coche sonaba algo de rock, pero los tonos bajos me desagradan porque me retumban en la barriga… Y es que los gatos también tenemos nuestros gustos musicales. ¿No lo sabían ustedes?

Intenté llamar su atención bajando las orejas y sacudiendo la cola a un lado y otro, hasta Satoru se dio cuenta.

—¡Vaya! No te gusta esta música, ¿eh? Vamos a ver si hay algo en el estéreo.

Satoru cambió al estéreo del coche y empezó a sonar la airosa melodía de una orquesta. Sí, aquello estaba mucho mejor.

—A mi madre le gustaba. Es Paul Mauriat.

Sí, no está mal. Parece que de esta música vaya a salir de un momento a otro una paloma. Resulta divertida para un gato.

—No sabía que te gustaran los coches. De haberlo sabido, podríamos haber viajado más.

Eso de que a mí me gusten los coches no es del todo exacto. ¿Acaso has olvidado que un coche me rompió la pata?

A mí lo que me gusta es esta furgoneta plateada. Ya antes de conocerte, era mi furgoneta, ¿o no te acuerdas?

Adelante. ¿A casa de quién me llevarás a continuación?

* * *

En cuanto entró en casa después de despedirse de Satoru y Nana, Kōsuke recibió un mensaje en el teléfono móvil.

Era de su esposa.

—¿Te has quedado con el gato?

Iba a escribirle la respuesta, pero cambió de opinión y la llamó por teléfono.

Tenía la corazonada de que esta vez respondería.

Después de marcar, contó siete tonos. Lucky Seven, eso era lo que había traído Nana.

—¿Diga? —Era la voz de su mujer, todavía fría.

Adelante. Estoy dispuesto a suavizar esta voz con gozo, con alegría. ¿Sí? ¿De acuerdo?

* * *

—Oye, ¿por qué no buscamos, juntos, un gato nuevo?

Crónica 02

Yoshimine

En la furgoneta plateada también hoy suena la melodía que evoca a un prestidigitador sacando una paloma de la chistera.

Satoru me ha dicho que se llama «El Bimbo». No sé por qué no las mencionará en el título, pero si de mí dependiera, pondría alguna. ¿Qué tal «La secreta relación de la paloma y el sombrero de copa»?

—¡Qué hermoso día! ¿Verdad, Nana?

Al volante, Satoru estaba de un magnífico humor. Es bien sabido que a los gatos nos entra sueño cuando llueve, pero ¿influye también el tiempo en las condiciones físicas de los humanos?

—Es que salir de paseo sin sol es un fastidio.

¿Cómo? ¿Solo se trata del estado de ánimo? ¡Qué fáciles son las cosas para los humanos! Las facultades de los gatos están determinadas por la realidad y, para los gatos callejeros, llega a ser una cuestión de vida o muerte. Según el día, cambian, por ejemplo, las posibilidades de éxito en la caza.

—¿Y si paramos un rato en la próxima área de servicio?

A diferencia de cuando fuimos a casa de Kōsuke, en la ruta de hoy apenas hay semáforos. Por lo visto, a eso lo llaman «autopista».

La furgoneta plateada solo se detiene después de que Satoru anuncie que vamos a entrar en un «área de servicio».

Es el camino que utilizan los humanos cuando se desplazan lejos, ¿sabes? Eso me ha dicho Satoru, y, en efecto, esta vez haremos un largo viaje. El caso es que la furgoneta salió ayer por la mañana. Circulamos todo el día por la autopista, y por la noche nos alojamos en un hotel en el que se admitían mascotas.

Para un viaje tan largo, Satoru me acomodó el interior de la furgoneta. Así que, si me disculpan unos instantes...

Cuando me deslicé desde el asiento del copiloto hasta los asientos traseros, Satoru me preguntó: «¿Qué te pasa?». Echó una ojeada rápida y...

—¡Ah! ¡Perdona!

Pues sí. En el suelo de la parte de atrás está mi retrete. Satoru ha comprado uno nuevo, con capucha, uno de esos en los que no se derrama la arena.

Así Satoru y yo ya podemos ir hasta el fin del mundo con la furgoneta plateada.

Ojalá pudiéramos estar toda la vida viajando así.

—¡Nana, vamos a entrar en el área de servicio!

Vale, le respondí distraídamente mientras removía la arena.

* * *

Después de aparcar en el área de servicio, sacó del portaequipajes un plato y un tazón. Vertió pienso en el plato, y en el tazón, agua de una botella de plástico.

—Bueno, yo también voy al lavabo.

Satoru cerró la portezuela y se fue. Parecía bastante apurado.

Con todo, había dado prioridad a mis necesidades, lo que demostraba que, como amo, era excelente.

Cuando ya había saciado mi sed, que era lo principal, oí unos golpecitos en el cristal de la ventanilla... ¡Otra vez!

Me volví y eché una rápida mirada: había un hombre y una mujer jóvenes con las caras pegadas al cristal de la ventanilla, mirando hacia el interior.

La pareja sonreía a dúo con cara boba.

—¡Un gato!

Pues, sí. Soy un gato, ya lo veis. ¿Y qué? No creo que sea tan raro, ¿no? Un gato comiendo pienso.

—¡Oh, mira! ¡Está comiendo! ¡Qué mooono!

—¡Ay, sí! ¡Qué mono es!

¡Vaya par de tortolitos! ¿Pero de qué vais? ¡Mira que señalarme con el dedo haciendo aspavientos mientras estoy comiendo! ¿Por qué no os ponéis en mi lugar, eh? No estaríais muy relajados, ¿no? Si ya ni siquiera sé qué gusto tiene esto. ¡Precisamente hoy que tengo mezcla de pechuga tierna de pollo con marisco!

¿Por qué tengo tanta facilidad para toparme con gente a la que le gustan los gatos? Esto tendrá algo de meritorio, ¿no? Cada vez que paramos para descansar, aparecen montones de tipos como estos.

Si fuerais vosotros los que me dieseis de comer, mi simpatía dependería de la calidad de la comida, pero da la casualidad que quien me alimenta es Satoru. Así que dejad que me concentre en la mezcla de pechuga tierna de pollo con marisco. Vale ya. Por favor.

Saboreé el pienso ignorando a la joven pareja hasta que, tal vez decepcionados, se alejaron absortos en su animada cháchara.

Poco después, sin embargo, volví a percibir otra mirada ardiente.

¿De dónde venía ahora esta presión? Al levantar la mirada en un gesto inconsciente, pegado a la ventana vi a un tipo de mediana edad de rostro tan terrorífico como un *umibōzu*, un espectro del mar.

¡Ahhh! Cuando me eché hacia atrás en un acto reflejo, el hombre puso cara de sentirse profundamente herido. ¡Vaya! Es normal que me estremezca de pánico, ¿no?, si me observan con esa cara de malas pulgas mientras estoy comiendo… ¡Qué susto me he pegado! No te habré ofendido, ¿verdad?

El tipo parecía abatido, pero aun así siguió mirándome de hito en hito con la cara pegada a la ventanilla. Pues el asunto me ha dejado mal sabor de boca, fíjate tú.

—¿Le gustan los gatos?

Quien le había dirigido la palabra a aquel tipo era Satoru, que ya estaba de vuelta. El hombre se aturdió un poco.

—Es un gatito muy mono —dijo.

No digas «gatito» con esa cara, hombre.

Bueno, pues adiós. Al ver cómo el tipo hacía ademán de alejarse precipitadamente, mi grado de culpabilidad llegó a su punto álgido.

Levanté la cara y maullé: ¡Miau! Al otro lado del cristal de la ventanilla, Satoru asintió sonriendo.

—¿Le apetece acariciarlo un momento?

—¿Puedo?

El hombre se ruborizó como una jovencita. Me acerqué a la puerta que Satoru había abierto. Me restregué contra la mano que el tipo me tendía, y él puso cara de estar a punto de derretirse.

—¡Ohhh! ¡Un gato!

Aquellos chillidos los proferían unas chicas con pinta hortera que pasaban por allí.

—¡Quiero tocarlo! Oye, tú, ¿podemos tocarlo nosotras después?

¡Pesadas! ¡Con vosotras no tengo obligación alguna! Al mostrarles los dientes y erizarme, las chicas se alejaron haciendo aspavientos.

— ¡Nooo! ¡Se ha enfadaaado!

—¡Ohhh! ¡Pues yo quería tocarlo!

—¡Bah! Es igual. ¡Un gato con unas cejas gruesas como ese! Tampoco es que sea tan mono.

¿¡Cómo!? Ante aquellos insultos gratuitos, reaccioné arrugando el labio superior y poniendo una cara tipo reflejo de Flehmen.

—¡Eres muy mono, Nana! ¡Eres muy mono! —Satoru intentó consolarme enseguida—. Es que esas chicas son muy llamativas, ya lo has visto. Seguro que su sentido estético es un poco especial. Olvídalo.

— Es un gatito muy mono. Se llama Nana-chan, ¿verdad?

—Sí. Es que el gancho del rabo tiene forma de siete.

Satoru no tenía por qué ir explicándole el origen de mi nombre al primero que pasaba por ahí, pero, bien mirado, era la verdad.

—No se deja tocar demasiado, ¿no es cierto?

—Pues, no. Tiene usted razón. Es selectivo.

¡Oh, vaya! Al oírlo, el hombre pareció aún más alegre, me acarició un rato más y se marchó.

—¡Qué raro, Nana! Que te dejes tocar tanto rato por un completo desconocido.

Sí. ¿Cómo se llama eso? ¿Indemnización por falta cometida? No me interrogues más.

* * *

Poco después de que el coche volviera a ponerse en marcha, me puse de puntillas en la ventanilla del copiloto… ¡El mar!

—Te gusta el mar, ¿eh, Nana?

Yo nací y he crecido lejos del mar, de modo que solo lo había visto por la televisión, pero al verlo por primera vez, en aquel viaje, me encantó.

Su azul profundo resplandecía con mil destellos y, sobre todo, al pensar que aquellas aguas azules y centelleantes estaban repletas del marisco que me había comido mezclado con la pechuga tierna de pollo, me sentí extasiado. Se me hacía la boca agua.

—Si volvemos a casa juntos como la última vez, pasaremos por la playa, ¿vale?

¡¿Cómo?! ¿Que nos pasaremos por aquí? Pues a ver si tengo la ocasión de atrapar algún marisco.

Tras perder de vista el mar, descabecé un sueñecito, y al despertarme hallé ante mis ojos un apacible paisaje rural. La furgoneta plateada avanzaba silenciosamente, como ese insecto al que llaman escribano del agua, entre verdes arrozales y campos de cultivo que se extendían hasta la lontananza.

—¡Ah! ¿Ya te has despertado? ¡Llegaremos enseguida!

Tal como había anunciado Satoru, poco después la furgoneta entró en el jardín de una granja agrícola y se detuvo. Alejado del edificio principal, una construcción rústica amplia y funcional, se levantaba un almacén, y en la entrada del jardín había aparcada una camioneta.

Por iniciativa propia me metí en el transportín, que permanecía con la puerta abierta sobre los asientos traseros. Cuando entraba en una casa desconocida, me sentía más seguro atrincherado en un sitio familiar.

Satoru abrió la portezuela trasera y sacó mi jaula.

—¡Miyawaki!

Miré por un resquicio del transportín para ver quién nos daba la bienvenida y vi a un hombre vestido de campesino y con sombrero de paja que levantaba la mano en dirección a Satoru.

—¡Hola, Yoshimine! ¡Cuánto tiempo sin vernos!

También Satoru le respondió con voz alegre.

—¡Tienes muy buen aspecto!

—No paro de trabajar en el campo. Y así te pones cachas quieras que no. Tú has adelgazado un poco, ¿verdad?

—¿Sí? Bueno, es que en la ciudad llevamos una vida muy poco saludable.

Los dos se encaminaron hacia el edificio principal.

—¿Has encontrado el camino fácilmente?

—Sí. En los últimos tiempos, los navegadores funcionan muy bien.

—Pero ¡mira que venir en coche desde Tokio! El avión es más rápido y también más barato. Venir por carretera debe de haberte costado un montón de dinero, ¿no?

Ha acertado usted.

El peaje y la gasolinera, el hotel donde admitían mascotas en el que nos alojamos ayer... Hasta llegar aquí, Satoru ha abierto muchísimas veces la cartera.

—Sí, pero es que en el avión Nana cuenta como bulto. Y las bodegas, por lo visto, son horrendas, tan oscuras y con el insoportable ruido de los motores. Una vez llevé en avión el gato que tuve hace tiempo, y luego estuvo todo el día aterrado. Un gato no comprende qué sucede y me dio pena pensar que Nana tendría que pasar por lo mismo.

Era sorprendente y hasta ofensivo que alguien creyese que yo no podría superar algo que Hachi había logrado vencer. Porque creo que yo tengo más arrestos que Hachi. Y es que a mí, hasta que llegué a adulto, me zarandearon de lo lindo en la calle.

Pero, más que lo referente a un servidor, me preocupa que Satoru se haya gastado tanto dinero.

Tras entrar en el edificio principal, Yoshimine nos condujo a la sala de estar. Satoru dejó el transportín en un rincón y abrió la puerta.

Yoshimine se acuclilló delante de la jaula.

—¿Puedo mirar a Nana?

—Sí, pero quizá tarde un poco en tomar confianza y salir.

—¡Bah! No importa.

¿No importa? ¿El qué? En el preciso instante en que yo ladeaba la cabeza con aire de extrañeza, un brazo grueso irrumpió en el interior de la jaula.

¡¡¡Ahggggg!!!

Sin previo aviso, aquel brazo gordo me agarró por el cogote, me sacó del transportín y me dejó colgando en el aire.

¡Cacho bestia! Vamos, que es a ti a quien no te importa, ¿no?

—Vaya, vaya. Es un gato como es debido.

¡¿Qué significa eso?!

—¡¿Eh?! ¡Pero...! —Boquiabierto, Satoru recriminó a Yoshimine dándole un golpe en la espalda—. ¿Qué haces? Pero ¿qué haces, así, tan de repente?

—Es que quería comprobar si era un gato de verdad.

Mientras lo decía, Yoshimine me tomó entre sus gruesos y rudos brazos. Traté de zafarme arreándole una patada, pero aquellos brazos gordos se mantuvieron impertérritos.

—¡¿Pero se puede saber de qué estás hablando?! ¡No entiendo qué dices!

—Es que cuando lo coges así...

—¡¿Y pretendes volver a cogerlo?!

—Este es un gato de verdad. Ha doblado bien las patas de atrás...

¿Cómo? ¿Que no me sueltas? Le di una patada en el brazo con las dos patas juntas, las flexioné como una rana y me deshice de su abrazo.

Retorcí el cuerpo con agilidad y ¡aterrizaje perfecto! Cuando me volví hacia Yoshimine y, agachado, me puse en guardia, él empezó a aplaudir, «plas», «plas».

—Es un buen gato. Tiene unos reflejos irreprochables, es inteligente. Es un buen gato, sí señor. ¿No lo sabías?

—Sí, bueno, en fin.

Oye, ¿solo por eso? ¡Dile que eso no es más que cultura gatuna de lo más básica!

—¡No es eso!

¡Vaya! ¡Qué magnífica sincronía! Con razón los dos estamos a partir un piñón.

—¡¿Por qué lo has cogido tan bruscamente por el cogote?! ¡Nana se habrá asustado!

—No, es que hace poco recogí un gato que no era un gato de verdad. Y he pensado que, si Nana tampoco lo era, pues, francamente, no valdría demasiado para tenerlo en la granja y me he tomado la libertad de probarlo —dijo.

Aunque, en aquel momento…

¿Quién era el sinvergüenza que había empezado a juguetear con la cola que yo estaba sacudiendo con malhumor?

Al volver la cabeza, vi un gatito macho atigrado. Había aparecido sin que me diera cuenta y se me había pegado como una lapa a la cola ganchuda… ¡Qué fastidio!

Yoshimine alargó el brazo, agarró el gatito por el cogote y lo sostuvo en el aire. Las patitas del gato quedaron colgando completamente estiradas.

—No es un gato de verdad. ¿Lo ves?

Sí, bueno. Sin duda, carece de las facultades genuinas de los gatos. En otras palabras, es el tipo de gato que no puede atrapar ratones. Como Hachi. Con la práctica, puede que mejore algo, pero es un poco difícil que llegue a ser tan buen cazador como yo. ¡Bah!

—¿Cómo puedes ser tan bruto con un gatito tan pequeño?

De pronto, Yoshimine le pasó el gato a Satoru, que tendía las manos al aire en dirección al animalito.

—¿Quieres tocarlo?

—¡Con mucho gusto!

Satoru, eres un auténtico chiflado por los gatos, ¿eh? Coquetea con el gatito, coquetea.

* * *

Por primera vez en mucho tiempo, había recibido un mensaje de Satoru Miyawaki, un antiguo compañero de clase de secundaria.

El mensaje había llegado justo en un momento en que estaba pensando en él, preguntándose qué habría hecho en los últimos tiempos.

Tras ponerle brevemente al corriente de lo que había sido de su vida, Miyawaki le pedía un favor:

«Siento preguntártelo así, tan de golpe, ¿te importaría quedarte con mi gato?». Decía que lo quería mucho, pero que, por circunstancias ajenas a su voluntad, tenía que separarse de él y estaba buscando a alguien que lo cuidara.

De aquel texto, en el que Miyawaki le pedía encarecidamente que se hiciera cargo del gato, pero en el que no mencionaba por qué clase de dificultades estaba atravesando él, Yoshimine dedujo dos cosas: que su amigo, a quien tanto le gustaban los gatos, volvía a tener un gato que era muy importante para él y que por alguna razón se veía obligado a separarse del gato que tanto le importaba.

A él, Daigo Yoshimine, los gatos ni le gustaban ni le dejaban de gustar. Si tenía uno en casa, jugaba con él y lo cuidaba, pero su ardor no llegaba al punto de hacerse con uno por iniciativa propia. Esto no solo le sucedía con los gatos sino también con los perros y los pájaros.

Con todo, en una granja un gato nunca sobraba. Los ratones eran muy dañinos y, para librarse de ellos no había nada como la sensación de peligro que les da la presencia de un gato.

De modo que le respondió: «Yo solo podré tratarlo como a un gato, no creo que pueda cuidarlo como tú. Si esto te basta, me haré cargo de él. Si no cuentas con nadie más, dímelo. Por supuesto, cumpliré con mis deberes de amo, de modo que, en este sentido, puedes estar tranquilo».

Miyawaki le respondió dándole las gracias. Añadía que se lo había pedido también a otro amigo. Si este no se quedaba con él, tendría en cuenta su buena disposición.

El nuevo mensaje, en el que le preguntaba si podía llevarle el gato para ver si congeniaban, llegó alrededor de un mes después.

Entretanto, su amigo había recogido otro gatito por casualidad.

—Iba con la camioneta por la carretera nacional y lo vi tirado en el arcén como si fuera un trapo viejo. Si lo hubiese dejado morir, me habría remordido la conciencia, o sea que…

—¡Ah, caramba!

Miyawaki estaba encandilado con el gatito atigrado que jugueteaba sobre sus rodillas.

—Qué bien lo has criado, es tan pequeñito.

—Lo cierto es que he tenido que consultar algunas cosas al veterinario. Por otra parte, casi todos los vecinos tienen gatos… En fin, que, si buscas, maestros los encuentras a montones. Claro que en el campo, vayas a la casa que vayas, no los cuidan con muchos miramientos. Cuando pudo empezar a tomar comida para gatos se me quitó un peso de encima. Porque ¡tener que darle el biberón no era tarea fácil!

Miyawaki debió de imaginárselo y no pudo reprimir una risita.

—¡Qué suerte has tenido, gatito, de encontrarte con un amo tan cariñoso!

—Tampoco fue todo altruismo. Pensé que, si lo criaba, cazaría todos los ratones, pero me he llevado un chasco al ver que no es un gato de verdad.

—Bueno, pues entonces, ahora que ya está fuerte y sano, podrías dejarlo libre otra vez.

Ante el tono burlón de Miyawaki, Yoshimine reaccionó volviéndose hacia un lado con semblante hosco.

—¡Ah, claro! Por eso te preocupaba saber si Nana era un gato de verdad o no.

—Es que mantener a dos gatos y que ninguno sea un gato de verdad no es un buen negocio.

—Seguro que a Nana no lo habrías rechazado aunque hubiese dejado las patas colgando.

—A un invitado que, por un gato, viene por carretera desde tan lejos, no le puedo decir que no, ¿no te parece?

* * *

Yoshimine se cambió de colegio en la primavera del segundo año de secundaria.

—Este es Daigo Yoshimine, vuestro nuevo compañero de clase.

La tutora del curso era una chica muy guapa que, cuando estudiaba en la universidad, había sido elegida Miss no sé qué. Yoshimine fue su talón de Aquiles desde el primer día.

Con sus explicaciones sobre el cambio de escuela del nuevo compañero pretendía acortar distancias, pero aquel exceso de intimidades al chico le resultó asfixiante. Posiblemente, aquella era la imagen que ella tenía de los cometidos de la profesora ideal, pero Yoshimine no estaba obligado a ajustarse a esta imagen.

El chico se esforzó en ignorar aquel agobiante sentimentalismo, pero llegó un momento en que no pudo seguir ignorándolo más.

—Como sus padres tienen mucho trabajo, ha dejado el colegio de Tokio y ha venido a vivir con su abuela. Yoshimine es capaz de soportar la soledad al estar lejos de sus padres y eso tiene mucho mérito, ¿no creéis? ¡Sed todos buenos con él y haceos amigos suyos!

¡Ah, claro! Al parecer esa ridícula presentación nacía de una compasión caprichosa y arbitraria. Yoshimine se sintió asqueado en lo más profundo de su corazón. Que esa era la peor manera de presentar a un alumno nuevo era evidente incluso a ojos de un inexperto estudiante de secundaria.

—Vamos, Yoshimine. Saluda a tus compañeros.

—Pues…

Yoshimine se volvió hacia la profesora.

—¿Por qué habla usted de mis cosas tal como le da la gana? Yo no se lo he pedido.

Un rumor se elevó en el aula y el sonriente rostro de la bella profesora se desencajó.

—Yo solo quería ayudarte…

—Más bien me hace sentir incómodo. No quiero que hable más de las cosas de mi familia.

La tutora solo fue capaz de murmurar entre dientes «pero», «es que». De ahí, no cabía esperar nada positivo, de modo que Yoshimine se volvió hacia los alumnos.

—Hola, soy Daigo Yoshimine. Lo que ocurra en mi familia no tiene mucha importancia, así que tratadme como uno más.

En el aula reinaba un absoluto silencio. Se había enrarecido el ambiente.

—Profesora, sepa que no me siento solo y… ¿Dónde tengo que sentarme?

En este instante sonó el timbre del final de la clase y la tutora salió corriendo sin indicarle cuál era su asiento.

—Siéntate en un sitio vacío.

Era Miyawaki quien se lo había dicho señalando una mesa libre que había hacia el fondo del aula.

Cuando acabó la siguiente clase, Miyawaki se le acercó con paso rápido avanzando entre los alumnos que lo miraban desde lejos con evidente desconfianza.

—Ahora hay cambio de aula. No sabes dónde es la siguiente clase, ¿verdad? Ven conmigo.

Era la hora de ciencias. Cogió el libro de texto y la libreta, y se levantó.

—¿Eres amable conmigo por lo que ha dicho la profesora? —le preguntó mientras caminaban. Era algo que le preocupaba.

—No, en absoluto —respondió Miyawaki con naturalidad—. ¿Sabes? Esta profesora se pasa de amable con los alumnos que tienen algún problema en casa. Pero no lo hace con mala intención. A mí también me lo hizo al poco de entrar en la escuela, en primer curso. Así que comprendo cómo te sientes. Cuando estaba en primaria, mis padres murieron en un accidente de tráfico y ahora vivo con mi tía. A mí tampoco me gusta que hablen de eso en clase.

Lo que Miyawaki acababa de revelarle como si tal cosa era mucho más grave que lo que le pasaba a él. Seguro que la profesora se había extendido todavía más en su presentación.

—De todos modos, no vale la pena rebelarse ni protestar. Con no hacerle caso, es suficiente. Vamos, compórtate como un adulto.

«Para estar en segundo de secundaria ves las cosas con mucha filosofía, tú». Lo pensó, pero como no dejaba de tener razón, se abstuvo de llevarle la contraria.

Miyawaki sonrió de oreja a oreja.

—Si te soy sincero, me ha encantado lo que le has dicho. A mí me hubiera gustado decirle lo que le has dicho tú el día en que entré en el colegio.

—¿Cómo te llamas?

Aún no conocía el nombre de Miyawaki.

—Satoru Miyawaki. Encantado.

Sin proponérselo ninguno de los dos, sin necesidad de decirse mucho, habían puesto los cimientos de su amistad.

* * *

Había empezado con mal pie con sus condiscípulos y con la tutora, pero llevarse bien con Miyawaki hizo que las cosas le resultaran bastante más fáciles. El chico era alegre, tenía muchos amigos y eso le ayudaba a integrarse de modo espontáneo en la clase. Él no era de natural simpático, además, su complexión física y su cara severa hacían que los demás se mantuvieran a distancia. De no haber sido por Miyawaki, posiblemente habría acabado solo.

Invitado por Miyawaki, a la hora del almuerzo empezó a compartir la mesa con algunos compañeros. Como le costaba participar en las conversaciones animadas, era de los que escuchaban. Pero, aunque solo escuchara, a su manera se lo pasaba bien.

Un día se levantó de la mesa con el propósito de comprar pan en la cooperativa. Miyawaki lo detuvo: «¡Eh, Yoshimine!»

— ¿Adónde vas?

—A la cooperativa. A por pan.

—¿Es que no piensas en otra cosa que en el pan? Te estaban hablando y no les has hecho ningún caso.

Al oír estas palabras, repuso rascándose la cabeza:

—¡Oh! ¡Perdón! —Y entonces todos se echaron a reír—. ¿Puedo ir?

Al preguntarlo, incluso el chico que le había estado hablando sin que él le prestara atención alguna le agitó la mano con una sonrisa burlona diciendo: «¡Ve! ¡Ve!»

Desde primaria, en su boletín escolar ponían: «Va a su aire». Él solo acababa embalándose, lo que con frecuencia daba pie a inesperados malentendidos, pero Miyawaki intervenía con toda naturalidad y las cosas no pasaban a mayores.

Por lo visto, también había intercedido con habilidad en el asunto de la tutora. No sé qué as se habría sacado de la manga, pero un día ella lo paró por el pasillo y le pidió excusas.

—Perdóname por no haber sido capaz de comprender lo solo que te sientes, Yoshimine. No me referiré más a la situación en tu casa. Así que puedes estar tranquilo.

Como era previsible, «la situación en su casa», que había originado aquel gran malentendido, solo la conocía Miyawaki.

—Mis padres trabajan los dos. Y a ambos les gusta demasiado su profesión.

El padre trabajaba en la explotación de nuevos recursos de una gran compañía eléctrica y la madre estaba empleada en una firma comercial de capital extranjero. Eran contadas las ocasiones en que coincidían los dos en casa y Yoshimine se pasaba muchos días sin verlos.

—Últimamente aún estaban más ocupados. Era como si la familia se hubiera convertido en un engorro para ellos, incluido yo.

El cuidado del hijo se lo endilgaban el uno al otro y, por culpa del trabajo, en la casa todo iba manga por hombro.

—Entonces decidieron dejarme una temporada con mi abuela hasta que las cosas se asentaran.

—¡Vaya! Debes de sentirte muy solo, ¿no?

—Me sentí triste al dejar a mis amigos. Separarme de mis padres no fue demasiado duro. De todas formas, tampoco los veía mucho.

»Además, antes ya venía siempre a casa de la abuela cuando las vacaciones eran largas y yo, a la abuela, la quiero mucho. Tampoco es que las cosas hayan cambiado tanto, la verdad. Por eso no hace falta dar tantas explicaciones.

»Mi situación no es tan grave y, cuando me compadecen como lo hizo la tutora, me siento incómodo. Porque en este mundo hay niños con circunstancias personales mucho más difíciles… como tú, Miyawaki.

»Tú, a pesar de haber pasado por algo tan duro como perder a tus padres cuando estabas en primaria, estás siempre tan contento que haces que los demás ni lo recuerden.

—Eh, oye, Yoshimine.

La conversación se interrumpió en este punto porque un compañero de clase lo llamó.

—¿No te interesa formar parte del club de yudo?

—No.

Ante su contundente respuesta, el compañero se mostró decepcionado; sin embargo, insistió un poco más usando como cebo la posibilidad de ser titular del equipo. Cuando volvió a la carga, preguntándole si se le había despertado el interés, él le respondió una vez más que no, de modo que el otro desistió y se fue.

Como era de complexión fuerte, los clubes de deporte trataban de ficharlo, pero Yoshimine siempre se negaba.

—¿No te interesan las actividades extraescolares de los clubes? —le preguntó Miyawaki.

—No, el deporte no me gusta mucho —respondió.

Era fuerte, pero moverse siguiendo unas reglas le parecía agobiante y no le gustaba.

—¿No te gustaría ser miembro de otra clase de clubes que no sean deportivos?

—Si hubiera uno de jardinería, no me importaría entrar.

Como su abuela vivía en una granja, estaba familiarizado con las labores del campo desde pequeño y le gustaba toquetear la tierra. Su abuelo había muerto unos años atrás, y él ayudaba a su abuela en el cuidado de los campos y los arrozales.

—En un rincón del patio de la escuela hay un invernadero. Quizá lo podríamos usar.

—Vete a saber. Nunca me había preocupado por eso. ¿Te interesa saberlo?

—Es que los cultivos de la abuela son todos de exterior. Nunca he ayudado en un invernadero. Me gustaría mucho.

Creía que la conversación había acabado ahí, pero poco después Miyawaki la reanudó.

—Escucha. Es sobre aquello de la jardinería. Por lo visto hace algunos años el club se quedó sin miembros y suspendieron las actividades. Pero, si te interesa, aunque solo seamos nosotros dos, el profesor de ciencias se ofrece a supervisarnos. Si queremos, también podemos usar el invernadero, ¿sabes?

Dos cosas le sorprendieron. Que Miyawaki se hubiera tomado la molestia de investigar por él y que también quisiera formar parte del club.

—¿Tú también te apuntas?

—Es que yo tampoco hago ninguna actividad y he pensado que podría probar.

—Pero a ti no te interesa la jardinería, ¿no?

—No es que no tenga interés, es que nunca he tenido contacto con el campo. Nunca había conocido a nadie que viviera en una granja, ¿sabes?

—¡Ostras! ¿Ninguno de tus abuelos? ¿Nadie?

¡Vaya! Eres un niño de ciudad por los cuatro costados. Ante la sorpresa de Yoshimine, Miyawaki negó agitando la mano: «No, no. No es eso».

—Mis padres no se trataban mucho con sus respectivas familias. Mis abuelos maternos murieron cuando mi madre era joven, y al parecer mi padre no se llevaba muy bien con mis abuelos paternos. Imagínate, los vi por primera vez en el funeral de mis padres y casi ni hablamos.

¡Ah! Quizá por eso, pensó Yoshimine, su tía se había hecho cargo de él. Si mueren los padres, lo normal es ir a casa de los abuelos si están bien de salud. Es muy poco frecuente que se haga cargo del niño una mujer soltera.

—Y he pensado que si no aprendo ahora que tengo la oportunidad, nunca aprenderé.

Y así emprendieron juntos las actividades del club de jardinería y, como a Miyawaki una granja le resultaba tan poco familiar, Yoshimine lo invitó a casa de su abuela. La casa de Miyawaki estaba en el centro del pueblo, alejada de los campos y los arrozales. En cambio, la casa de la abuela de Yoshimine se encontraba casi al límite del distrito escolar del colegio de secundaria al que acudían ambos; sólo trecientos metros más al este empezaba la circunscripción de la escuela de secundaria de una aldea. De modo que el paisaje de los alrededores de la granja era muy diferente.

La tía de Miyawaki tenía mucho trabajo y él era el típico «niño de la llave» que, a la vuelta del colegio, encontraba la casa vacía. De modo que empezó a ir a la granja con frecuencia e incluso se quedaba a dormir allí algún fin de semana.

—Sed buenos amigos, ¿eh?

Esto es lo primero que recomiendan encarecidamente los ancianos a los amigos que van a jugar a casa con sus nietos.

—En la escuela todos se llevan bien con él, ¿verdad? Nadie se mete con él, ¿verdad?

—No se preocupe, señora. Es imposible que alguien se meta con Yoshimine.

¿Qué significaba esto? Yoshimine le pegó un codazo. «Como si no lo supieras». Miyawaki se lo devolvió.

A la abuela le preocupaba que su nieto no hiciera amigos en el colegio y se puso contentísima cuando empezó a llevar a su casa a Miyawaki. Y Miyawaki pasó enseguida a ser Satoru-chan.

—¿Quieres que te compre algún videojuego nuevo para que puedas jugar con Satoru-chan?

La abuela lo había dicho porque, cuando iba a su casa, Miyawaki no hacía más que ayudar en las labores del campo o en los arrozales y a ella le preocupaba que se aburriera.

—Yo tengo muchos videojuegos y Miyawaki también.

—¿Y no necesitáis algo más para jugar?

—No, abuela. No te preocupes.

Influiría el hecho de no tener parientes campesinos, pero lo cierto era que Miyawaki disfrutaba de las bucólicas tareas agrícolas como si fueran una diversión.

—En el colegio también estamos juntos en el club de jardinería. Le gustan mucho las faenas del campo.

—¿Ah, sí?

Si es así, pues ya está bien. La abuela pareció convencida.

—Sea como sea, ¡qué bien que hayas hecho un buen amigo aquí! Así todo irá bien, ¿verdad?

No solo se lo dijo en aquel momento. Siempre que tenía ocasión, la abuela lo repetía una y otra vez. Como si quisiera convencerse a sí misma.

¡Vaya! ¿Tan niño soy a los ojos de mi abuela? Yoshimine, al pensarlo, se sentía algo incómodo.

A Miyawaki, que era tan bueno y, ante todo, era amigo de su nieto, la abuela lo trataba con enorme cariño y el chico, a su vez, también se había encariñado mucho con ella.

—¡Qué suerte tienes! ¡Ojalá yo tuviera una abuela como la tuya!

Como apenas veía a sus abuelos auténticos, para Miyawaki el trato con una persona mayor era algo nuevo y fresco.

—Si te conformas con esta vieja, no tienes más que pensar que estás en casa de tu abuela —dijo la anciana.

Yoshimine se puso contentísimo al oír estas palabras. Para él, era una experiencia casi desconocida que un familiar le diera la bienvenida a un amigo. En Tokio, él también había sido un «niño de la llave» y sus padres no tenían la menor idea de cuáles eran sus amistades. Siempre que sus amigos iban a su casa, Yoshimine estaba solo.

Como en su casa no había padres que les dieran la lata, sus compañeros lo visitaban con frecuencia e incluso a veces le tenían envidia; pero Yoshimine envidiaba aún más los hogares de sus amigos donde había una madre que les llevaba la merienda cuando empezaban a sentir el gusanillo del hambre.

A veces sus amigos ponían cara de fastidio cuando sus madres les servían un pastel casero diciendo: «Como me has dicho que traerías amigos a casa, me he animado...», pero para él aquello era un lujo. A Yoshimine, su madre nunca le había preparado siquiera una bolsa de patatas fritas. Simplemente encontraba dinero sobre la mesa y nada más. Y la norma de la casa era que, cuando había una mayor cantidad de dinero, tenía que comprarse incluso la cena.

Las raras ocasiones en que sus padres lo alababan, decían invariablemente: «Tenemos mucha suerte con Daigo. Es un niño muy bueno que no da ningún trabajo». Así, ni siquiera cabía la posibilidad de fugarse de casa porque el abandono en que vivía era total. Una vez que sus padres le habían hecho comprender que no dar trabajo era un mérito, ¿qué sería de él si perdía su única baza? No podía arriesgarse a ello.

—¡Qué suerte tienes de tener una abuela tan cariñosa, Yoshimine!

—Ven a vernos cuando quieras. Mi abuela también te quiere mucho.

* * *

Ocurrió una tarde en horas de clase. Al mirar el patio pensando en el calor que hacía, vio cómo la calima se alzaba ondeante del suelo. En aquella época del año, eran frecuentes los fenómenos propios de un día de pleno verano.

Al verla, se levantó del asiento.

¿Qué pasa? ¿Qué pasa? El profesor y los compañeros de clase se agitaron.

—¡Yoshimine! ¡¿Qué te ocurre ahora?!

A la reconvención del profesor, respondió: «Nada» y se dispuso a salir del aula. Y entonces:

—¡¿Pero queeé haaces?!

En ocasiones como aquella, llamarle la atención era cometido de Miyawaki.

—¿Qué te pasa?, ¡dilo!

—Enseguida vuelvo.

—¡¿Queeé?!

En definitiva, quien lo persiguió hasta fuera del aula no fue el profesor sino Miyawaki.

—¿Qué te pasa? ¡¿Otra vez?!

—Es el invernadero. Por la mañana, me he olvidado de abrir la boca del respiradero. La temperatura ha subido tanto que se achicharrarán las plantas.

En el invernadero, además de tomates y algunas verduras habían plantado orquídeas, que eran el pasatiempo del supervisor. Los tomates son vulnerables a la lluvia, por lo que es idóneo plantarlos bajo tejado, pero proceden de lugares templados, de manera que era un desastre si la temperatura subía demasiado.

—¡Podías esperar hasta la hora del recreo! Total, solo faltan treinta minutos.

—Pero esta es la hora más calurosa del día. Hay que expulsar el aire caliente lo antes posible.

—Como mínimo, podías haberte buscado alguna excusa para salir de clase, ¿no? Decir que ibas al lavabo o algo así. Si prohíben la actividad del club, no protestes.

—Entonces, di tú algo.

¡Uf! Miyawaki lanzó un suspiro y entró en el aula.

—¡Yoshimine dice que lo ha atacado la guerrilla!

Ante el anuncio de Miyawaki, toda la clase prorrumpió en carcajadas. Está claro que lo mejor es tener un amigo gracioso y con ingenio.

A pesar de que aquel día la clase derivó en un insólito caos, antes de las vacaciones de verano cosecharon unas verduras magníficas, empezando por los tomates, y también las orquídeas se salvaron de morir achicharradas por el calor.

* * *

—La primera semana de vacaciones, tendré que volver a casa.

Cuando Yoshimine se lo dijo, Miyawaki contestó rápidamente: «Vale».

—Mientras tanto, me encargaré yo del invernadero.

La primera cosecha había acabado, pero las verduras del invernadero todavía daban fruto.

—Es la primera vez que vuelvo a casa desde que vine aquí. Espero pasarlo bien.

Miyawaki sabía por qué no decía sencillamente «¡Qué bien!», o algo similar. Los padres de Yoshimine no habían tomado vacaciones para estar con su hijo; su vuelta a casa era pura formalidad.

—Bueno, al menos veré a mis amigos.

Eso era lo único que le hacía ilusión.

Con solo pensar que sus padres no se habían tomado un solo día de vacaciones, ni siquiera en plan simbólico, para dedicárselo a su hijo, Yoshimine perdía las ganas de ir, así que procuraba quitárselo de la cabeza.

—Si los tomates maduran mientras tú no estés, yo se los llevaré a tu abuela.

—Gracias.

La abuela lo acompañó al aeropuerto en la furgoneta y él cogió el avión y volvió a casa.

Cuando llegó al aeropuerto de Haneda, no había nadie esperándolo. Su casa, a la que se podía llegar en autobús desde el aeropuerto, estaba en un bloque de pisos de una ciudad dormitorio. Después de pasar todo un cuatrimestre con su abuela, aún se sentía más incómodo en ella.

Desde el primer día reanudó su vida de «niño de la llave» y pasó algunos ratos con sus antiguos compañeros del colegio. A sus padres, solo los veía de pasada cuando volvían a medianoche o por la mañana, antes de que se fueran a trabajar.

Sucedió tres días después del regreso de Yoshimine. Aquel día, sus padres volvieron pronto a casa. Su madre, cosa infrecuente, cocinó y se sentaron los tres juntos alrededor de la mesa.

Después de cenar, la madre preparó té, algo también infrecuente. Yoshimine estaba desconcertado y se preguntaba qué sucedía.

El padre, que estaba sentado al otro lado de la mesa, empezó a hablar con expresión solemne.

—Tenemos que decirte algo importante.

La madre tomó asiento junto al padre… No tenía pinta en absoluto de que fuera una noticia divertida.

—Papá y mamá se van a separar.

Ya. Claro.

Él había pensado que, tarde o temprano, este día llegaría. A los dos les gustaba demasiado su profesión.

—Daigo, ¿con quién quieres quedarte? ¿Con papá o con mamá?

Vaya pregunta. Fijó la mirada en el rostro de sus padres que estaban esperando su respuesta… Lo habían puesto en una situación en la que no cabían subterfugios.

Conteniendo el aliento, tanto el padre como la madre esperaban no ser los elegidos.

¿Por qué se lo preguntaban? Eligiera al que eligiese, seguro que no se opondrían y, en lo que respectaba a cumplir con los deberes que les correspondían, seguro que los cumplirían.

Solo que la esperanza de que, dentro de lo posible, no eligiera a uno, sino al otro, oscilaba vagamente en el fondo de los ojos que ambos mantenían clavados en su hijo.

—Lo siento —logró decir al fin—. Ahora, así de pronto, no puedo decidirlo. Quiero pensármelo un poco más.

Los padres se mostraron ostensiblemente aliviados. Seguro que por no tener que cargar de inmediato con el paquete.

—¿Puedo volver mañana a casa de la abuela?

Tras haberle mostrado tan a las claras que era una carga tanto para uno como para el otro, no sabía qué cara poner a partir de entonces cuando estuviera con ellos.

Por supuesto, sus padres no intentaron retenerlo, y él cogió el avión de primera hora de la tarde del día siguiente. Como la compañía aérea se ocupaba del embarque de los niños, aunque los padres no fuesen al aeropuerto podían estar tranquilos y seguros de que todo iría bien, lo que era de agradecer.

Su abuela fue a buscarlo a su llegada y regresaron a casa en la furgoneta.

—Papá y mamá se van a separar.

—¿Ah, sí? —dijo la abuela.

—¿Con cuál de los dos debo ir?

—Tanto da que elijas a uno o a otro. Lo mejor será que te quedes conmigo.

Un gran nudo le atenazaba la garganta.

—Tú, Daigo, has hecho un buen amigo aquí y todo irá bien. Tranquilo.

¡Ah, caramba! Finalmente, a aquellas alturas, se dio cuenta.

¡Qué bien que hayas hecho un buen amigo aquí! Así todo irá bien... La abuela murmuró estas palabras muchas veces, como si se estuviera convenciendo a sí misma.

El nudo de la garganta fue creciendo con ímpetu y cuando llegaron a casa era tan grande que casi le dolía.

—Voy a pasarme un rato por la escuela.

En cuanto llegó a casa, se puso el uniforme. Ni siquiera durante las vacaciones podían entrar en el recinto del colegio sin él.

—¿No sería mejor que fueras cuando baje un poco el sol? Ahora es la hora en que más calienta.

—Es que me preocupa el invernadero.

Haciendo caso omiso de los esfuerzos de su abuela por retenerlo, se dirigió a la escuela en bicicleta. Mientras pedaleaba con todas sus fuerzas, la bola de la garganta se fue fragmentando en pedazos agudos y acabó cayendo al fondo de su estómago.

* * *

En el estacionamiento de bicicletas estaba la de Miyawaki.

Al llegar al invernadero, lo encontró con aire divertido, a pesar de estar solo, arrancando tomates y pepinos.

—¡Eh!

Cuando lo llamó en un susurro desde la puerta, Miyawaki soltó un grito: ¡¡Ostras!!

—Creía que tardarías un poco más en volver.

—Sí. Es que han pasado cosas…

Limpiaron en el lavadero las verduras que Miyawaki había arrancado y, a la sombra del edificio de la escuela, le contó por qué había vuelto tan pronto. Mirando por el rabillo del ojo cómo los del club de béisbol bateaban pelotas en el patio de la escuela, donde se alzaba la calina, se admiró de que pudieran moverse tan bien pese a aquel calor.

—Creía que no tenía importancia, ¿sabes? Que me recogiera mi abuela. Mis padres habían pasado de mí desde que era pequeño y ya estaba acostumbrado.

Por eso, cuando se cambió de colegio, le molestó que la tutora se refiriera a ello de forma tan exagerada. Pensó que siempre había sido igual, y que lo dejara en paz.

—Pero sí que había para tanto. Por más que sean los dos los que trabajen, ¿no?, no hay razón para que un hijo te estorbe tanto como para llegar a enviarlo a una escuela en el campo, ¿no crees? Quiero decir normalmente. Debían de estar preparando ya la separación cuando me mandaron con la abuela. Y yo podía haberme dado cuenta antes, ¿no? ¡Soy demasiado imbécil!

Miyawaki, que hasta entonces se había limitado a asentir sin hablar apenas, lo contradijo por primera vez: «No es verdad».

—Solo intentabas no pensar en ello, supongo.

Se le hizo un gran nudo en la garganta... Para ya, tonto.

Y eso que el primer nudo se me ha deshecho mientras pedaleaba con la bicicleta. No quiero que me atenace por segunda vez.

Hasta ahora he intentado no pensar en ello. Pero por más que haya intentado no verlo, ha llegado un punto en que la realidad inevitable se me ha precipitado encima y, en el interior de mi cabeza, no cesan de dar vueltas y vueltas unos pensamientos que no me ayudan en nada.

«Tenemos mucha suerte con Daigo. Es un niño muy bueno que no da ningún trabajo»... ¿Qué habría pasado de haber sido él un niño malo que sí hubiese dado mucho trabajo?

Que a sus padres les gustaba demasiado su profesión lo sabía desde que era pequeño. Y que él no les despertaba el menor interés, también. Por eso había intentado molestar lo menos posible. Había procurado ser un niño que no daba problemas.

Aunque, en una reacción pueril debida al hecho de no sentir el amor de sus padres, hubiese intentado rebelarse o se hubiera descarriado, resultaba impensable que sus padres hubieran recapacitado y, ante todo, no habría sido nada agradable para él. Si se hubiese empeñado en perturbar la tranquilidad de su casa, el perjudicado habría sido sin duda alguna él, que era quien más tiempo permanecía en casa.

Yoshimine detuvo aquellos pensamientos sacudiendo la cabeza con fuerza. De nada servía pensar en lo que ya no tenía solución. Con ello solo conseguía que se le formaran nudos en la garganta que no le dejaban respirar. Como si no tuviera ya bastante.

—Pero, en fin…

Al hablar, derribó y aplastó la idea que aún seguía rondándole por la cabeza.

—Sucede a menudo que los padres se separen, ¿verdad?

Había intentado decirlo en tono desenfadado, pero su voz temblaba ligeramente. ¿Se habría dado cuenta Miyawaki?

—Lo que te pasó a ti, Miyawaki, es mucho más duro.

—Tampoco se trata de compararse con los demás, ¿no crees?

La respuesta de Miyawaki parecía contener una leve reprensión.

—Sí, mis padres murieron, claro. Pero, a pesar de eso, ostras, tú me das pena… Creo que tú das más pena que yo.

—Pero yo tengo una abuela, y tú no.

—Sí, claro. Pero mis padres mientras vivieron no pasaron de mí ni una sola vez.

No hubo réplica. El nudo de su garganta por fin se deshizo. Lloró por primera vez desde que supo que sus padres se separarían.

Cuando finalmente se aplacaron sus sollozos, Miyawaki le tendió un tomate: «¿Quieres?».

* * *

¡Ostras! Miré a Yoshimine.

Estoy fuera del transportín. Satoru no lo ha cerrado diciéndome: «Cuando te tranquilices, sal» y, al estar la puerta abierta, Rayas, el gatito atigrado que anda por aquí, ha invadido mi espacio, lo que me fastidia a más no poder.

¡Eh, Rayas! Parece que a tu amo también lo abandonaron sus padres, ¿lo sabías? A ti, nunca te han pedido que te entusiasmes jugando con ratones de juguete, ¡ja, ja! ¿Cuándo habrás experimentado tú sentimientos de futilidad con esos ratones falsificados, eh?

Para empezar, con un enano de tu edad es impensable mantener una conversación seria. Estás en la etapa de comer, saltar por los rincones y caerte dormido, como si te quedaras sin pilas, en el primer sitio que pillas.

Incluso en medio de la conversación, cuando el viento hace oscilar los faldones de las cortinas, ese se lanza y entra al trapo... ¿Yo era tan tonto como él cuando tenía su edad? No lo sé, me da la sensación de que tenía más capacidad de discernimiento. Claro, lo que pasa es que en el desarrollo de la mente existen diferencias, y comparado con un gato de una inteligencia tan excepcional como la mía, el pobre da pena.

A base de ir uniendo los pasajes que dejaba colgados cada vez que se distraía, saqué en claro que Rayas debía de ser el más mierdecilla de todos los hermanos de su camada, y cuando su madre cambió de escondite no pudo seguirle el paso y lo dejó abandonado por el camino.

En fin, cosas que suceden en el mundo gatuno. Los gatitos esmirriados o tontos son abandonados con frecuencia. Por más que lo intente, la madre gata no puede producir cantidades ilimitadas de leche, de modo que aborrece a los gatitos más débiles para no despilfarrar leche alimentándolos.

Entre mis hermanos de camada también había uno así. Era un gatito insignificante, que nunca se sabía si estaba o no estaba, hasta que un día desapareció. Era como si nunca hubiese existido.

Tú, Rayas, también eres pequeño para tu edad y posiblemente estabas condenado a ser uno de estos gatos que no llegan a crecer. Yoshimine te ha criado muy bien, ¿sabes? Con especímenes con tan poca vitalidad como tú, a menudo todo es en vano, por más esfuerzos que se hagan.

Yoshimine es un tipo grosero capaz de agarrarte por el pescuezo y alzarte en volandas en cuanto te ve, pero aun así no ha sido capaz de desahuciar a un gatito engorroso como tú, que se le ha cruzado en el camino.

Los humanos son grandes, fuertes y, por otra parte, criar un gato es sencillo, sin embargo, a veces nos abandonan. Eso es angustioso. Porque la máxima prioridad de un gato es que lo cuiden.

Bueno, dicho sea esto de paso:

Tú, que gracias a Yoshimine has sobrevivido cuando deberías de estar muerto, ¿no crees que tendrías que devolverle el favor? Sí, sí. Te estoy hablando a ti.

Por un instante, Rayas fingió escuchar con atención, pero, como era de esperar, no entendió nada y empezó a juguetear con mi rabo. ¡Mmmm…! ¿Tengo que bajar aún más el nivel de la conversación?

¡En, tú! ¿Te gusta Yoshimine?

Esa vez parece que lo entendió. Asintió mientras me mordisqueaba el rabo. ¡Oye, bribón! ¡Que me estás haciendo daño! Y, ¡zas!, recogí la cola.

Si te gusta Yoshimine, ¿no quieres que esté contento?

El atigrado no escarmentó, volvió a mordisquearme el rabo. ¡Que me duele! ¡Zas!

Yoshimine quiere que su gato cace ratones, ¿no? Si te conviertes en un gato capaz de cazar ratones, seguro que Yoshimine se pondrá muy contento.

Rayas dejó los mordisqueos. Parece que había conseguido despertar su interés.

Pero tal como estás ahora es imposible. Estás fatal. No hablemos ya de ratones, no creo que seas capaz ni de pillar un lagarto… Así que, ya sabes.

Si quieres, puedo enseñarte los fundamentos de la caza. ¿Qué te parece? ¡Ah! Y no solo la caza. También están las peleas entre gatos. Puedo entrenarte para que no te ganen. Si no haces más que perder cada vez que pelees, Yoshimine se preocupará, ¿lo sabes?

Le había hablado de una manera sencilla y Rayas, al parecer, me comprendió finalmente. Sentado con la espalda muy recta, me rogó que lo instruyera. En el mundo gatuno hay que respetar las formas, ¿saben?

Cuando empecé a darle las primeras nociones de caza, Miyawaki gritó, contento: «¡Oh!»

—Mira, Yoshimine. ¡Han empezado a jugar juntos!

—¿No se estarán peleando?

—No, ¡qué va! Nana lo trata con muchos miramientos.

¡No es un juego, es una clase! Pero, en fin, tanto da.

—Si se encuentra tan a gusto, Yoshimine, tal vez podrías quedarte a Nana.

Bueno, bueno. Nosotros estamos haciendo lo que nos da la gana, así que vosotros seguid con lo vuestro y no os preocupéis por mí.

Satoru contempló el gatito atigrado que, siguiendo mis instrucciones, estaba saltando encima del ratón de juguete, y entrecerró los ojos.

—En lo tranquilo, es idéntico al gato que tuve hace tiempo.

¡Y que lo digas! Este, cuando tiene que ocultarse, utiliza la cola con una vehemencia excesiva, ¿sabes? A diferencia de mí, hace girar esta cola que le ha crecido sin más con tanta violencia que más bien parece la hélice de un helicóptero. Más que un cazador es como si fuera un músico de esos que van por la calle anunciando mercancías. Además, cuando se queda inmóvil aplastado contra el suelo, su lomo queda demasiado elevado.

—¿Y cómo era Nana?

—A Nana lo recogí cuando ya era adulto. No sé nada de cuando era un gatito, Y no creas, todavía me pesa. Seguro que era precioso.

Correcto. Para que veas lo adorable que era yo de pequeñín, te diré que los humanos que pasaban por la calle competían por ser los primeros en ofrecerme su tributo. Incluso había quien, al verme, se iba corriendo a la tienda a comprarme comida. Lo digo sin modestia, claro.

—Por cierto… —Yoshimine lo preguntó como si se le ocurriera de pronto—: Al gato que tuviste hace tiempo, ¿lo llegaste a ver después de aquello?

—Por desgracia, no lo vi más. Murió cuando yo estaba en el instituto.

—Vaya. —Yoshimine respondió con una voz que traslucía un sincero pesar—. Ojalá lo hubieras visto aquel día. Lo siento.

—¡Qué dices! Soy yo quien… Te lo agradezco de corazón, Yoshimine. Yo no quería que mi tía se enterase por nada del mundo.

¡Vaya, vaya, Satoru! ¿También en secundaria hiciste alguna de las tuyas?

Le ordené a Rayas que practicara solo las posturas que le había enseñado y agucé el oído para enterarme de la conversación.

* * *

El divorcio de los padres de Yoshimine se formalizó sin problemas y su padre asumió la patria potestad. Eso fue porque el niño expresó su deseo de vivir con la abuela. Así evitaron los engorrosos inconvenientes de un cambio de apellido.

Como si de pronto hubiesen conseguido la libertad, los padres de Yoshimine se fueron a trabajar a sucursales en el extranjero y, al parecer, estaban bien. Por su parte, Yoshimine convivía en total armonía con su abuela, como si hubieran vivido juntos desde siempre.

Y así pasó casi un año hasta que, en el primer cuatrimestre de tercero, realizaron el viaje escolar. El destino era Fukuoka.

Yoshimine permaneció atento a la actitud de Miyawaki, ya que había oído que este había perdido a sus padres en un accidente de circulación cuando se encontraba en un viaje escolar.

Al partir, Miyawaki no parecía ilusionado. El primer día que pasaron en Fukuoka, durante el tiempo libre, rodeado de los compañeros de siempre, apenas abrió la boca.

A Yoshimine le preocupaba que su amigo estuviera deprimido, pero como no estuvieron ni un momento solos, no tuvo la oportunidad de preguntarle nada.

Después de cenar, mientras estaban curioseando por las tiendas de regalos del hotel, por fin pudieron hablar a solas.

—¿Estás bien?

El rostro de Miyawaki había empezado a expresar una gran preocupación. Levantó la mirada un instante, echó una ojeada rápida a Yoshimine, la volvió a bajar. Luego susurró con voz atormentada:

—Estaba pensando en si podría ir ahora a Kokura.

Desde la estación de Hakata se tardaba unos veinte minutos en el tren bala. Poder ir, podía, claro. Pero no estando en pleno viaje escolar.

Los profesores, que andaban con cien ojos para que los alumnos no se desmadraran, habían montado un amplio dispositivo de vigilancia. El programa estaba detallado al minuto y registrarse en el hotel era la última actividad de la jornada. Salir estaba terminantemente prohibido. En el vestíbulo había siempre algún profesor montando guardia.

En caso de escaparse del hotel y salir de juerga, se hablaba de una «repatriación forzosa» a casa.

En casos normales, la respuesta habría sido «no». Pero alguien tan sensato y avispado como Miyawaki no habría salido con algo así por las buenas.

—¿Qué te pasa?

Ante la pregunta de Yoshimine, Miyawaki, con expresión todavía atormentada, respondió:

—En Kokura vive un pariente lejano. El que acogió al gato que yo tenía hace tiempo.

Era el gato que tenía cuando vivían sus padres. Por lo visto, cuando sus padres murieron y su tía se hizo cargo de Miyawaki, tuvo que desprenderse del gato y lo recogió aquel pariente de Kokura.

—Mi tía está tan ocupada que no puedo pedirle que me lleve a Kokura para ver al gato… Pensé que durante el tiempo libre quizá podía escaparme, pero…

—¿Tantas ganas tienes de verlo?

—Era un miembro más de la familia —respondió con voz ahogada.

Ya, claro. Yoshimine cruzó los brazos sobre el pecho. Él nunca había tenido una mascota. Y no sentía ningún afecto especial por los gatos.

Pero para Miyawaki se trataba del gato que había cuidado con amor junto a sus padres y era el último miembro de la familia con quien compartía la felicidad anterior a la muerte de estos. Aquello, como razonamiento, podía entenderlo.

Al grano.

Era solo un gato. Pero un gato importante. Ante la cuestión de si fugarse en mitad de aquel viaje de estudios, sometido a un control casi militar, por un gato que su amigo consideraba único en el mundo cabían dos respuestas: o sí o no… Por supuesto eligió el sí.

—¡Vamos!

Al pronunciar Yoshimine aquellas palabras, fue Miyawaki quien se sintió acobardado.

—Pero…

—Faltan tres horas para que apaguen las luces. ¿Sabes dónde vive tu pariente?

Al parecer, vivía en un bloque de pisos muy cerca de la estación de Kokura.

—Con que nos saltemos el baño será suficiente, y el dinero que llevamos nos alcanzará.

En ir y volver de Kokura, les volarían de golpe unos miles de yenes.

—Vayámonos sin contarles nada a los compis. Si nos descubrieran, serían acusados de complicidad. A la hora del baño, podemos decirles que tardaremos un poco, que se adelanten, y entonces nos escapamos.

—Si voy, iré yo solo. No quiero involucrar a nadie.

—No me hables como si fuéramos extraños, ¿vale?

Les habían prohibido llevar su ropa, de modo que tenían que elegir entre el uniforme o el pijama. Los dos dormían en chándal, así que decidieron ponérselo antes de salir. Llamaba menos la atención que el uniforme.

Cuando les tocó el turno del baño, fingieron que aún no estaban listos y sus compañeros de habitación se adelantaron.

Esperaron tres minutos y salieron de la habitación. Como en el vestíbulo de la puerta principal había un profesor vigilando, se dirigieron directamente a la salida de emergencia, que era donde habían puesto sus esperanzas. El pomo de la puerta de incendios estaba recubierto por una funda de plástico de seguridad, de forma que, al romperse, resultara visible. En el momento en que descubriesen que el precinto estaba roto, pasarían lista enseguida.

—¿Qué hacemos? Seguro que los profes lo miran al hacer la ronda.

—¡Arriba! —dijo Yoshimine al atribulado Miyawaki, y lo arrastró al interior del ascensor.

—Si la rompemos en otro piso, no sabrán quién ha sido.

A fin de aislar a los ruidosos alumnos, les habían dado todas las habitaciones en las mismas plantas. Si rompían el precinto de uno de los pisos en los que se alojaban los huéspedes normales, tardarían más en descubrirlo. Les habían dicho que las habitaciones del hotel empezaban en el cuarto piso y que los participantes en el viaje escolar ocupaban las plantas cuarta, quinta y sexta. Cuando salieron a la séptima, estaba tan silenciosa que se sorprendieron de que aquel hotel pudiera ser tan tranquilo.

—Adelante. Vamos.

Rompieron el precinto de seguridad, abrieron la pesada puerta de incendios y salieron a unas frías escaleras con suelo de linóleo. Las bajaron corriendo.

Descendieron hasta la planta baja y, al salir de la escalera, descubrieron que esta confluía con la entrada de los dependientes de los comercios del hotel. Cuando se disponían a salir al exterior haciéndose los desentendidos, alguien los llamó:

—¡Eh, vosotros!

Volvieron la cabeza sobresaltados y vieron a un empleado del hotel.

—¿No seréis alumnos del viaje escolar?

En su fuero interno, hicieron chasquear la lengua. Por lo visto, también le habían pedido al personal del hotel que vigilaran a los alumnos.

—¡No, no lo somos! —respondió de inmediato Yoshimine, e intentaron salir al exterior sin hacerle caso.

—¡Esperad! —El empleado los persiguió.

—¡Corre!

En cuanto Yoshimine echó a correr a toda velocidad, Miyawaki lo siguió.

—¡Que alguien detenga a esos chicos!

Ante la petición del empleado, de pronto se multiplicaron los obstáculos, pero consiguieron esquivarlos huyendo de un lugar a otro hasta que por fin salieron al vestíbulo principal.

La profesora de guardia era la tutora de segundo... La bella profesora compasiva.

—¡Yoshimine! ¡Miyawaki! ¡¿Qué estáis haciendo?!

Pensando tal vez que Miyawaki iba a rendirse, Yoshimine le dijo:

—¡Sigue! ¡No pienses en las consecuencias!

Miyawaki no se arredró sino que aumentó la velocidad. Pasaron junto a la bella profesora que extendía blandamente los brazos en su dirección con el propósito de detenerlos y se sumergieron en la multitud de la calle.

—¡Ja, ja, ja!

Prorrumpieron en carcajadas los dos; no habrían sabido decir quién fue el primero en soltarlas. Podían haberse abierto paso desde el principio por la puerta principal, ya que de nada les había servido subir hasta la séptima planta. No habría cambiado nada.

Mientras corrían dando esquinazo a sus perseguidores, Miyawaki se dirigió a Yoshimine.

—Oye… Diremos que nos hemos escapado porque yo quería salir de juerga por la noche, ¿vale?

—Vale.

Caminaron por la ciudad desconocida preguntando a la gente cómo llegar, y en unos veinte minutos se plantaron en la estación de Hakata.

Ya en la ventanilla, cuando se disponían a comprar los billetes para Kokura, alguien gritó:

—¡¿Qué hacéis?! —Era la voz profunda del profesor de educación física.

Se alejaron a la carrera de la ventanilla, pero el profesor atrapó a Yoshimine asiéndolo por el borde de la chaqueta del chándal. Mientras él forcejeaba intentando desasirse, llegaron otros profesores que atraparon a Miyawaki. La huida había tocado a su fin.

—De Yoshimine podía esperarse algo así, pero ¡también Miyawaki! ¿Se habrá dejado arrastrar? ¡Será tonto!

Esa era, más o menos, la versión de la escuela.

* * *

De esto ellos se enteraron más tarde, pero lo cierto era que lo primero que habían hecho sus perseguidores había sido correr a la estación más próxima puesto que, de haber llegado más lejos la escapada, las cosas habrían adquirido una dimensión mucho mayor.

Ellos habían creído que, si se confundían entre la multitud, ganarían tiempo y todo saldría bien, pero, dadas las circunstancias, habría sido mejor coger un taxi y haber llegado cuanto antes a la estación de Hakata. Se arrepentían de no haberlo hecho, pero ya era demasiado tarde.

Tuvieron que comparecer en una de las habitaciones de los profesores. Estaban indignados.

—¡¿Adónde queríais ir?!

Iban a sufrir un severo interrogatorio sin vistas preliminares. Ambos establecieron contacto visual. ¿Cómo lo superarían? ¿Cuál de los dos tendría que hablar primero?

—Miyawaki.

La bella profesora, que estaba presente, se dirigió a él.

—¿No será que te resulta penoso el viaje escolar?

«Oye, bonita —se dijo Yoshimine—. Te lo pido por favor, para ya. Deja de sospechar cosas raras. Y no intentes proteger a Miyawaki por ese camino. Es lo que él más detesta.»

—No, no es cierto. —Miyawaki respondió con voz neutra, pero su cara estaba palidísima—. Quería salir por la noche. Solo es eso.

—No digas mentiras. Tú no eres así.

A Yoshimine estuvo a punto de escapársele la risa. «Profesora, ¿qué sabes tú de Miyawaki?»

«Diremos que nos hemos escapado porque yo quería salir de juerga por la noche, ¿vale?...» Miyawaki no quería que supieran que se dirigían a casa de unos parientes que vivían en Kokura para ver a un gato.

—Miyawaki, perdona. No puedo más.

Yoshimine lo dijo como si no pudiera contenerse. De modo simultáneo, los profesores desplazaron su atención de Miyawaki a Yoshimine.

—Profesora, he sido yo. Me moría de ganas de comer *rāmen* de Nagahama. Estábamos preguntando el camino en la estación.

«Oye, bonita, vuélvete hacia aquí. Hay otra persona que puede ser objeto de tu compasión.»

—Yo comí *rāmen* con mis padres en una caseta durante las fiestas de Tenjin. Como estábamos cerca, me he acordado de ellos y, de pronto, los he echado mucho de menos... Miyawaki solo me ha acompañado.

La pérdida por fallecimiento y por divorcio es distinta, pero ambas implican una separación de los padres. El argumento de los dos niños solos consolándose el uno al otro valía como excusa.

—Yoshimine...

Yoshimine interrumpió a Miyawaki que iba a decir algo.

«Ya está bien así. No pasa nada, así que estate calladito. Si no quieres que ese gato que tanto quieres, ese gato único en el mundo, sea pasto de la compasión barata.»

Los profesores permanecían en silencio con cara de pocos amigos. Con el giro que habían tomado las cosas resultaba difícil enojarse y se veía a la legua que estaban perplejos.

—Entiendo tus sentimientos, pero las normas son las normas. Durante el viaje escolar, bajo ninguna circunstancia se puede actuar como a uno le viene en gana.

El profesor de educación física, que era muy estricto, fue quien, con rostro ceñudo, lo resumió de esta forma.

No bastó con que se inclinaran pidiendo perdón. Los profesores acordaron avisar a los responsables de ambos, los llevaron ante los demás alumnos y los castigaron a permanecer en el pasillo hasta medianoche sentados en el suelo sobre los talones y con la espalda bien recta.

Al volver a casa después del viaje, lo primero que hizo Yoshimine fue suplicarle a su abuela:

—Abuela, por favor. Por lo que más quieras. Quiero que llames a la tía de Miyawaki y te disculpes. Quiero que le pidas perdón por haberlo metido en esto.

La abuela sabía perfectamente que su nieto jamás había ido a divertirse a Tenjin con sus padres, ni nada por el estilo, pero hizo lo que le pedía sin preguntarle nada.

—Lo siento. Siento que por culpa de Daigo se hayan enfadado con Satoru-chan.

La tía de Miyawaki se lo agradeció: «No, al contrario».

—Yoshimine quería dejarlo, pero Satoru lo obligó a ir con él.

«Fui yo.» «Que no, que fue culpa mía.» Al parecer, lo habían explicado así.

—Gracias, abuela.

—No importa.

Sonriendo, la abuela añadió como conclusión:

—De lo que estoy segura es de que vosotros no os saltaríais las reglas sin un motivo.

De golpe, se le atragantó algo blando en la garganta.

Pensó que solo por tener la suerte de que aquella anciana tan comprensiva y afectuosa fuera su abuela él sería capaz de querer durante toda la vida a aquellos padres que tan poco interés habían mostrado por él.

* * *

La abuela había fallecido hacía casi diez años. A una edad en la que no podía decirse que hubiera muerto joven.

Miyawaki se había mudado justo al acabar la secundaria, pero siempre había mantenido el contacto con Yoshimine y, en cuanto este lo avisó del fallecimiento, acudió al funeral a pesar de encontrarse lejos.

Cuando le agradeció que se hubiera molestado en ir, Miyawaki le dijo sonriendo que, en cierto modo, también era su abuela. Yoshimine asintió, sonriendo a su vez, emocionado.

El padre de Yoshimine, que presidía el funeral, no tenía la menor intención de quedarse en la granja, por supuesto, y estaba dispuesto a dejar las tierras y la casa en manos de un pariente que vivía en una aldea cercana. Cuando ya no podía valerse por sí misma, la abuela le había confiado a ese pariente los campos y los arrozales, de modo que aquella era la solución lógica, pero Yoshimine le pidió a su padre que le dejara que se ocupara él de la propiedad.

Al final fue el propio pariente quien, después de darle vueltas, declinó la oferta con el pretexto de que las tierras eran poco rentables y que, además, no encontraría a ninguna mujer que quisiera vivir allí. El padre, que tan poco interés tenía por su hijo, dejó que hiciera lo que quería, como de costumbre.

—Claro que, tal como me predijo aquel pariente, no he encontrado novia.

—Si yo fuera una mujer, seguro que no te dejaría escapar.

—Cuando conozcas a una que tenga el mismo sistema de valores que tú, preséntamela, por favor.

Mientras lo decía, Yoshimine sirvió aguardiente para los dos. Al regreso del campo, al atardecer, era el momento de tomarse unas copas con calma, antes de la cena.

Miyawaki solo lo acompañó con la primera cerveza, después tomó té de cebada tostada. Nunca había tolerado demasiado bien el alcohol y últimamente menos.

—Me gustaría visitar la tumba de la abuela mañana, antes de irme.

—Seguro que a ella le gustará que vayas.

La tumba se encontraba en la colina de detrás de la granja. En la camioneta no se tardaba ni cinco minutos.

Yoshimine pensaba quedarse despierto hasta tarde charlando con su amigo ya que no lo veía desde hacía tiempo, pero estaba tan acostumbrado a acostarse pronto y madrugar que no aguantó hasta medianoche.

* * *

A primera hora de esta mañana, Satoru y Yoshimine han salido, pero no en la furgoneta plateada, sino en la camioneta de Yoshimine.

Deben de haber ido a visitar la tumba de la abuela, como dijeron anoche.

Bueno, nosotros a lo nuestro. Pasemos a la última lección. ¿Vale, Rayas?

Te acuerdas de la clase de ayer, ¿verdad? Hoy vamos a repasar las reglas que hay que tener en cuenta en una pelea.

Yo frunzo la punta de la nariz y bajo las orejas. Al ver la cara de un gato enfadado, ¿qué se hace? ¡Va!

El gatito me imita. Frunce la punta de la nariz, baja las orejas, arquea el cuerpo y eriza los pelos de la espalda y la cola.

Bien, bien. Lo has hecho muy bien.

Y ahora la última prueba. En cuanto yo ponga cara de cabreo, tú, al instante, ¡postura de lucha! Vas a dejar admirado a Yoshimine. ¿Vale? El examen durará hasta que nos vayamos, ¿de acuerdo? No bajes la guardia.

El ímpetu del atigrado era suficiente. Entonces, oímos a Satoru y a Yoshimine que ya estaban de vuelta.

Calculé el momento en que Satoru y Yoshimine entrarían en la habitación y le pedí al atigrado que adoptara la posición de lucha.

¡Fuuuu! Rayas erizó tanto el pelo del cuerpo y de la cola que parecía una pelusa a punto de reventar. Lo había animado yo diciéndole que mostrase sus habilidades a Yoshimine, claro.

—¡¡Caramba!!

Satoru, perplejo, alzó la voz.

—¡Con lo bien que se llevaban anoche! ¿Qué habrá pasado? Así, tan de repente.

Vete tú a saber. Los gatitos son caprichosos. Puede que haya cambiado de idea.

—Quizá mientras dormía esta noche lo ha olvidado.

Yoshimine también estaba sorprendido.

—En fin, esperemos un poco a ver qué pasa. Quizá es solo que está de malhumor.

Satoru tenía previsto salir por la mañana, pero nos quedamos hasta después del mediodía. Mala suerte. El examen de Rayas no se acabaría hasta que nos fuésemos. Cada vez que yo se lo indicaba, el gatito se esforzaba en mostrar la postura de lucha. A pesar de ser pequeño, tenía bastante ímpetu y, sí, de continuar por este camino, su futuro se presentaba prometedor. Aunque en la caza quizá flojease un poco.

—¿Y si lo dejaras aquí para ver qué pasa? Puede que en unos días se acostumbre.

Yoshimine se lo propuso al regreso de las labores agrícolas de la mañana, pero Satoru murmuró con decepción:

—No, Nana también se ha enfadado y se ha atrincherado en el interior del transportín. No sé, lo veo un poco difícil. Es una lástima, pero si no congenian, sería una mala pasada para ambos, así que…

—¡Vaya…! ¡Qué lástima! ¡Con lo buen gato que es!

Yoshimine, no es que no me gustes. No te lo tomes a mal. Es que todavía no tengo la intención de apearme de la furgoneta plateada.

Al ver la actitud del atigrado, enojado y con cara de pocos amigos, Satoru se montó en la furgoneta plateada con mi transportín en la mano.

—Es una lástima. La verdad.

—No sé, pero me da la sensación de que te vas contento.

Ante la voz burlona de Yoshimine, Satoru murmuró:

—Ya. —Había dado en el blanco—. Bueno, es que… la verdad es que me cuesta separarme de Nana.

—Pues, si tanto lo quieres, ¿por qué tienes que desprenderte de él?

Sí. Lanzamiento directo, Yoshimine. Has sido tan directo como cuando metiste la mano en mi transportín en cuanto llegamos.

Satoru permaneció en silencio con aire confundido. Yoshimine renunció a acosarlo.

—Bueno, es igual. Si estás en apuros, ven aquí. No encuentras novia, no ganas mucho, pero en una granja no se pasa hambre. Eso sí es una ventaja.

—¿Y qué pasaría con Rayas y Nana…?

—No creo que llegaran a matarse el uno al otro. Llegado el caso, tendrían que aprender a convivir y punto. ¿Qué es eso de preocuparse por si no congenian? Lo que les sobra a esos dos es chulería.

—¡Qué barbaridad! También los hay que pierden el pelo por culpa del estrés, ¿no lo sabías?

—Pues si esos dos no tuvieran remedio, podrías vivir en una de las casas deshabitadas de la aldea. Si están vacías, se caen a pedazos, así que en muchas de ellas te permiten vivir sin pagar nada. El pueblo acoge con los brazos abiertos a los jóvenes, ¿sabes?

—Gracias. —La voz risueña de Satoru ocultaba mucha emoción—. Si no tengo de qué vivir, vendré. Te lo aseguro.

—Te estaré esperando.

Antes de montar en la furgoneta, apretó con fuerza la mano de Yoshimine.

—Gracias. Me alegro de haber visitado la tumba de la abuela.

—Gracias a ti. La abuela también estará contenta.

—Adiós. Que sigas bien. Y cuida de Rayas.

Montó en la furgoneta y, antes de ponerla en marcha, bajó la ventanilla, musitando: «¡Ah, por cierto!»

—Yoshimine, ¿sabes cómo se llamaba el gato que tuve hace tiempo?

—No.

—Se llamaba Hachi. Era un gato idéntico a Nana y tenía unas manchas en forma de ocho.

—Y como Nana tiene el rabo en forma de siete, se llama Nana.

Yoshimine no pudo contener la risa.

—Decías que Rayas era un nombre poco original, pero tu manera de bautizar a los gatos también es bastante simple, ¿no te parece? «Lo que ves es lo que hay» frente a «falta de imaginación». Vamos, que tal para cual.

Satoru hizo sonar el claxon por última vez y dejó atrás la casa de Yoshimine.

* * *

—¡Qué mal, ¿eh, Nana? Que aquel gatito se pusiera tan furioso…

¡Chúpate esa! Pensabas irte, dejándome allí, ¿eh?

—… Pero me siento aliviado de regresar contigo.

Eso ya lo sé.

—Vamos a parar en la playa, como teníamos previsto.

¡Qué bien! ¿Cuánto marisco como el de la mezcla de pechuga tierna de pollo y marisco habrá?

A medio camino, Satoru entró en una tienda a hacer la compra y aprovechó para preguntar el camino.

—Por lo visto, no muy lejos de aquí hay una costa rocosa. Podríamos ir allí.

La furgoneta plateada se dirigió hacia la costa. A Satoru le dio pereza meterme en el transportín, así que me llevó en brazos hasta la orilla del mar.

Satoru fue bajando, pasito a pasito, la pendiente que conducía a la playa… Pero:

—Oye, Nana. ¿Por qué me clavas las uñas? ¡Me haces daño!

¡No! ¡No! ¡No! ¡No! No me preguntes por qué.

Ese bramido es como si la tierra estuviese rugiendo. Nunca había oído nada igual. ¿Qué es este ruido sordo, tan abrumador?

Ante mis ojos se extendía el mar. Una cantidad apabullante de agua que se ondulaba sin parar.

—Nana, ¡miiira! ¡Es el mar! Qué divertidas las olas, ¿verdaaad?

¡¿Divertidas?! ¡¿En qué?! ¡Pero qué suicidas son los humanos! ¿Cómo puede parecerles divertido ese movimiento eterno de enormes cantidades de agua con una energía tan escalofriante? Un humano, no sé, pero un gato, si cae ahí, se muere. Fijo.

—¿Intentamos llegar hasta la orilla?

¡Imposiiiiiiible...!

—¡Eh, Nana! ¡Cuidado! ¡Me haces daño! ¡Que me haces daño!

Me zafé de los brazos de Satoru y, con la mente en blanco, busqué un lugar un poco más elevado. Aunque solo lo fuese un poco. Y de un salto me subí a su coronilla.

—¡Las uñas! ¡Nana! ¡No me claves las uñas en la cabeza!

¡No vale! ¡La cabeza de Satoru no garantiza una seguridad absoluta! ¡Allá voy!

Di una patada a la cabeza de Satoru para darme impulso, salté al suelo y me alejé a toda velocidad de la orilla.

—¡Eh! ¡Nana!

Subí corriendo por unas rocas del acantilado que había cerca y, ya más tranquilo, me detuve al pie de un pino que crecía inclinado sobre la superficie rocosa. ¡Objetivo seguridad cumplido!

—¡Vaya! ¡Mira que subirte a un lugar tan alto!... ¡Baja! ¡Ven!

¡Ni loco! ¡Si me despisto y me arrastran las olas, me muero!

—¡Nana! ¡Si tú no bajas de ahí, tendré que subirme yo y no me resultará fácil!

Al final, fue Satoru quien, sudando la gota gorda, subió por el acantilado para recogerme.

Y así aprendí una nueva lección: por lo que respecta al ancho mar, mejor mantenerse a distancia.

Y en cuanto al marisco, como un gato no puede cazarlo, mejor comer el que le ofrecen los humanos.

—Tengo la cabeza llena de rasguños, ¿sabes? Cuando me lave el pelo, me dolerá un montón.

Satoru estuvo refunfuñando un rato, pero después soltó una risita.

—Nunca me había imaginado que te daría tanto miedo el mar. Ha estado bien. Así he descubierto algo de ti que desconocía.

Visto de lejos, el mar me gusta, no creas.

La furgoneta corría a buen ritmo por el camino que bordeaba la costa. Contemplé la superficie azulada que brillaba centelleante y levanté la cola contento.

Si no hubiéramos hecho este viaje, no habría visto el mar de verdad en toda mi vida. Mi mundo es el piso de Satoru y su alcance es muy limitado. Como dominio de un gato no está nada mal, pero comparado con el vasto universo es una ridiculez.

* * *

Oye, Satoru.

En este viaje, he visitado dos de los lugares donde creciste. He visto una aldea agrícola. Y también he visto el mar.

Antes de que acabe el viaje, sabré algo más de ti y de mí mismo.

Crónica 03

Sugi y Chikako

«Siéntase en casa con su preciosa mascota en nuestro hostal con vistas de ensueño al monte Fuji.»

Así se anunciaba el hostal que hacía tres años Shûsuke Sugi había abierto junto con su esposa Chikako.

El hecho de que la empresa donde trabajaba Sugi pasara por momentos difíciles y ofreciera a los empleados la posibilidad de solicitar voluntariamente la baja representó a la postre una oportunidad para él. Justo en aquellos días, cerca de los campos de árboles frutales de la familia de Chikako, había salido a la venta un hostal a muy buen precio, que ellos compraron, ya equipado, y abrieron al público. Uno de los principales factores que influyeron en su decisión fue la posibilidad de invitar a sus huéspedes a recoger y degustar la fruta por un módico precio. Era importante poder ofrecer a sus clientes un alojamiento próximo a los huertos. Pero, al final, se inclinaron por abrir un hostal que admitiera mascotas.

La idea fue de Chikako, que puso todo su empeño en que su propuesta saliera adelante.

Acondicionaron la planta baja y la primera planta del hostal, y también una pequeña casita enclavada en el interior de la finca, para que pudieran alojarse por separado los huéspedes que tenían perros y los que llevaban gatos. A menos que hubiera disputas entre los animales, los perros y los gatos podían moverse a sus anchas sin necesidad de correas ni transportines por el piso que tenían asignado. Las relaciones que los animales estableciesen entre sí era responsabilidad de sus dueños.

En las cercanías, pocas pensiones aceptaban perros o gatos y, entre estas, la abrumadora mayoría se inclinaba a favor de los primeros. Entre los grandes hoteles tradicionales, también había algunos que admitían a las dos especies, pero casi todos exigían el uso de correas y transportines en las plantas de uso común.

—Sí, pero...

Chikako expuso su parecer mientras hablaban sobre aquel hostal que se distinguiría por admitir a todo tipo de mascotas.

—Seguro que a mucha gente le gustaría llevarse de vacaciones a sus gatos. Creo que una posada donde pudieran alojarse cómodamente tendría mucho éxito.

Era la propuesta típica de una amante de los gatos. Como Sugi prefería a los perros, al principio le sorprendió la proposición de su mujer, aunque después de los tres años que llevaba abierto el hostal, tenía que reconocer que Chikako era una mujer clarividente.

En las cercanías, aparte de los suyos, había muchos campos de árboles frutales y viñedos, y aquella era una de las comarcas con mayor número de turistas; sin embargo, eran contados los hostales donde los gatos podían alojarse de modo relajado. Gracias a la buena fama de que gozaba el hostal y a los clientes que volvían, los huéspedes con gatos no habían dejado de aumentar, y en aquellos momentos ya eran los más numerosos.

Chikako siempre recibía a los huéspedes de muy buen humor,

feliz de acoger a tantos gatos distintos, pero... el huésped que estaban esperando era, sin duda, el que más alegría le causaba.

Chikako, que había preparado la cama en la habitación doble más soleada de la primera planta, bajaba canturreando las escaleras con el fardo de sábanas usadas entre los brazos.

—¡Qué contenta estás hoy!

Sugi creía haberlo dicho sin ninguna intención especial, pero su voz tenía un extraño retintín que a él mismo le sorprendió. Chikako también ladeó la cabeza, extrañada.

—¿Tú no estás contento? Miyawaki viene con su gato por primera vez.

—Sí, sí. Claro que lo estoy.

Sugi intentó arreglarlo enseguida.

—Solo que me preguntaba si se llevará bien con nuestros animales.

En su rótulo, la familia Sugi tenía un perro de raza kai y una gata cruzada con el pelo a rayas de color marrón oscuro. Kai era un macho de tres años que se llamaba Toramaru. La gata era una hembra de doce años llamada Momo. El nombre de Toramaru venía de *tora*, «tigre», y se lo pusieron por el pelaje atigrado característico de los kai; el nombre de Momo, «melocotón», se debía a que los melocotones eran la fruta principal de los campos de la familia.

—Te preocupas demasiado, Sugi. Nuestros pequeños están acostumbrados a todo. Quédate tranquilo.

Sugi insistió y Chikako se rio a carcajadas.

—Es que Miyawaki viene a dejar su gato. No creo que le haga mucha ilusión separarse de él, precisamente.

Quien iba a visitarlos con la pretensión de que se hicieran cargo de su gato era Satoru Miyawaki, un amigo de ambos desde su época de instituto.

Quería mucho a su gato, pero unas circunstancias extremas lo obligaban a separarse de él y estaba buscándole un hogar. Eso decía el mensaje que había llegado a la dirección de correo electrónico de Sugi.

Nada decía sobre aquellas circunstancias, pero Sugi había leído en el periódico que cierto grupo empresarial había decidido efectuar una reestructuración de plantilla a gran escala, de modo que renunció a pedir detalles. La empresa donde trabajaba Miyawaki debía de ser una filial de aquella empresa.

«Si una empresa tan grande empieza a despedir a la gente, con razón la mía...», pensó vagamente Sugi. En su compañía local se habían producido despidos, pero él había podido dejar el trabajo en un momento ventajoso; se podía decir que había tenido suerte.

—Si nos lo quedamos nosotros, podrá recuperarlo cuando quiera —dijo Chikako sonriendo—. Yo me he hecho a la idea de que solo se lo guardaremos. Claro que, mientras lo tengamos, lo querremos mucho.

Podrían devolvérselo cuando se lo pidiera. Solo se lo guardarían por un tiempo... Sugi no se lo había tomado así. Chikako siempre tan positiva. Sus pensamientos invariablemente tomaban una dirección clara y alegre. Lo opuesto de Sugi, que tenía propensión a contemplarlo todo bajo un prisma negativo. Claro que si se calificaba de prudente sonaba mejor.

Los padres de la pareja eran amigos íntimos y ellos dos habían crecido juntos, pero ya desde niña Chikako se había sentido atraída por cosas diametralmente opuestas a las que le gustaban a él.

Chikako entró en el lavadero con la ropa blanca en los brazos.

—Baja, Momo.

La gata estaba durmiendo encima de la lavadora.

—¿Sabes? El gato de Miyawaki se llama Nana. Espero que te hagas amiga suya, ¿eh?

Chikako, que se lo había explicado con voz cantarina, alzó la voz: «¡Ah, por cierto!».

—Díselo también a Tora antes de que lleguen, ¿eh?

Los dos querían al perro y al gato por igual, pero de manera implícita habían acordado a cuál de los dos le correspondía el cuidado de cada mascota. Chikako, que más bien prefería a los gatos, se encargaba de Momo, y Sugi, cuyas simpatías se inclinaban por los perros, se ocupaba de Toramaru.

Cuando en su casa pasaba algo importante, ellos se lo contaban tanto al perro como al gato... Esta era la norma adoptada por la familia a propuesta de Chikako.

Sugi se calzó las sandalias en el vestíbulo y salió a la puerta principal de la casa. Los días en que hacía buen tiempo, el perro estaba suelto en su espacio acotado por una valla. Su suegro, que se manejaba muy bien con la carpintería, le había construido la caseta al perro.

—¡Tora!

Toramaru se precipitó sobre él agitando con fuerza la cola enroscada. Su potente salto era capaz de salvar la valla alta que habían construido, por eso los días en que entraban huéspedes lo ataban con una correa a la caseta. Su antiguo dueño les contó que había kais tipo ciervo, de cuerpo delgado, apropiados para cazar ciervos, y kais tipo jabalí, de cuerpo grueso, ideales para cazar jabalíes. Toramaru era un genuino kai tipo ciervo.

Como ni aquel día ni el siguiente no habría más huéspedes que Miyawaki, el perro estaba desatado.

—Esta tarde vendrá Miyawaki. Te he hablado mucho de él, ¿te acuerdas? Es un amigo nuestro.

Tenía a Toramaru desde que había abierto el hostal, hacía tres años. Justo en aquella época habían trasferido a Miyawaki a un puesto que implicaba mucho más trabajo, de modo que no había tenido la oportunidad de ir a visitarlos. Alguna de las veces que Sugi había ido a Tokio a comprar comida y otras provisiones había tenido ocasión de verlo, pero Chikako hacía tres años que no lo veía y, en cuanto a Toramaru, aquel sería su primer encuentro.

Como Miyawaki siempre estaba tan ocupado, Sugi había supuesto que gozaba de buena consideración dentro de la empresa, claro que en una reestructuración de personal intervenían muchos otros factores.

—No los conoces, pero te llevarás muy bien con Miyawaki y con Nana. Ya lo verás.

Cuando lo frotó con energía, Toramaru emitió un gruñido sordo. Aquel era uno de los encantos de los perros, se los podía acariciar de aquella manera tan ruda. Si le hubiera hecho lo mismo a la gata Momo, le habría clavado las uñas al instante.

—Hazte amigo suyo, por favor.

Toramaru volvió a gruñir sordamente mientras parecía leer en el fondo de las pupilas de Sugi.

* * *

En la furgoneta plateada hoy no está puesta aquella música de la que parece que vaya a salir una paloma.

Quizá ya tocaba dejar descansar el estéreo, pero lo que se oye ahora es la radio. Desde hace un rato, un hombre mayor que parece muy culto está recomendando un libro con mucha vehemencia. Por lo visto, es actor.

A pesar de su modo de hablar tan fino, el señor lanza sin parar palabras rebosantes de pasión descontrolada como «un montonazo» o «aplastante». Ni yo, que soy un gato, he podido reprimir una sonrisa al oír que, por no sé qué razón, el libro le gustaba «un montonazo».

En fin, por más interesante que sea el libro, yo no puedo leerlo. Tal como os he dicho antes, la mayoría de los animales somos multilingües en lo que respecta a la comprensión auditiva, pero leer letras está fuera de nuestro alcance. La lectura y la escritura son sistemas lingüísticos que solo poseen los humanos.

«¡Mmm! Si es el señor Kodama quien lo recomienda, quizá lo lea…» Satoru, que ha musitado estas palabras, cuando está en casa dedica más tiempo a la lectura que a ver la televisión.

El programa del señor que hablaba de libros con pasión terminó y, poco después, empezó a sonar una canción infantil.

Asomas la cabeza por encima de las nubes, bajas los ojos hacia las montañas de tu alrededor…

Para variar, está bien oír una canción tan apacible. Claro que la melodía es un poco soporífera.

Oyes los truenos a tus pies…

¡Ostras! Eso es arriba, arriiiba.

«Fuji, la montaña más alta de Japón.»

¿Cómo? Al oír la última frase, me puse de puntillas con las patas delanteras apoyadas en la ventanilla del copiloto.

Al otro lado, desde hace rato, está apoltronada una gran montaña triangular.

—¡Vaya! ¿Es posible que lo hayas entendido, Nana?

Los humanos se exceden menospreciando nuestras habilidades lingüísticas. Tan prepotentes solo porque saben leer y escribir.

—Pues sí. Era una canción sobre el monte Fuji. Justo en el momento en que aparece ante nuestros ojos. ¡Qué coincidencia!

En la televisión, o en las fotos, parece un simple triángulo chato, pero el original tiene una presencia tan aplastante que parece que se te eche encima.

Satoru me comentó que era la cima más alta de Japón, con 3.776 metros sobre el nivel del mar. Me explicó que había un juego de palabras para recordar la cifra. Me dijo que en el mundo había un montón de montañas más altas que el Fuji, pero que, como cima aislada, tenía una altura infrecuente incluso a nivel mundial. Me explicó, en definitiva, un montón de cosas, pero toda aquella información tenía escaso valor para un gato.

Le agradezco todas las explicaciones, pero con solo verlo comprendo al instante por qué es tan extraordinario. También me gusta lo que dice la canción.

Hay que contemplar sin falta el original. Si solo lo ves por la tele o en fotografía, no dejará de parecerte una montaña chata de forma triangular. Tal como me sucedía a mí hasta ahora.

Ser tan grande ya es en sí mismo un mérito. Al igual que un gato grande tiene la vida más fácil.

En todo caso, es impresionante.

¿Cuántos gatos debe de haber en todo Japón que hayan visto el monte Fuji con sus ojos? No creo que haya muchos. A no ser que vivan ahí, claro.

Nuestra furgoneta plateada es un coche mágico. Cada vez que me monto en ella me lleva a un lugar desconocido.

Nosotros, ahora, éramos sin duda el viajero humano más intrépido y el gato viajero más intrépido del mundo.

* * *

La furgoneta se desvió del camino ancho y penetró en un bosque espeso.

Los árboles que se extendían a ambos lados del camino tenían un montón de papeles blancos pegados a las ramas. Por lo visto, era así como cubrían los melocotones. Al parecer, los papeles tenían varias utilidades: prevenían de los insectos y facilitaban la maduración de la fruta.

Tomamos un ramal inclinado y la furgoneta avanzó por una senda sinuosa… Poco después, llegamos a una casa grande que tenía las paredes blancas recubiertas de madera en algunas partes.

—Hemos llegado, Nana.

O sea que aquel era el lugar del que hablaba Satoru. El hostal donde admitían mascotas, regentado por una pareja de amigos suyos que hoy estaba reservado solo para nosotros.

Cuando Satoru dejó la furgoneta en un aparcamiento dividido en unas diez plazas, salió a recibirnos un hombre de su misma edad.

—¡Sugi!

Satoru agitó la mano mientras sacaba el equipaje de la furgoneta y el hombre le respondió levantando un poco la suya.

—¿Y tu equipaje? Te ayudo.

—No te preocupes, no pesa nada. Como solo me quedo una noche, solo me he traído una muda.

Ambos subieron la suave cuesta en dirección al edificio: Sugi con la bolsa de Satoru, y Satoru cargando mi transportín conmigo dentro.

—¡Caramba! ¡Qué hostal tan magnífico! ¿Este es el lugar para que corran los perros?

A mitad de la cuesta había un amplio terreno acotado por una valla. Al fondo, habían levantado una caseta.

—También tenemos un perro y pensé que estaría bien tener un lugar para soltarlo.

—Es un perro kai, ¿verdad? Ya me dijiste que te habías quedado uno.

Yo husmeaba desde el transportín. Sí. No cabía la menor duda de que aquel olor nauseabundo pertenecía a un perro, el eterno enemigo de los gatos.

Al fisgar a través de una rendija, descubrí a un perro de pelaje atigrado y aspecto terrorífico que, plantado firmemente sobre sus cuatro patas en el jardín, miraba fijamente con ojos desafiantes en nuestra dirección.

—Sí. Se llama Toramaru.

—¿Y podrá convivir sin problemas con el gato?

—¡Por supuesto! Se lleva de maravilla con Momo, nuestro gato. Además, muchos huéspedes vienen con sus gatos…

—¡Ah, claro! Es verdad, ya me lo habías dicho.

Que tenían una gata de mediana edad que se llamaba Momo ya me lo había contado Satoru. Por lo visto, me doblaba la edad. Me pregunto si nos entenderemos. Yo soy todavía tan joven…

—¡Hola, Toramaru! Encantado de conocerte.

¿Lo llamas? ¡¿A un perro?! Torcí el morro dentro del transportín que Satoru sostenía en la mano.

Aquel kai que se llamaba Toramaru nos lanzó una mirada retadora y gruñó mostrando unos dientes blancos.

—¡Vaya! Parece que hoy no está de muy buen humor.

Satoru, sorprendido, ladeó la cabeza y aquel perro horrible empezó a ladrarle furiosamente y él se echó precipitadamente hacia atrás. ¡Aquel mal bicho no bromeaba!

Todos los pelos de mi cuerpo se erizaron dentro del transportín.

Si este busca las cosquillas a Satoru, que no se preocupe, se encontrará al gato orgulloso que soy yo. ¡Discúlpate ahora mismo si no quieres que te deje la jeta hecha jirones! ¡Perro canalla!

—¡Tooora!

Sugi le llamó la atención en tono imperioso, pero el perro canalla hizo caso omiso y no dejó de gruñir.

Por su parte, Satoru trató de apaciguarme a mí. Al sujetar desde fuera la puerta del transportín me estaba pidiendo a las claras que renunciara a batirme en duelo con el perro canalla.

—Perdona, no sé qué le pasa. No suele portarse tan mal.

—No, no. Perdóname tú. Debo de haber hecho algo que le ha molestado.

—¡¿Qué pasa?!

En aquel instante, una mujer salió disparada del vestíbulo. Era guapa, y muy enérgica al parecer. Llevaba un delantal enrollado a la cintura.

—¿Es Tora? ¿Se ha enfadado?

—Nada importante. ¡Hola, Chikako-san! ¡Cuánto tiempo sin vernos!

Satoru pronunció estas palabras agitando la mano.

—¡Miyawaki! ¡Lo siento! ¿Estás bien?

—No te preocupes, no pasa nada. Solo es que me ha asustado un poco. Como ni los perros ni los gatos suelen enfadarse conmigo...

Exacto. Normalmente Satoru adopta una postura muy relajada

ante los animales y suele caer bien a la mayoría de los gatos y perros con los que se cruza.

Era la primera vez que un perro se metía con él de una manera tan grosera.

—Perdona, de veras. —Mientras se disculpaba, Sugi volvió a reñir a Tora—: ¡Eh tú! ¡Eso no se hace! —El perro bajó la cola enroscada. ¡Chúpate ésa! A ver si aprendes!

—Ya está —intercedió Satoru enseguida—. Le habré parecido sospechoso, poco de fiar.

Satoru alargó el brazo hacia el otro lado de la valla y le rascó el cogote al perro canalla. Este se dejó rascar dócilmente, pero yo tenía clarísimo que el mal bicho estaba irritado. ¡Eh, tú! ¡Vuelve a mostrarle los dientes a Satoru, aunque solo sea un segundo si te atreves, y sabrás quién soy yo!

La hostilidad entre el perro canalla y yo estaba al rojo vivo, pero como entramos en casa, la cosa quedó en nada.

Nos condujeron a una habitación soleada del primer piso.

—Cuando hayas dejado el equipaje, baja.

Chikako-san bajó las escaleras dando pequeños golpecitos en la madera.

Ahora es el momento de ver el cuarto. Abrí la puerta del transportín desde el interior y me escurrí fuera. La pulcra habitación de suelo entarimado prometía ser muy confortable también para un gato.

—¡Vaya! ¡Hola, Momo!

Al oír a Satoru, me volví hacia la puerta de la habitación. Allí sentada, muy erguida, había una gallarda gata a rayas marrones. Debía de doblarme la edad, pero todavía no había perdido el garbo.

Encantada. Momo saludó con una voz que casaba a la perfección con su hermoso pelaje a rayas.

Por lo visto, acabas de tener un encontronazo con Toramaru, ¿verdad?

Di un respingo.

Ha sido bastante grosero, ¿verdad? Enseñar los dientes a un humano que te saluda amistosamente es un signo de mala educación.

Tras su alarde de ironía, Momo esbozó una pequeña sonrisa burlona.

No se lo tengas en cuenta. Al igual que tú quieres a tu dueño, Toramaru quiere al suyo.

¿Quiere a su dueño y por eso ladra a sus amigos? No entendía nada. Seguramente se dio cuenta de mi desconcierto, porque Momo volvió a sonreír con ironía.

Perdona, ¿eh? Pero es que el dueño de esta casa quizá tiene menos personalidad que el tuyo.

Decididamente, no entendía nada. Si no hice ninguna objeción fue solo porque tenía que mantener las formas ante una señora de más edad que yo.

* * *

—Parece que con Momo se llevará bien.

Tras bajar a la sala de estar que desempeñaba a la vez las funciones de vestíbulo, Satoru señaló sonriente hacia el primer piso.

—Están juntos en la habitación. Espero que también rompa el hielo con Toramaru. Quizá se ha enfadado porque he traído un gato.

—Pero si aquí vienen muchos huéspedes con gatos, ya debería estar acostumbrado. No sé.

Ladeando la cabeza con gesto de extrañeza, Chikako sirvió una infusión de hierbas del jardín.

—¿Se lo has explicado bien a Toramaru?

—¡Pues claro! —le respondió Sugi a Chikako, que había sazonado la pregunta con un gracioso mohín. El hecho de que su tono se hubiese vuelto algo agresivo respondía a una punzada de remordimiento.

¿Por qué le habría ladrado a Miyawaki? Toramaru había clavado los ojos en los suyos mientras él le decía: «Hazte amigo suyo, ¿eh?». Tal vez le hubiese leído el pensamiento. ¿Escondía en su interior algo que el perro pudiera adivinar?

—¡Qué buena está! —murmuró Miyawaki, que bebía la infusión a sorbitos, y Chikako sonrió ampliamente.

—¿Te gusta? ¡No sabes cuánto me alegra! Entre los huéspedes tiene mucha aceptación. Está hecha con hierbas que cultivo en el jardín. —Chikako lanzó una mirada aguda a Sugi—. No te lo creerás, pero él, la primera vez que se la preparé, me dijo que sabía a dentífrico.

Chikako aún estaba resentida por la única vez que Sugi se había ido de la lengua desde su boda. Miyawaki siempre había sido más diplomático y Sugi hubiese querido aprender de él, pero se sentía muy incómodo cuando, al pronunciar sencillas palabras de alabanza, se daba cuenta de que estaba fingiendo y le costaba mucho imitarlo.

—Es un poco dulce, ¿verdad? ¿Qué le has puesto?

—He puesto stevia.

—¡Ah, claro. Es eso!

—¡Qué curioso que entiendas de estas cosas, Miyawaki!

«Porque yo, por lo visto, nada de nada.» En su fuero interno,

Sugi sintió envidia. Normalmente, un hombre no asiente con movimientos de la cabeza, para mostrar su acuerdo, cuando le hablan de hierbas.

—Parece que el hostal va bien, ¿no es así?

—Sí, por suerte. Por lo visto, fue un acierto orientarla a los huéspedes que viajan con gatos.

En cuanto Sugi lo dijo, Chikako irguió orgullosamente la cabeza: «¡Yo, yo!». «Sí, sí. Mérito de la señora. Así es como funcionan aquí las cosas».

—Y tú, ¿estás bien? Eso de… desprenderte del gato tan de repente.

Como era difícil preguntárselo por escrito, había decidido hacerlo cuando se vieran.

—Sí, ya…

Miyawaki, que ahora sonreía con incomodidad, parecía haber envejecido en poco tiempo. Estaría cansado.

—He oído decir que una filial de tu empresa ha reestructurado la plantilla a gran escala.

—Sí, bueno. Pero también hay otras cosas…

Quizá hubiera razones más personales. Cuando se lo estaba diciendo, Chikako le lanzó una mirada significativa a Sugi. Por lo visto, a Miyawaki no le gustaba demasiado que le preguntasen sobre las circunstancias por las que atravesaba.

—Me hacéis un gran favor quedándoos con Nana. Hemos visitado a otros candidatos, pero las cosas no han acabado de cuajar.

—Ante todo quiero decirte una cosa, Miyawaki.

Chikako se sentó derecha en la silla.

—Nosotros nos hemos hecho a la idea de que nos haremos cargo de él mientras tú no puedas. Lo cuidaremos con mucho cariño, por supuesto. Pero, si las cosas se arreglan y quieres volver a vivir con él, podrás venir a recogerlo cuando quieras.

El rostro de Miyawaki reflejó una intensa emoción, y por un instante torció los labios y bajó la cabeza.

Sugi y Chikako reconocieron aquella expresión, la habían visto juntos hacía ya mucho tiempo.

Sugi pensó que quizá otra vez… Pero Miyawaki levantó la cabeza y sonrió.

—Gracias. Es muy egoísta por mi parte, pero me alegro mucho.

* * *

Si bien ahora era amigo de los dos, Sugi fue quien conoció a Miyawaki primero.

En la primavera del primer año de bachillerato los tres iban a la misma clase.

Los alumnos que procedían de la misma escuela de secundaria formaban grupos dentro de la clase y, aunque Miyawaki intentaba hacer nuevos amigos, no acababa de integrarse en ninguno. Iba de grupo en grupo y charlaba animadamente con todos, pero, al parecer, allí no tenía ningún antiguo compañero de escuela.

Sugi no tardó en enterarse de que Miyawaki no conocía a nadie porque había llegado de otra prefectura y había hecho el examen de admisión durante las vacaciones de primavera.

«Me moría de ganas de hacer amigos.» Más adelante, les contaría su situación con una sonrisa.

El incidente que propició que se tomaran confianza se produjo durante los primeros exámenes trimestrales.

Sugi había estado empollando la noche anterior al examen y

tenía la cabeza llena de fórmulas matemáticas y de vocabulario de inglés. Se dirigía hacia el instituto pedaleando muy despacio, no fuera a ser que con una sacudida se derramara todo lo que acababa de aprender.

A medio camino del instituto vio un rostro conocido. Se acercó pensando que debía de tratarse de Miyawaki, su compañero de clase. Este se había apeado de la bicicleta y estaba detenido junto a una ancha cuneta.

Aunque se trataba de una cuneta, su anchura era casi la de un arroyo y, por el cauce reforzado con hormigón, corría el agua de riego como en una acequia. Hasta el borde, la altura de la zanja vendría a ser la de un niño. Miyawaki permanecía con los ojos clavados abajo, en la cuneta.

Sugi sintió curiosidad por saber qué estaba haciendo Miyawaki, pero aquel no era momento para entretenerse. Como sus miradas se encontraron, pensó en saludarlo con una inclinación de la cabeza y pasar de largo sin más, pero recapacitó pensando que eso luego podría provocar tirantez entre los dos y detuvo la bicicleta un poco más adelante.

—¿Qué estás haciendo?

Al oír que le dirigían la palabra, Miyawaki, sorprendido, se volvió hacia Sugi. Debió de pensar que había pasado de largo.

—Es que me he encontrado a este en apuros.

Miyawaki señaló a un perrito que había en la acequia, inmóvil sobre sus cuatro patas, temblando de pies a cabeza. A duras penas se sostenía sobre una minúscula isleta de tierra y grava sedimentadas. Su espeso pelo de color blanco y marrón estaba empapado y completamente pegado al cuerpo.

—Es un shih-tzu.

Sugi conocía esa raza de perros porque, precisamente, en casa de Chikako tenían uno. A toda la familia de Chikako, que regentaba un negocio de árboles frutales, le encantaban los animales, y en sus carteles publicitarios siempre había gatos y perros. Él envidiaba su peculiar manera de cuidar a los animales.

Sugi vivía en un típico bloque de pisos para empleados de la compañía en la que trabajaba su padre, un oficinista. No era un lugar adecuado para albergar animales. Además, su madre tenía alergia, de modo que solo podía aspirar a tener pececillos de colores, tortugas o algún animal sin pelo. Desde pequeño había querido tener un perro, pero sus sueños jamás se habían hecho realidad, por eso satisfacía su gusto por los animales en casa de Chikako.

—Se habrá caído al agua.

Sí, quizá. Miyawaki asintió con un movimiento de la cabeza. Por allí no se veía ninguna escalera o camino por los que se pudiera bajar al interior del canal.

—Lo mires como lo mires, este perro no es de una raza que se críe al aire libre. Se habrá escapado de alguna casa y se habrá perdido.

En efecto, también la familia de Chikako soltaba al perro durante el día y dejaba que correteara entre árboles frutales, donde jugaba con los huéspedes que habían ido a coger fruta, pero, por la noche, lo llevaban a casa y lo encerraban dentro.

—No te preocupes. Ve tú primero.

Miyawaki lo invitó a irse, pero Sugi se hallaba en una situación delicada. Si se iba y luego se descubría que había abandonado a su suerte al perro perdido que se había caído a la acequia, Chikako se enfadaría mucho con él.

—Es que me preocupa.

Sugi bajó de la bicicleta mientras echaba un vistazo al reloj de pulsera. Si no tardaba mucho, podría llegar antes de la primera clase y hacer el examen.

—Vamos a solucionar esto en un momento.

Y Miyawaki sonrió contento.

—¡Qué buen tío eres, Sugi!

Le incomodó que lo sobreestimara, porque a él, en realidad, lo único que le importaba era el humor de Chikako.

—Si bajamos, el agua nos empapará hasta los tobillos.

Desde ninguno de los dos lados de la cuneta se podía acceder de una zancada a la isleta donde permanecía inmóvil el shih-tzu. Además, las plantas acuáticas eran tan frondosas que impedían ver el fondo. Bajar descalzo era una temeridad. Podría haber algún vidrio o algún objeto cortante.

De pronto, Sugi se fijó en un montón de tablones que estaban tirados a un lado del camino. Debían de haber formado parte de algún andamio.

—Voy a tomar uno prestado —dijo. Sugi se acercó corriendo y escogió un tablón de la longitud adecuada—. Si lo tendemos hasta donde está el perro, quizá pueda subirse a él y cruzar como si fuera un puente.

—¡Buena idea!

Aunque le colocaron el tablón justo delante de los ojos, el perro no se subió a él. Lo llamaron, pero el shih-tzu se quedó allí plantado, temblando de pies a cabeza, sin dar un solo paso.

—Puede que no lo vea —dijo Miyawaki con expresión muy seria.

—Fíjate bien. Si lo miras de lado, verás que tiene los ojos turbios. Puede que tenga cataratas.

Era difícil adivinar la edad de un perro con un rostro tan infantil, pero, ahora que su compañero lo mencionaba, parecía que el pelo había perdido efectivamente algo de color.

—¡Ha tenido suerte de haber llegado hasta aquí, el pobre!

Cerca de donde estaban discurría la carretera nacional, por la que circulaban muchos vehículos. Era un milagro que no lo hubiesen atropellado. Seguro que había caído a la cuneta porque no veía bien.

—Voy a bajar. Si paso por el madero, no me mojaré.

Miyawaki apoyó un pie sobre el tablón que habían tendido en diagonal.

—¡Eh! ¡Cuidado!

El tablón estaba completamente podrido. El peso de un perro aún podía aguantarlo, pero ¿sostendría a un chico de su edad?... Acto seguido se oyó un siniestro crujido. Miyawaki osciló sobre el tablón, que se partió por la mitad, y cayó en la acequia. Las salpicaduras acompañaron al estrepitoso chapoteo en el agua.

El shih-tzu empezó a gañir. Y, sin más, echó a correr a la desesperada por el interior de la cuneta.

—¡Eh! ¡Espera!

Miyawaki, que se había caído de culo en el agua, se incorporó de un salto y lo persiguió. El shih-tzu, más aterrado si cabe por el estrepitoso ruido del agua que removía Miyawaki al andar, no hizo ademán de detenerse. Corría por la acequia a una velocidad insospechada en un perro viejo medio ciego.

—¡Ahora bajo a cortarle el paso! ¡Tú por un lado y yo por otro! ¡No lo dejes escapar!

Sugi corrió por el camino y, en cuanto adelantó al shih-tzu a la fuga, se precipitó de un salto en la acequia.

El fuerte estruendo del agua sobresaltó al shih-tzu, que pegó un salto y se detuvo. Luego se dio la vuelta y se dirigió al buen tuntún en dirección contraria, hacia el lugar de donde había venido.

—¡Se va! ¡Cógelo!

Miyawaki se lanzó como si fuera un portero parando un balón. Desesperado, el shih-tzu se revolvió e intentó escapar, pero Miyawaki lo agarró con fuerza por las patas traseras. Aterrado, el perro le clavó los dientes en la mano.

—¡No lo sueltes! ¡Ánimo!

Al instante, Sugi se quitó el blazer, lo echó encima del perro y lo pilló. Al verse envuelto como si fuera un fardo, el shih-tzu por fin se calmó.

—¿Estás bien?

Como respuesta, Miyawaki se limitó a mostrarle la mano derecha con una sonrisa forzada. ¡Vaya carnicería! A pesar de ser tan pequeño, el perro tenía unos dientes muy afilados. Aquel montón de agujeritos por los que manaba la sangre no tenía muy buen aspecto.

—Tendrías que ir al hospital.

En aquel instante, Sugi se resignó definitivamente a saltarse el examen.

* * *

Llevaron el perro a la comisaría de policía, que estaba junto a la carretera nacional, y luego se dirigieron al hospital, donde les pidieron el certificado del seguro. No lo tenían, lo que les ocasionó otro quebradero de cabeza. Como eran estudiantes de bachillerato, con el dinero que llevaban los dos no bastaba para que los atendieran. Al final, mostraron los carnets de estudiante y Miyawaki recibió atención médica con la condición de que volviera luego a pagar la cura.

Al llegar a la escuela, ya había terminado la segunda clase.

Se presentaron en la sala de profesores y le explicaron al tutor lo que les había pasado. Su relato más bien parecía una broma, pero las ropas empapadas de Miyawaki y el vendaje de la mano hablaban por sí mismos, y al final los creyó.

Un examen por ausencia justificada podía recuperarse otro día, les dijeron. Sugi se alegró al saberlo, ya que, con el revuelo de la mañana, se le había escurrido de la cabeza todo lo que había empollado para el examen.

—¡Eh, Sugi! Dime, ¿qué ha pasado?

Cuando entró en el aula, Chikako se acercó a interrogarlo con aires de hermana mayor.

En cuanto le contaron lo sucedido, quiso ver al shih-tzu que los chicos habían dejado en comisaría y quedaron en pasarse por allí al salir del instituto.

Como a Miyawaki también estaba preocupado por el perro, fueron juntos los tres.

El shih-tzu anciano con cataratas estaba atado con una correa en un rincón del vestíbulo. Le habían dado agua y comida. Por lo visto, su dueño aún no había dado señales de vida.

—Pues sí. Es muy viejo. Parece que apenas ve.

Chikako le pasó la mano por delante. Efectivamente, sus ojos tardaban en reaccionar.

—Vosotros no os lo podríais quedar, ¿verdad? —les propuso un policía de mediana edad.

—Hacerse cargo de perros perdidos no figura entre las atribuciones de la policía y nos es imposible acogerlo mucho tiempo más.

Como jóvenes estudiantes que eran, no pudieron evitar cierto rechazo ante aquellas formalidades.

—Oiga... Si a ustedes les es imposible acogerlo, ¿qué le va a pasar?

—Pues que, si entre hoy y mañana no aparece el dueño, lo llevaremos a la perrera municipal.

—Eso no puede ser. La perrera, ¡qué horror! —espetó Chikako indignada—. ¡En la perrera se deshacen de ellos enseguida si no aparece el dueño!

—Visto así, pues...

Miyawaki, que había permanecido en silencio con la cara pálida, le pegó a Sugi unos golpecitos en las costillas.

—¿Y tú, Sugi? ¿No podrías quedártelo tú?

—Lo siento. En casa no podemos tener animales porque mi madre tiene alergia. ¿Y tú, Miyawaki?

—Yo tampoco. Mi casa es una vivienda del gobierno y está prohibido tener mascotas.

—¡Pues ya me lo quedaré yo!

—¿Puedes decidirlo tú sola, así, de sopetón? ¿No tendrías que preguntárselo a tu familia?

Miyawaki estaba sorprendido ante aquella decisión inmediata, pero Chikako, enojada porque encima le fuera con remilgos, lo miró echando chispas por los ojos.

—¡Habíamos quedado en que aquí no podían tenerlo! ¿O sí?

Chikako llamó a su casa por el teléfono público del vestíbulo, y en menos de una hora apareció su padre en una camioneta. Cargó la bicicleta de la chica en la parte trasera del vehículo y el shih-tzu ocupó el asiento del copiloto acomodado en el regazo de Chikako.

—¡Hasta luego! ¡Y tú, Miyawaki, si también estás preocupado por el perro, puedes venir a casa a verlo!

—Gra... gracias.

Los dos chicos siguieron con la mirada a Chikako, que se fue como cuando cesa la tormenta, y ambos se echaron a reír a la vez.

—¡Sakita-san es alucinante!

—Alucinante, ¿verdad? Desde pequeña se pone a cien por todo lo que tiene que ver con los animales.

—¿La conoces desde hace tiempo?

—Somos amigos desde pequeños —respondió.

—¿Y qué hay de malo en tener una amiga de la infancia tan bonita y digna de confianza?

Bonita. Al oír cómo Miyawaki lo soltaba como si nada, a Sugi le dio un vuelco el corazón. Chikako era vital, cariñosa y bonita. Eso hacía tiempo que lo tenía muy claro. Pero él no era capaz de expresarlo con esa naturalidad... Sin saber por qué, tuvo una sensación de derrota.

—¿Y no tendrá problemas en su casa por haberse quedado con el perro, así por las buenas?

—¡Qué va! Toda su familia se pirra por los animales. Tienen unos cinco o seis, entre gatos y perros.

—¡Caramba! ¿Gatos también?

—Chikako prefiere los gatos.

—¡Vaya! —Miyawaki sonrió contento—. A mí también me gustan mucho los gatos. Me importa el shih-tzu, claro, pero me encantaría que me enseñara los gatos.

A Sugi volvió a dominarlo la ansiedad... «Vaya. Seguro que esos dos harán buenas migas», pensó.

Aquella noche, Chikako lo llamó por teléfono y lo alabó por haber salvado al perro aun a costa del examen.

—Por cierto, ¿quién lo encontró?

En aquel momento deseó haberlo visto él primero. Aunque, de

haber sido así, seguro que habría pasado de largo. A lo sumo, tal vez se habría acercado a la vuelta para ver cómo estaba.

—Bueno, pues... Pasamos los dos por allí casi al mismo tiempo.

Esa pequeña mentira le provocó desazón. No llegaba a hacerle daño, pero sí cierto malestar. Al final, no pudo soportarlo más.

—Bueno, quien lo vio primero fue Miyawaki, creo.

—No he hablado mucho con él, pero parece que es muy buen tío.

Tenía la impresión de que a Chikako le gustaba mucho Miyawaki... Ya sabía él que le gustaría.

Desde aquel día empezaron a hablar a menudo los tres. Y los dos chicos iban a menudo a casa de Chikako a ver cómo estaba el perro extraviado.

Cuando Sugi los visitaba solían pedirle que les ayudara en el campo y Miyawaki no fue una excepción. También él les echaba una mano a menudo. Por su dicción, Miyawaki parecía un chico de ciudad, pero, para sorpresa de todos, resultó que estaba muy acostumbrado a las faenas agrícolas y enseguida cayó bien a familia de Chikako.

Al final, el dueño del shih-tzu nunca apareció y el perro siguió con la familia Sakita. A Miyawaki le sabía mal y se ofreció a buscar a alguien que se lo quedara, pero Chikako se opuso con vehemencia.

Con el shih-tzu joven que había en la casa, el recién llegado había establecido ya una relación paterno-filial y había pasado a ser, muy a la manera de Chikako, «el shih-tzu que me ha dado Miyawaki».

Los gatos de la familia Sakita le tenían más confianza a Miyawaki que a Sugi. Los felinos intuían que Sugi prefería a los perros y eso les molestaba. Los perros, en cambio, estaban más encariñados con él. Y quizá fuese porque se acordaba de cuando Miyawaki lo había perseguido por la acequia, pero lo cierto era que incluso «el shih-tzu que me ha dado Miyawaki» prefería a Sugi.

Un día, Miyawaki estaba hojeando una publicación gratuita en la que se anunciaban trabajos a tiempo parcial. Era la época de los exámenes finales y los profesores les tomaban el pelo diciéndoles que no se les olvidara presentarse y que no recogieran a ningún perro.

—¿Estás buscando algún trabajillo para las vacaciones de verano?

—Sí... Me pregunto si habrá algún lugar donde paguen un buen jornal.

—Un trabajo muy bueno, no es fácil encontrarlo.

—Ya, ya. —Miyawaki se rascó la cabeza—. La verdad es que yo quería hacer algo en cuanto entrase en el instituto.

En el instituto donde estudiaban, estaba prohibido que trabajaran por horas durante el curso.

—¿Por qué? ¿Es que no te llega la paga?

Todo el mundo sabe que los estudiantes nunca tienen suficiente dinero para gastos.

—No es eso. Es que me gustaría hacer un viaje durante las vacaciones de verano. Y, si pudiera, quisiera marcharme pronto.

—¿Adónde?

—A Kokura.

Sugi ladeó la cabeza extrañado al oír aquel topónimo desconocido y Miyawaki, que captó su expresión, le explicó:

—Está en la prefectura de Fukuoka. Antes de llegar a Hakata.

Sugi seguía sin entender por qué Miyawaki no quería ir a Hakata, sino a un lugar desconocido que se encontraba antes de llegar a Hakata.

—¿Y por qué a Kokura?

—Allí vive un pariente lejano mío... Se hizo cargo de mi gato cuando ya no pude tenerlo en casa, hace tiempo.

¡Ah, claro! Por lo visto, más que ir a Kokura, lo que quería era ver al gato.

—¿Y por qué ya no pudiste tenerlo en casa?

Al oír la pregunta que Sugi le había hecho sin concederle importancia, Miyawaki sonrió con cara de apuro. Dándose cuenta de que era reticente a contarlo, Sugi se dijo que era mejor olvidar el asunto. Justo entonces, se asomó una cabeza.

—¡Lo he oído! ¡Lo he oído! —Era Chikako, que lucía una atrevida sonrisa en los labios

—Es que tú enseguida metes las narices en todo, ¿eh?

Cuando Sugi le tomó el pelo, ella le soltó: «¡Pesado!».

—Así que quieres ir de viaje para ver a un gato al que echas de menos. Entiendo perfectamente cómo te sientes. ¡Y voy a echarte una mano!

—¿Sabes dónde puedo encontrar algún trabajo bien pagado?

A la pregunta de Miyawaki, Chikako repuso muy ufana:

—¡Y además podrás empezar a trabajar este mismo fin de semana!

—¿Qué trabajo es ese, si se puede saber? Si conoces algo bueno, ¡dímelo también a mí!

Por entonces, también Sugi estaba contemplando la posibilidad de hacer un trabajillo durante las vacaciones de verano.

—En principio, está prohibido hacer trabajos a tiempo parcial durante el curso, pero hay una cláusula que dice: «Se excluirá la ayuda prestada en el negocio familiar». Como se trata de ayudar en el negocio familiar de un compañero de clase, si haces la solicitud limitando el trabajo solo a los fines de semana, seguro que te dan permiso. Puede pasar por aprendizaje del mundo laboral.

En resumen, estaba ofreciéndole un trabajo en los campos de árboles frutales.

—No pagan mucho, por hora, pero si se lo pido, te pagarán por semanas y, si empiezas a trabajar enseguida, a principios de agosto tendrás dinero suficiente para el viaje, ¿qué te parece?

—¡Gracias!

Al levantarse Miyawaki derribó sin querer la silla.

En los campos de árboles frutales ya había empezado la temporada de gran afluencia de clientes que acudían a coger fruta. También Sugi empezó a trabajar allí los domingos que no caían en período de exámenes. El sueldo era menor que el que ofrecían en una tienda de las que abren las veinticuatro horas del día, pero antes de final de curso ya había logrado ahorrar veinte mil yenes.

En cuanto empezaran las vacaciones veraniegas, podrían ir a trabajar todos los días. Así que, haciendo cálculos, consideraron que, si Miyawaki trabajaba todo el mes de julio, ahorraría lo suficiente para el viaje y los gastos de estancia.

—Y tú, Sugi, ¿qué vas a hacer con el dinero?

—Pues todavía no lo he pensado.

Era mentira. Esforzándose cuanto pudo en fingir que se le acababa de ocurrir en aquel preciso instante, dijo:

—¿Por qué no vamos al cine?

—¿Invitas tú?

Era previsible que Chikako picara al instante.

—Bueno. Como el trabajo lo conseguí gracias a ti...

—¡¡Bieeen!! ¿Y puedo también gorrearte una comida?

Conteniendo su entusiasmo, respondió con una sonrisa burlona: «¡Vale! ¡Vale!» Como si cediera ante la insistencia de Chikako.

—¡¡Qué bien!! ¡¿En serio?! Luego no vale echarse para atrás, ¿eh?

¡Qué chollo! ¡Qué chollo! A Chikako, que expresaba su entusiasmo sin tapujos, ni se le pasó por la cabeza que eso fuera una cita... Pero, de momento, con aquello era suficiente.

No había que apresurarse. Eso es lo que pensó Sugi.

* * *

El primer día de la última semana de julio, a la hora de empezar el trabajo Miyawaki no apareció.

Tampoco avisó, algo extraño en alguien tan formal como él. Sugi empezó a trabajar preguntándose con inquietud qué le habría sucedido a Miyawaki.

Al final compareció con una hora de retraso.

—Siento llegar tarde. —Miyawaki pidió disculpas con el rostro muy pálido y tensión en el rostro.

—Si te encuentras mal, no trabajes.

Fue el padre de Chikako quien habló, pero Miyawaki no le hizo caso.

—Estoy bien—dijo.

A la hora del almuerzo, a petición de los padres de Chikako, se dirigieron los tres a la casa de la familia Sakita. El rostro de Miyawaki ofrecía todavía peor aspecto.

—¿Qué tienes? ¿Te ha pasado algo?

«Nada.» Miyawaki siguió en sus trece, negándose a hablar.

Entonces, Chikako, que lo observaba en silencio, dijo:

—No le habrá pasado algo al gato que tenías hace tiempo, ¿verdad?

—Lo han atropellado —musitó con voz ahogada y se quedó sin palabras. Por lo visto, se había enterado aquella misma mañana.

—Lo querías mucho, ¿verdad?

A Chikako, que se lo había musitado con lástima, Miyawaki le dijo, de nuevo con un hilo de voz: «Era de la familia».

«¿Y por qué ya no podías tenerlo?» Antes, cuando Sugi se lo había preguntado, Miyawaki no le había respondido. Y, si era de la familia, más dudoso le parecía aún.

«Si tanto te duele, no deberías haberlo abandonado...», pensó. Esa frialdad de Sugi quizá reflejara un atisbo de celos de sus amigos, que tanta simpatía sentían por los gatos.

Pero esos celos estúpidos pronto fueron barridos de un soplido.

—Era el gato que teníamos en casa cuando aún vivían mis padres...

«... Castigo divino», pensó Sugi. Por haber alimentado dudas malévolas hacia un amigo que sufría. Castigo divino para la mezquindad humana.

—Y tú querías llegar a tiempo, ¿verdad?

¡Qué tierno era el afectuoso interés de Chikako! La vital, cariñosa y bonita Chikako. Hacía tanto tiempo que Sugi se sentía deslumbrado por su buen corazón y, no obstante, era incapaz de estar a su altura.

¿Por qué era tan pequeño y ruin con lo mucho que deseaba ser un hombre digno de Chikako?... Pero, Dios...

Sugi no sabía que los padres de Miyawaki hubieran muerto. De haberlo sabido, no habría alimentado tan malévolas dudas.

«Aunque lo hubieras sabido, jamás habrías mostrado un interés como el de Chikako.» Sugi tuvo la sensación de que Dios se estaba burlando de él.

—¿Y el trabajo? ¿Qué vas a hacer? ¿Vas a continuar?

Eso fue todo lo que se le ocurrió preguntar. A su lado, Chikako pensó: «¡Hombres!».

Sin embargo, a aquellas alturas, ya no podía consolar a Miyawaki con palabras fingidas. Solo podía salvar la cara imitando un interés que a Chikako le nacía del corazón.

—Ahora ya no tiene sentido ir a Kokura.

Miyawaki esbozó una pálida sonrisa. Entonces Chikako intervino en voz alta.

—¡Tienes que ir a Kokura de todas formas! Lo mejor es que ahorres y vayas allí y te despidas de él como es debido.

Chikako habló con vehemencia, como si le lanzara una soflama. Miyawaki la escuchó parpadeando con sorpresa.

—Si no lloras al gato muerto como debes, jamás podrás superar su pérdida. No te quedes aquí, como si fueras un pusilánime, compadeciéndote a ti mismo porque no has podido llegar a tiempo. Ve allí y llóralo. Dile que pensabas ir a verlo, pero que no has llegado a tiempo. Si no superas la pérdida, la preocupación impedirá que el gato descanse en paz.

Sugi comprendió enseguida hasta qué punto sus palabras habían emocionado a Miyawaki... Porque incluso él, que se había descubierto capaz de albergar pensamientos malévolos, estaba conmovido.

¿Qué podía alegar ante alguien que le decía que no fuera pusilánime y que no se compadeciera de sí mismo? Miyawaki volvió sonriendo al trabajo.

Ya que iba, visitaría otros lugares. De modo que trabajó hasta mediados de agosto y, antes de que acabasen las vacaciones, salió de viaje.

El Miyawaki con el que se reencontraron al empezar el nuevo curso parecía más sereno.

Había comprado regalos para sus amigos. A Sugi le regaló el

rāmen de Hakata que le había pedido, y a Chikako, un papel secante facial que compró en Kioto y un espejo de mano.

—¡Oh! ¡Son Yoojiya! —exclamó la chica, y se fue corriendo.

—Así que también has pasado por Kioto.

A la pregunta de Sugi, Miyawaki asintió con un movimiento de la cabeza.

—Mis padres murieron en un accidente de coche mientras yo estaba en Kioto, en el viaje de estudios de primaria.

Ya que iba, se pasaría por otros lugares... Aquel «ya que iba», tenía un significado mucho más profundo de lo que Sugi y Chikako habían pensado.

—Los papeles faciales Yoojiya me los había pedido mi madre como regalo. Los estuve buscando, pero me tuve que ir antes de poder comprarlos. Me los trajo después un amigo que me había ayudado a buscarlos. Pero yo nunca los llegué a comprar.

—¿Y el espejo también?

No, pero me habría apetecido comprárselo.

Sugi, que escuchaba con atención, sintió un peso en el corazón.

Quien tendría que haberse enterado de esa historia era Chikako. Pero Sugi no quería que ella la escuchara. Aquel día que había rescatado al shih-tzu de la acequia... Habría sido mejor que hubiera sido otro quien se encontrara a Miyawaki. Habría sido mejor que alguien que no fuera él hubiese rescatado al shih-tzu junto con Miyawaki.

No le dijo a Chikako lo que Miyawaki le había contado sobre el viaje a Kioto. Intentó acallar sus remordimientos diciéndose que, si Miyawaki quería, ya se lo contaría él.

Lo único que podía hacer era temblar de miedo ante la posibilidad de perder la ventaja que le proporcionaba ser el amigo de infancia.

* * *

Sugi estaba preocupado.

A diferencia de él, que no hacía más que luchar de un modo patético por convertirse en un hombre que no se avergonzase de sí mismo ante Chikako, Miyawaki ya era digno de ella.

Y eso, a pesar de haber sufrido aquella dura experiencia cuando era pequeño. La muerte lo había separado de sus padres, habían arrancado a su querido gato de su lado. Finalmente, tampoco había llegado a tiempo de reencontrarse con él. Y, sin embargo, Miyawaki no culpaba a nada ni a nadie. No sentía celos.

En su lugar, Sugi se habría regodeado en aquella tragedia cuanto hubiese podido. Se habría valido de su amarga experiencia para justificar su indolencia. Y probablemente se habría servido de ella para atraer el interés de Chikako.

¿Cómo podía Miyawaki permanecer allí con tanta naturalidad, sin tensión alguna? Cuanto más lo conocía, más acorralado se sentía... No tenía la menor posibilidad de ganar.

Sentía vergüenza por haber crecido sin privación alguna. Él podía considerarse más afortunado que Miyawaki pero, aun así, no paraba de quejarse a diario. No dudaba en discutir con sus padres, soltaba pulla tras pulla, e incluso a veces, en las broncas que tenía con ellos, iba demasiado lejos y acababa haciendo llorar a su madre.

¿Por qué era tan mezquino si no le faltaba de nada? ¿Por qué no podía ser tan afectuoso como Miyawaki, que tenía menos cosas que él?

Chikako también había crecido sin carencias, como Sugi, pero ella era capaz de estar junto a Miyawaki sin sentir complejo de inferioridad ni celos. Se relacionaba con él de una forma natural y alegre. Eso también atormentaba a Sugi.

Ella no sentía complejos de inferioridad o celos, se decía Sugi, porque era un ser humano de la misma talla que Miyawaki. Por eso podían relacionarse de una forma tan espontánea.

A ese paso, acabaría quitándole a Chikako... A pesar de que a él le gustara ella desde mucho antes.

—¿Crees que a Miyawaki le gusta alguna chica?

Chikako había musitado esas palabras en una ocasión, como si se le escaparan. Miyawaki no estaba con ellos ese día.

Al final, Sugi cedió a la presión del complejo de inferioridad y de los celos.

—A mí me gusta Chikako, ¿sabes? Desde que éramos pequeños. Me ha gustado siempre.

No fue a Chikako a quien se lo reveló, sino a Miyawaki.

Si Sugi se lo confesaba, Miyawaki, que era tan afectuoso y buen amigo, sofocaría sus propios sentimientos.

Como lo suponía, se lo confesó como si le pidiera consejo.

Sorprendido, Miyawaki abrió mucho los ojos. Permaneció mudo unos instantes y, luego sonrió.

—Comprendo.

«Me comprendes, ¿verdad?... Sabía que me comprenderías, estaba seguro.»

Con este ardid, Sugi consiguió sellarle los labios a Miyawaki, y poco tiempo después, aún con los labios sellados, Miyawaki salió de escena.

En primavera del tercer curso de bachillerato volvió a cambiarse de escuela. Les dijo que su tía, que era su tutora, se trasladaba a menudo por motivos de trabajo.

Sugi sintió tristeza por la separación, cierto. Pero también alivio. Ahora ya podía estar tranquilo. Eso fue lo que pensó en aquellos momentos.

* * *

—¿Cómo puede ser que fueras tan buen tío a pesar de ser tan desgraciado?

Sin darse cuenta, Sugi había hablado demasiado. La culpa la tenía el vino que había bebido durante la cena. Como aquella era una ocasión especial, había preparado una botella de Ajiron tinto con el propósito de agasajar a Miyawaki con un producto de la tierra, pero esa variedad era muy aromática y dulce al paladar, y a poco que te descuidaras acababas bebiendo de más.

Hacía un rato que Chikako había salido para ir al baño. También por eso él había bajado la guardia.

Miyawaki respondió con una sonrisa burlona.

—Lo de buen tío no sé si era verdad o no. Pero yo no me sentía desgraciado. Esa observación me choca, la verdad.

—¿Qué quieres decir con eso? ¿Me estás diciendo que no me meta en tus asuntos?

—Se te ha subido el vino a la cabeza. Será mejor que te despejes un poco antes de que Chikako salga del baño.

Al tiempo que lo decía, Miyawaki apartó la botella de su lado.

* * *

Nosotros, los gatos, nos ponemos bobalicones con la actinidia y los humanos se ponen bobalicones con el alcohol.

En casa, Satoru bebe alguna que otra vez. Mientras ve un partido de béisbol o de fútbol, uno de esos juegos de pelota que tanto gustan a los humanos, va echando un trago tras otro, se pone de muy buen humor y acaba tumbado en el tatami.

Si paso por su lado me dice con voz melosa: «¡Nana-chaan!» y trata de abrazarme quieras que no, lo que me desagrada a más no poder. En esos momentos, intento no ponerme a tiro. Y, además, apesta.

En otras ocasiones, bebe fuera y vuelve a casa oliendo a alcohol, pero suele regresar muy alegre. Por eso yo creía que, cuando bebían, los humanos se ponían contentos. Igual que los gatos se ponen contentos con la actinidia.

Sugi es la primera persona que conozco a la que la bebida pone fúnebre. Después de que Chikako se fuera al baño, se fue achicando a ojos vista y empezó a hacerle reproches a Satoru.

¿Por qué bebe la gente si no se divierte? Observé a los dos hombres desde lo alto del televisor del cuarto de estar. Al final, Satoru acabó apartando la botella.

El televisor de esta casa me gusta un montón, dicho sea de paso. Pensaba que todos los televisores eran planos como una tabla, pero el de esta casa parece una caja: tiene la forma ideal para que a un gato le den ganas de subirse encima. Está calentito y sientes un calorcillo muy agradable en la barriga. En invierno, seguro que es fantástico.

Momo me ha comentado que es bastante viejo. Al parecer, los televisores antiguos tenían forma de caja. Vaya. Eso de que hayan pasado de un diseño tan perfecto a una tabla tan insípida, ¿no será signo de una degeneración de la tecnología? Me pregunto yo.

Según Momo, se puede adivinar la quinta de un gato según conozca, o no, los televisores en forma de caja. Por lo visto, Chikako antepone la comodidad de los gatos a todo lo demás, por eso en esta casa no han llegado los televisores de pantalla plana. Desde mi punto de vista, es una decisión estupenda.

¿Por qué pones esa cara de mal humor? Si ya te has cansado, te cambio el sitio.

Cuando Momo me dirigió estas palabras desde un sofá cercano, me puse nervioso. Es que Momo me había cedido el asiento preferente a mí, su invitado.

No es que me haya hartado del televisor. Solo que...

Lancé una mirada a Sugi, que hablaba prolijamente.

Había oído que eran amigos, pero no parece que Sugi le tenga un gran cariño a Satoru.

Momo sonrió burlonamente indicando que no era así.

No pienses que no lo está acogiendo bien. Ayer fue a comprar este vino para él. Decía que quería que Miyawaki lo probara.

En ese caso, ¿por qué se metía tanto con Satoru? ¿Por qué le decía que era tan buen tío como si eso no le gustara?

Le tiene cariño, pero siente envidia, ¿sabes? Porque a mi amo le gustaría parecerse al tuyo.

No lo entiendo. Satoru es Satoru y Sugi es Sugi, ¿no?

Tienes toda la razón. Pero es que mi dueño cree que, si pudiera ser como el tuyo, Chikako lo querría más.

¡Vaya! Mira por dónde había salido a la luz un testimonio relevante.

Parece que a Chikako hace tiempo que le gustaba tu dueño.

Por lo visto, era una historia muy antigua. De mucho antes de que naciera Momo, de la época en que ellos tres eran muy jóvenes. A Momo se la había contado el antiguo morador gatuno de la casa.

¿Y Satoru? Me pregunto qué pasaba con él. Si a él también le gustaba Chikako.

Porque la verdad es que habría sido fantástico que una mujer que era capaz de conservar un televisor en forma de caja para que los gatos se posaran en él hubiese sido la esposa de Satoru.

¡Uf! Eso nosotros no podemos saberlo. Pero parece que mi dueño, por lo que respecta a Chikako, se siente inseguro ante Miyawaki.

¡Qué historia tan fastidiosa! ¿A qué venían aquellas incertidumbres si, a fin de cuentas, Chikako había acabado eligiendo a Sugi y se había casado con él?

Es que para los gatos, en cuanto una gata elige, todo es blanco o negro. Más claro que el agua. No solo los gatos. En el mundo de todos los animales a excepción del ser humano, el juicio de las hembras en asuntos de amor es definitivo. Claro que yo, que estoy pasando mi juventud en casa de Satoru, jamás he podido satisfacer mis ansias románticas. Además, soy demasiado fino y elegante para las hembras. Ojalá tuviera una cara más grande y un semblante más duro. Como Yoshimine. Ese, si fuera un gato, sería de los que ligan.

Pero, en fin... Yo ya me doy por satisfecho estando como estoy.

Había continuado hablándole a Momo, que me miraba extrañada ladeando la cabeza.

Aquel perro canalla debe de ser de Sugi, ¿verdad?

Es bien sabido que los animales que se llaman perro tienen muy poca personalidad y si su amo dice «negro», aunque sea blanco, para ellos es negro. Seguro que pretendía respaldar el ligero abatimiento de Sugi.

Dicho sea de paso, para los gatos, por más pesado que se ponga su amo, las cosas blancas son blancas. Los gatos solo siguen su propio criterio.

Toramaru aún es joven, y por eso es un poco demasiado franco.

Por la noche, metieron al perro canalla en la casa, pero enseguida lo llevaron a otra habitación. No le ladró como antes, pero fue muy grosero con Satoru, de modo que entre él y yo volvieron a saltar chispas.

—¡Vaya! ¡Vaya! Parece que se te ha subido el vino a la cabeza, ¿eh?

Chikako regresó después de salir del baño.

—¿Te acuestas ya?

Chikako se lo había preguntado cariñosamente, como si hablara con un crío, pero Sugi le respondió sacudiendo la cabeza como un niño mimado: «¡No quiero!».

—Si tú y Miyawaki os quedáis un rato más, yo también.

Chikako y Miyawaki intercambiaron una mirada y sonrieron con ironía. Con ironía, pero también con cariño.

¡Qué mono es ese borrachín! Pero a mí me parecía patético. No me gustaría nada ponerme así cuando huelo la actinidia.

—Yo también estoy cansado y voy a acostarme.

Satoru levantó a Sugi cogiéndolo por un brazo, pero ya fuera porque pesaba más de lo que suponía, o porque estuviera más borracho de lo que pensaba, se le tambaleó. Chikako acudió a sostenerlo por el otro lado precipitadamente.

Y entre los dos llevaron a Sugi al dormitorio.

* * *

Algún tiempo después de que Miyawaki abandonara la escena, Sugi empezó a salir con Chikako.

Ambos decidieron hacer el examen de ingreso en la misma universidad. Tras discutirlo, eligieron una universidad de Tokio. En el futuro, Chikako tenía intención de ayudar en los campos de árboles frutales de su familia y, si no salía de la prefectura durante sus años de universidad, ya no lo haría en toda la vida. Tenía el deseo, tan natural como ingenuo en una chica joven, de vivir en una gran ciudad aunque solo fuera una vez.

Los dos aprobaron el examen sin problema. Chikako se hospedó en casa de unos familiares, y Sugi en el colegio mayor de la universidad. Las habitaciones eran dobles y, aunque le preocupaba no congeniar con su compañero de cuarto, la oportunidad de pagar un alquiler tan módico le resultaba muy atractiva.

Había quedado con Chikako en verse antes de la ceremonia inaugural del curso, cuando ambos se hubieran aclimatado a sus respectivos ambientes. Mapa en mano, Sugi se encaminó al colegio mayor por una zona desconocida.

No sabía dónde tenía que girar, dio vueltas en círculo varias veces, pero logró llegar puntual a la hora fijada.

Sucedió cuando estaba haciendo los trámites en recepción.

—¡Sugi!

No conocía a nadie que pudiera dirigirse a él de aquella forma. Al volverse, intrigado, se quedó estupefacto.

—Miyawaki.

Esa fue su primera reacción, si bien luego se quedó paralizado. Por un lado, estaba la tranquilidad que le infundía encontrarse con un amigo en un lugar nuevo donde no conocía a nadie, aunque lo cierto era que no entendía qué hacía Miyawaki allí... Y, por otro lado, estaba la inseguridad que había sofocado desde que Miyawaki se había ido. Ambos sentimientos se adueñaron de él a partes iguales.

—Cuando Chikako me dijo que había elegido esta universidad, pensé que quizá tú también te habías inclinado por ella. Y acerté.

—¿Te lo dijo? ¿Es que os habéis visto después de que cambiaras de escuela?

—¡Qué dices! Por carta, hombre.

En aquella época no era habitual que los estudiantes de bachillerato tuvieran móvil. Los amigos que vivían lejos solían comunicarse por carta o por teléfono.

—Os di mi dirección, y Chikako me escribió.

«Y tú, Sugi, no lo hiciste ni una sola vez». Miyawaki se burló de su desapego, pero entre estudiantes de bachillerato de sexo masculino lo raro era, más bien, esperar tanta diligencia en la correspondencia.

—Pero te he llamado alguna que otra vez, ¿no?

—Ya. Es lo que hacemos los chicos cuando llegamos a cierta edad. Yo también suelo llamar por teléfono a mis amigos de secundaria. Cuando recibía carta de Chikako me sorprendía lo constantes que son las chicas. En fin, que nos escribíamos a veces.

Y en una de esas ocasiones Miyawaki se había enterado de la universidad que había elegido Chikako…

—Chikako no me había dicho que tú también harías el examen de ingreso para entrar aquí.

—Pues claro. Porque yo no le había dicho qué universidad había elegido —respondió Miyawaki con indiferencia.

—Pensé que estaría muy bien ir juntos, pero me dije que, si uno de los dos suspendía, eso provocaría una situación incómoda.

Pensándolo bien, lo que estaba contándole Miyawaki no tenía la menor trascendencia. Estuvo tentado de buscarle los tres pies al gato, pero, al fin, respiró aliviado diciéndose que era una tontería. Aunque…

¿Hasta qué punto era cierto lo que Miyawaki le decía? ¿Podía creérselo a pies juntillas?

—¿Y Chikako no te había dicho que yo me presentaba al examen de ingreso con ella?

Ante esa sospecha que Sugi no había podido callar, Miyawaki ladeó la cabeza, pensando extrañado: «Sí. ¿Por qué no lo habrá hecho?».

—En fin. Ya que estamos juntos, vamos a pedir que nos pongan en la misma habitación. En la mía aún no ha venido la otra persona. Creo que todavía estamos a tiempo.

Miyawaki había ingresado en la residencia la semana anterior y, sociable como era, ya había establecido relaciones con varias personas. Se lo pidió a la gobernanta, al encargado del colegio mayor y a otros, hasta que consiguió que lo cambiaran de habitación.

La vida en la residencia, que tanto inquietaba a Sugi, le resultó fácil y agradable desde el principio gracias a Miyawaki. Ser su amigo en el colegio mayor le ofrecía muchas ventajas…, aunque a veces sintiera que se cernía sobre él una desazón repentina.

El tiempo fue transcurriendo y pronto llegó la segunda mitad del curso.

—Mira. Es un regalo de un estudiante de un curso superior.

Miyawaki le mostró unas latas de cerveza de una marca que no podía calificarse de barata.

«Las bebidas alcohólicas, a partir de los veinte años.» Aunque esa era la norma de la universidad, el alcohol circulaba entre los internos del colegio mayor, incluidos los que aún no habían alcanzado la mayoría de edad, a escondidas de la gobernanta.

—¡Qué bien!, voy a ver si pillo algo para picar.

Los estudiantes de la residencia recibían con frecuencia paquetes de sus familias y, si se daban una vuelta por las habitaciones, podían conseguir alimentos por el sistema del trueque. Sugi acababa de recibir uvas de casa, y con ellas en la mano le arrancó a un estudiante de Hokkaido unas tiras de salmón seco y otras golosinas de la región.

Miyawaki tenía buen vino, pero no aguantaba bien la cerveza. Con un par de latas, ya se le enrojecían los ojos.

Aquel día, casualmente, la conversación derivó hacia un asunto de amoríos en el colegio mayor. Había un estudiante de primero que perseguía tenazmente a una chica de la residencia de un curso superior y no cejaba ante sus negativas. Los compañeros del chico, pese a reírse de él, lo jaleaban.

—¿Cuántas veces lo ha intentado?

—Pues ha dicho que con esta ya son once las veces que le ha dado calabazas cuando le ha pedido para quedar.

Miyawaki, conocedor de la historia, soltó una risita sofocada mientras se la contaba.

—Y ha dicho riendo que él no se da por vencido. Que nos demostrará que en la segunda mitad del curso, la cotización subirá a las veinte veces.

—Parece que lo que le guste sean las calabazas. Este tío ha perdido su verdadero objetivo de vista, ¿no crees?

—De todos modos, un chico así, tan lanzado, me da un poco de envidia.

Los ojos rojos de Miyawaki mostraron una chispa de vergüenza… De pronto, Sugi tuvo una premonición.

—Cuando estábamos en el instituto me gustaba un poco Chikako, ¿sabes?

Eso era lo último que Sugi habría querido escuchar.

—Pero, como estabas tú, vi que no podía ser. Aunque me habría gustado lanzarme y decírselo algún día.

Si se lo hubiera dicho alguna vez… quizá la historia habría sido distinta.

—Por favor.

Se le escapó una voz quebrada que no pudo contener.

—Eso no se lo digas a Chikako.

Si se lo dijera una vez… quizá la historia cambiaría su curso incluso ahora.

—Por favor.

Bajó la cabeza de modo humillante; ¿hasta dónde llegaría su ruindad? A sabiendas de que parecía patético, él bajaba la cabeza.

Sabía que aquello conmovería a Miyawaki.

Miyawaki lo miró, cómplice, como había hecho la primera vez que Sugi le selló los labios fingiendo hacerle confidencias. Y repuso con una sonrisa forzada: «No te preocupes».

* * *

Unos años después de regresar a su pueblo natal tras concluir los estudios universitarios, Sugi se casó con Chikako. Miyawaki acudió a la ceremonia.

Llegados a ese punto, la historia ya no podía torcerse. No, con el carácter de Miyawaki. No, con el carácter de Chikako.

El hecho de que lo asaltara a veces la inquietud al pensar en Miyawaki, pensaba Sugi, era un castigo divino por haber privado de la palabra a su amigo en una época en que la historia podría haber sido otra.

Si se hiciera cargo del gato de Miyawaki, el felino se convertiría en un recuerdo constante del tormento de Sugi. Y, sin embargo, Miyawaki, que había enmudecido y sellado sus labios por él, se encontraba en apuros y quería confiarle a su adorado gato. Y Sugi, por su parte, había contraído una obligación moral con su amigo por haberlo vencido un día de manera indebida.

«Puede que a estas alturas no tengan valor los pensamientos de un ser tan cobarde y mezquino como yo —se dijo—. Pero, pese a todo, yo te tenía cariño. Me sentía deslumbrado por ti, porque eras mucho más generoso y afectuoso que yo a pesar de haber sufrido infinitamente más.

De haber podido, me habría gustado ser como tú, de verdad.

Pretender algo así era una osadía, y ahora ni siquiera tengo derecho a decirlo. Pero, aun así, mi deseo de hacerme cargo de tu gato es sincero.»

* * *

A la mañana siguiente tenía que producirse un nuevo encuentro entre el perro canalla y yo.

Después de desayunar en el comedor, Chikako fue a buscar al perro a la habitación contigua.

—Te lo pido por favor. Sé buen chico, Tora.

Chikako lo aleccionó al otro lado de la puerta. Nervioso, Sugi daba vueltas por el comedor con aire preocupado. Satoru, en cambio, no parecía nervioso, pero sí algo preocupado, como era natural. Los únicos que estábamos tranquilos y relajados éramos Momo y yo.

Por la mañana me había tomado una mezcla especial de atún regada con una salsa de pechuga tierna de pollo que había sido más que suficiente para llenarme el estómago antes de afrontar mi tarea. Aquí te espero, perro canalla.

Se abrió la puerta de madera veteada.

Plantado en la entrada, el perro canalla clavaba la mirada en mí. Pero a Satoru ni lo miraba... Ya. Claro.

Ayer Sugi estaba muy enfadado contigo, ¿eh? Te repitió un montón de veces que Satoru era un buen amigo y que no le ladraras, ¿verdad? Ahora solo te queda un posible objeto de ataque.

¡Ven y me encontrarás!

El perro canalla se abalanzó impetuosamente hacia mí ladrando con todas sus fuerzas. ¡Perfecto!

¡Ahhh! Ignorando los chillidos de los humanos, arqueé la espalda cuanto pude y ericé el pelo de todo el cuerpo. Momo, que estaba mirando, me susurró: «¡No está nada mal!». Aprecio su cumplido en lo que vale, señora.

¡Vete a tu casa!

El perro canalla ladró con furia a pesar del enfado de Sugi y Chikako. Satoru, por su parte, vino corriendo a sujetarme para que no saltara sobre el perro.

¡Si tú te quedas, mi dueño y su esposa pensarán todo el rato en Miyawaki! ¡Y, si su esposa se acuerda de Miyawaki, mi dueño sufrirá!

¡No es necesario que me lo digas! ¡Me niego a quedarme en una casa donde hay un perro tan imbécil como tú!

En lo que respecta a las peleas, yo estoy en un estadio superior. Tú serás muy grandote, pero jamás has combatido a vida o muerte, ¿a que no?

Tú, feliz perrito de papá, nunca has luchado para defender tu territorio y no quedarte sin comida al día siguiente, ¿verdad?

Lancé al perro canalla toda la sarta de insultos e improperios forjados a lo largo de las infinitas veces que había cruzado el sangriento campo de batalla.

Violentas palabrotas que les ahorraré a ustedes, damas y caballeros de bien.

Momo sonreía con ironía mientras presenciaba la escena desde su atalaya, encima del televisor. Discúlpeme, se lo ruego. Lo único que lamento es tener que ensuciar los oídos de una dama como usted.

¡Mierda! ¡Vete a tu casa!

El perro canalla ladró, estaba al borde de las lágrimas. Ni en un millón de años podrás ganarme a mí, perrito con collar, ¿no ves que solo tienes tres años, como mucho?

Momo ha vivido el doble que yo, pero yo he vivido el doble que tú.

¡En esta casa no puede entrar nada que recuerde a Miyawaki! Es que…

¡Cállate! ¡Si dices una palabra más, las pasarás canutas!

El perro canalla no se calló, cosa admirable. Quizá creía que yo exageraba.

¡Es que Miyawaki desprende el olor de quien ya no tiene salvación!

* * *

¡¡Te he dicho que te calles!!

* * *

—¡Nana!

Satoru gritó con vehemencia. Yo me había desasido de sus manos y había saltado sobre el perro canalla.

El bicho lanzó un aullido lastimero. En el morro del atigrado se dibujaban ya tres nítidos arañazos ligeramente teñidos de sangre.

... A pesar de ello, Toramaru no enroscó el rabo bajo la barriga.

—¡Eso no se hace, Nana! ¡Lo has herido!

Como el triunfo estaba claro, dejé obedientemente que Satoru me tomara en brazos. Satoru se disculpó repetidas veces ante Toramaru, Sugi y Chikako.

—Lo siento. Lo siento mucho.

—No te preocupes. Es una suerte que Tora no haya mordido a Nana.

Chikako lanzó un suspiro con el semblante pálido y Sugi le dio a Toramaru un golpecito con el puño en la cabeza.

—¡Si llegas a morder a Nana en serio lo habrías matado!

Por primera vez, Toramaru enroscó la cola bajo la barriga y clavó en mí la mirada con aire mortificado.

Sí, sí. Ya sé que eso de que por fin hayas enroscado la cola no es un tanto que pueda apuntarme yo.

—Lo siento, de verdad. Lo siento mucho. Os había pedido que os hicierais cargo de Nana, pero me lo llevo.

Satoru habló con pesar.

—También lo hago por Toramaru, el pobre. Tener que convivir con un gato con el que se lleva tan mal...

Satoru sacó el transportín. Mientras penetraba en su interior, me volví hacia Toramaru.

Muchas gracias, Toramaru.

En la cara de Toramaru se dibujó una expresión de sospecha.

Yo solo he venido aquí de viaje con Satoru. No he venido a que me adopten. Me preguntaba cómo conseguiría volver a casa y, me lo has puesto tan bien que ha sido coser y cantar.

Toramaru miró al suelo y bajó la cola; Satoru y yo nos dirigimos a la furgoneta plateada.

* * *

También Toramaru participó en la despedida, atado con la correa. Sugi lo había atado corto y llevaba la correa enrollada con muchas vueltas alrededor de la mano.

Momo, que se sumó voluntariamente a la comitiva, me dio las gracias por haberle ofrecido la posibilidad de asistir, después de mucho tiempo, a un combate en serio.

—Lo siento, de verdad. Es una suerte que Nana no haya resultado herido.

—Nos hubiera gustado mucho hacernos cargo de él...

Primero ella, después él, los dos pidieron excusas a Satoru. Éste, por el contrario, parecía incómodo. Era lógico, porque, en definitiva, quien había herido al otro era ese intrépido jabato que soy yo.

Cuando llega el adiós, lo habitual es lamentar la separación.

Incluso después de que Satoru hubiese ocupado el asiento del conductor, Chikako entró y salió de la casa, una y otra vez, para llevarle algo que había olvidado darle. Los regalos de última hora fueron en aumento.

Ya era el momento de partir.

Antes de arrancar, Satoru se asomó por la ventanilla del lado del conductor: «¡Ah, por cierto!»

—Chikako, cuando estábamos en el instituto me gustabas un poco. ¿Lo sabías?

Lo dijo sin darle importancia. La expresión de Sugi se endureció. Y Chikako dijo: «¿Qué?».

Satoru esperaba la respuesta de Chikako, tranquilo, sin inmutarse.

Ella parpadeó desconcertada y luego lanzó una risita.

—¿De cuándo estás hablando? ¡Mira que venirme con eso a estas alturas!

—Sí, un poco tarde, ¿verdad?

Los dos prorrumpieron en carcajadas. Sugi sintió alivio, como si le quitasen un gran peso de encima y, con algo de retraso, se sumó a las carcajadas de los otros dos.

Después de que el coche se pusiera en marcha gritó:

—¡Toramaru!

Toramaru se había abalanzado hacia delante, intentando soltarse de la correa que Sugi sostenía.

¡Eh, tú, gato!

Toramaru me llamaba a mí.

¡Puedes quedarte! ¡Mi dueño se ha reído con su esposa y con Miyawaki, así que, por mí, ya puedes quedarte!

Imbéeecil. ¿Acaso no te he dicho que no vine para quedarme?

—¡Pórtate bien, Toramaru! Aunque solo sea cuando ya se van.

Sugi tiró de la correa, enojado. No te enfades con él. Solo pretendía detenerme.

Claro que, después de todo el follón que habíamos armado, era fácil interpretar sus fuertes ladridos como una muestra de enojo.

—¿Estará enfadado?

Satoru miró atrás por el retrovisor.

—... Aunque me da la impresión de que ahora no es exactamente un enfado lo que tiene.

Por eso me gustas, Satoru. Porque te das cuenta de estas cosas.

La furgoneta plateada dejó atrás el hostal mientras sonaba ligeramente el claxon.

* * *

—¡Y mira que me gustaba la idea de que te cuidaran ellos durante una temporada!

¿Otra vez me sale con eso? ¡Hay que ver lo que le cuesta resignarse! Y eso que la furgoneta ya ha dejado atrás incluso el monte Fuji.

Si tenía que venir a recogerme algún día, ¿qué sentido tenía dejarme allí?

Cuando me puse de puntillas y me apoyé en el cristal trasero de la furgoneta, Satoru se rio diciendo: «El mar será horrible, pero el monte Fuji te ha gustado, ¿verdad?»

Hombre, es que el monte Fuji no brama de aquel modo que retumba en la barriga ni tiene ese movimiento incesante como si fuera a engullirme de un momento a otro.

—¡Ojalá pudiésemos volver a verlo juntos!

Sí, vale. Volvamos juntos otra vez. Y alojémonos en el hostal de Sugi y Chikako. ¡Desde nuestra habitación se veía tan bonito el monte Fuji! Además…

—Te ha gustado el televisor grande, ¿verdad?

Sí. Y mucho. Aquel televisor con forma de caja era comodísimo.

Oye, Satoru, ¿no podríamos tener en casa un televisor como ese? Estaba muy bien.

—Siento que el de casa no te guste. Pero ahora los hacen así. Ya no llevan tubos de rayos catódicos los televisores, hoy en día.

¿Ah, no? ¡Qué lástima!

En fin, tampoco es mala idea que me lo reserve como algo especial para cuando visitemos a Sugi y a Chikako, ¿no?

Además, la próxima vez que vayamos, Toramaru me recibirá agitando la cola, no lo dudes.

* * *

Tenían una habitación reservada para el atardecer de aquel mismo día.

—Será mejor que mantengamos atado a Toramaru, ¿verdad? —le preguntó Sugi a Chikako, que lo acompañó cuando sacó a Toramaru al exterior y lo ató junto a la caseta del perro.

—Tienes razón. Puede que todavía esté excitado, después de la pelea con Nana.

—Eso que Miyawaki te ha dicho antes…

—¡Oh, no! No me digas que te preocupa.

Había dado en el clavo. Sugi tartamudeó: «No, no es eso».

—Solo me pregunto qué habría pasado de haberte dicho Miyawaki que le gustabas cuando estábamos en el instituto.

—¡Uf!

Chikako se encogió de hombros con indiferencia.

—Pasado el momento, es imposible saber algo así.

Ante un razonamiento tan exacto no cabía réplica alguna.

—Pero, bueno, siendo joven como era, quizá no habría estado mal vacilar entre dos chicos.

—¿Vacilar?

Cuando se lo repitió extrañado, Chikako se rio. «Pues sí, ¿no crees?».

—De joven, cuando dos chicos te atraen, lo normal es que quieras elegir al mejor, ¿no?

No sabía a cuál de los dos habría elegido. Pero, a fin de cuentas, Sugi estaba allí, a su lado, y la vida continuaba.

Crónica 3.5

El último viaje

En la pared rocosa del puerto está amarrado un barco blanco grande como un edificio.

En la proa se abre un agujero enorme por donde embarcan montones de coches, según me ha contado Satoru. Es increíble que el barco no se hunda, con tantísimos coches metidos en su barriga. Desde luego, los humanos construyen cosas impresionantes.

Por cierto, ¿a quién diablos se le habrá ocurrido que una mole de hierro grande como un edificio pueda flotar en el agua? A alguien que no está en sus cabales, digo yo. No cabe otra posibilidad. Lo lógico es que algo pesado se hunda en el agua. Es bien sabido que, entre todos los animales no hay ninguno, a excepción del ser humano, que contravenga las leyes de la naturaleza, y es que los humanos son muy raros.

Satoru, que había ido a la terminal del ferry a comprar los billetes, volvió con el rostro muy colorado, no sé por qué.

—¡Ostras! ¡Qué metedura de pata! ¡Qué metedura de pata! Dicen que tú no cuentas como acompañante.

Por lo visto, Satoru había apuntado mi nombre en el registro donde los pasajeros se inscriben al comprar el billete.

Nana Miyawaki (6 años). Al parecer, cuando en recepción descubrieron que esos datos correspondían a un gato, se echaron a reír. En eso, Satoru es tonto con ganas.

—¡Va! ¿Subimos?

Por aquella gran boca abierta se habían ido metiendo muchos coches, uno tras otro, como las cuentas de un rosario… Oye, este barco se ha tragado ya un montón de coches, ¿seguro que no se irá a pique? ¿Me lo prometes?

—Nana, ¿por qué tienes la cola tan erizada?

Nada, nada. Pero, oye, si por casualidad este barco se hundiera, nosotros saldríamos disparados al agua, ¿no? Y a mí eso… pues, la verdad…

Me acordaba del mar que vi cuando fuimos a casa de Yoshimine. Solo pensar en la posibilidad de ser arrojado a aquellas aguas apabullantes que lanzaban aquel rugido sordo del oleaje, incluso a mí se me ponían los pelos de punta. Para empezar, a los gatos no se nos da bien la natación y, además, odiamos el agua. (Habrá algún bicho raro al que le guste el baño, pero, como gato, será un espécimen producto de una mutación espontánea.)

Y, además, a Satoru le resultaría durísimo llegar a tierra a nado llevándome sobre su cabeza.

A pesar de mis tribulaciones, la furgoneta plateada acabó metiéndose en la barriga del barco. Satoru andaba con aire fatigado, con una bolsa de viaje cargada en el hombro izquierdo y sosteniendo mi transportín con la mano derecha… Y pensar que hace poco, algo tan ligero, lo llevaba como si nada.

Oye, ¿quieres que vaya andando?

Cuando intenté soltar el cerrojo de la tapa desde el interior soltó un «¡No, Nana!», y Satoru inclinó apresuradamente el transportín para hacerme recular. ¡Aaaahh! Fui resbalando hasta dar con el trasero en el fondo del transportín.

—Los animales no pueden andar sueltos dentro del ferry. Aguanta un poco.

Lo de «animales» debe incluir también a los perros, supongo. Si es así, resulta equitativo y me parece bien. Hay muchos hoteles que admiten mascotas, pero hay otros muchos, muchísimos, que, a pesar de admitir perros, rechazan a los gatos, alegando que los gatos se afilan las uñas y cosas por el estilo. Si es así, ¿no bastaría con que a los dueños de los gatos les hicieran pagar un recargo por el coste de los desperfectos? Además, los gatos solo se afilan las uñas en lugares donde pueden dedicarse a esa tarea con tranquilidad, y no suelen entrarles ganas de hacerlo en un alojamiento en el que están de paso.

Y en cuanto a eso que tanto molesta a los humanos, «el olor a animal», hay que decir que los gatos huelen mucho menos que los perros.

El hecho de que, a pesar de todo, se admita a los perros y se rechace a los gatos es una discriminación ofensiva para nosotros. Así que prohibirlos a ambos, a perros y gatos, es más convincente y mejor. Este es un buen ferry.

Satoru me llevó a la sala de las mascotas. Por lo visto, era el lugar donde guardaban a todos los animales.

A pesar de estar hecho de materiales plásticos, era un cuarto muy limpio y agradable lleno de jaulas bastante amplias que se amontonaban hasta el techo. Al parecer, aquel día muchos pasajeros viajaban con animales, pues casi las diez jaulas de la sala estaban ocupadas. El único pasajero gatuno que me había precedido era un gato persa chinchilla. Todos los demás eran perros de diferentes tamaños.

—Es Nana. Estaréis juntos durante el viaje.

Satoru saludó a los pasajeros que me habían precedido mientras me trasladaba a una jaula del cuarto.

—¿Todo bien, Nana? ¿No te sentirás solo?

Como si fuera posible sentirse solo rodeado de gatos y perros. Más bien preferiría estar en un lugar más tranquilo. Los perros eran muy locuaces y, aprovechando que eran mayoría, estaban dale que te pego, enfrascados en su cháchara. No paraban de chismorrear. Que si mira, otro gato. Que si este es cruzado. Bla, bla, bla. ¡Ah! Y lo de cruzado me ha molestado, ¿sabéis?

—Ojalá hubiéramos podido ir en coche. Lo siento, de verdad.

No te preocupes. Total, solo tendré que aguantarme un día. Aunque no lo parezca, los gatos tenemos mucha paciencia.

Por lo visto, una vez desembarquemos del ferry, nos queda un largo viaje. Y Satoru, que en los últimos tiempos se cansa mucho más que antes, no tiene ánimos para recorrer todo el camino en coche.

—Vendré a ver cómo te encuentras tanto como pueda. Así que tú aguanta un poco, ¿vale? No quiero que te encuentres solo.

¿Quieres hacer el favor de no ser tan sobreprotector en público? Haces que me sienta incómodo, ¿sabes?

—Hola. Vosotros, los gatitos, llevaos bien, ¿eh?

Al parecer, Satoru se dirigía al gato persa chinchilla que ocupaba una jaula justo debajo de la mía. Desde allí dentro ya no podía ver bien, pero, cuando habíamos entrado en el cuarto, el gato chinchilla estaba aovillado en un rincón de su jaula.

—¡Pobre criatura! Debe de sentirse solo. Debe de estar aterrado entre tantos perros.

Lo siento, pero te equivocas. Para mí, el hecho de que el chinchilla aovillado no pare de sacudir nerviosamente la cola es un signo clarísimo de que lo que tiene es que está irritado por el agobiante palique de los perros.

—Bueno, ¡hasta luego, Nana!

Satoru salió de la sala de las mascotas con la bolsa bajo el brazo.

Al instante, los perros me asediaron a preguntas.

¡Naaana! ¿De dónde vienes? ¿Adónde vas? ¿Cómo es tu amo?... Comprendí de inmediato cómo se sentía aquel gato chinchilla, aovillado, lleno de irritación, en el fondo de la jaula, y decidí imitar su táctica.

* * *

Como los perros eran unos pesados, me acurruqué en un rincón fingiendo dormir, pero al parecer Satoru malinterpretó mi gesto.

—Vaya. Lo siento. Ya veo que te encuentras solo. Es lo que me temía.

Y empezó a venir a verme con demasiada frecuencia. Oye, no te preocupes. No hace falta que vengas tan a menudo. Como aparecía por allí con más asiduidad que los demás dueños, los perros empezaron a burlarse de mí por lo sobreprotegido que estaba, y cuando Satoru se iba, gritaban a coro: ¡Mimado! ¡Mimado!

¡Pesados! ¡Callaos de una vez!, grité. Y cuando me disponía a hacerme un ovillo de nuevo, en el fondo de la jaula, se oyó:

¡Ya está bien de armar jaleo por cualquier tontería! ¡Parecéis criaturas!

El que lo había dicho bien alto, con la intención de hacerse oír, era el gato chinchilla de debajo de mi jaula.

¡¿Es que no os dais cuenta de que quien se siente solo es el dueño?! ¡Hatajo de...!

Al contrario de lo que cabía esperar de su largo pelaje con pinta de caro, el chinchilla no tenía pelos en la lengua. Los perros protestaron. ¿Ah, sí? ¡Ostras! Es que… como el dueño de Nana viene a preguntarle si se encuentra solo, pues… por eso…

¡Para ser perros, tenéis muy poco olfato! ¿No os habéis dado cuenta de que a ese hombre parece no quedarle mucho tiempo ya? Lo que él quiere es estar todo el rato que pueda, aunque ya no sea mucho, con su querido gato, ¿entendido?

Los perros enmudecieron, todos a la vez. Y entonces empezaron a cuchichear entre ellos: «¡Pobre! ¡Pobre!». A decir verdad, lo hacían con muy poca discreción, pero, ¡en fin! Aquellos perros eran jovencitos, y un poco tontorrones.

Bueno, gracias, ¿eh?

Cuando me dirigí a la jaula que estaba justo debajo de la mía, y que no veía, el gato chinchilla me dijo con voz desabrida que lo había hecho únicamente porque lo molestaban a él.

La siguiente vez que apareció Satoru, dicho sea de paso, los perros reprendidos le agitaron amistosamente la cola al unísono.

A través de una rendija de la jaula, Satoru me dijo contento, pasándose una mano por la cabeza: «¡Esta vez me han recibido muy bien. Han agitado todos la cola al verme!». Eran tontos, pero buenos tipos.

* * *

A partir de ese momento, también nosotros, los gatos, nos sumamos de vez en cuando a la charla de los perros y la travesía transcurrió sin novedad. Claro que, cuando el tema recayó en los tentempiés, nosotros, los gatos, fuimos incapaces de apreciar las bondades de los huesos por más que ellos insistieran, así que en algunos temas hubo cierto desacuerdo.

Al día siguiente a mediodía, el ferry llegó a su destino. Satoru fue el primer dueño que apareció por la sala.

Gracias. A ti también, *good luck*.

Nos despedimos de la sala de las mascotas, bajamos a la bodega y montamos en la furgoneta plateada.

* * *

Salimos por la boca del ferry. Ante nuestros ojos, el cielo azul se extendía hasta la lontananza.

—Acabamos de desembarcar en Hokkaido, Nana.

¡Qué tierra tan inmensa y qué llano era el suelo! Al otro lado de la ventanilla iban desfilando hileras de edificios anodinos, pero el espacio entre ellos era enorme. También la anchura de las calles era mucho mayor que en la zona de Tokio que yo conocía.

Cuando ya llevábamos circulando un rato, al otro lado de la ventanilla el paisaje mudó a unas vistas de las afueras. El territorio era cada vez más vasto, y la sensación que producía, más agradable. El coche corría a poca velocidad y disfrutábamos relajadamente del paisaje.

La primera música que nos acompañó en el viaje fue, ¡cómo no!, aquella melodía en la que parecía que fuera a aparecer una paloma.

En los bordes de la carretera brotaban apretadamente, mezcladas en confusión, unas flores de color violeta y otras de color amarillo. Como crecían a su antojo, di por supuesto que no se trataba de parterres sino de flores silvestres.

Las carreteras de Hokkaido son magníficas por más abandonadas que estén. Son muy distintas de las de Tokio, cuya superficie está cubierta de hormigón o asfalto endurecido. Aquí, incluso en los lugares de los que dirías: «¡Anda! Esto debe de ser un pueblo», los bordes de las calles son de tierra. Por eso, el suelo parece que respire bien y el paisaje es mucho más relajado.

—Las flores amarillas son varas de oro de Canadá, pero las flores violeta, no tengo ni idea.

Por lo visto, también Satoru se había fijado en las flores. ¡Aquella mezcla de violeta y amarillo era tan fresca y brillante! El color violeta no era uniforme sino que ofrecía diversas gradaciones, desde los tonos más intensos hasta los más pálidos.

—¿Paramos un momento?

Satoru detuvo el coche en un punto donde el arcén se ensanchaba. Yo bajé en brazos de Satoru. Como pasaba algún coche de vez en cuando, Satoru no quiso dejarme en el suelo y se acercó a las flores violeta llevándome en brazos.

—¡Ah! Son crisantemos silvestres. Vaya. No sé por qué, pero tenía la idea de que serían más delicados…

Los crisantemos crecían con vigor y sus flores apretadas en los tallos recordaban a las escobas puestas al revés. No ofrecían, en modo alguno, una imagen de delicadeza, sino, por el contrario, de fuerza y vitalidad.

¡Oh!

En cuanto la descubrí, alargué la pata. Entre las flores revoloteaba una abeja.

—¡No, Nana! Y si te pica, ¿qué?

Tú di lo que quieras, pero los instintos son los instintos. Como le arañaba la mano al alargar las patas hacia la abeja, Satoru me las agarró con el puño.

¡No! ¡Con lo excitantes y divertidos que son los insectos que revolotean por ahí! ¡Suéltame! Cuando empecé a forcejear para deshacerme de su abrazo, Satoru me volvió a meter en la furgoneta.

—Si solo las atraparas, aún. Pero es que tú te las comes. Y si te clavara el aguijón en la boca, te haría mucho daño, ¿entiendes?

Es que yo, a las cosas que atrapo les hinco el diente, a ver qué tal saben. En Tokio, siempre que mato una cucaracha de esas que aparecen a veces, le pego un mordisco. Las alas duras no valen la pena: es como si mascaras celuloide. Pero la parte de dentro es blandita y muy sabrosa.

Cada vez que descubre los restos del banquete de una cucaracha, Satoru se cabrea. ¿Por qué diablos los humanos odiarán tanto las cucarachas? Para los gatos, en cambio, cuánto más rápido se mueven los bichos, mejores contrincantes son y más divertido es atraparlos.

Bajamos por una carretera que discurría a lo largo del río y, poco después, salimos a otra que bordeaba el mar.

—¡Uaaa!

Lanzamos una exclamación casi al unísono.

—¡Parece el mar!

A ambos lados de la carretera se extendía susuki. Un prado inmenso y llano cubierto hasta el infinito de blancas espigas de pasto plateado. Blancas crestas se mecían al viento hasta la lontananza.

No hacía mucho que habíamos parado por última vez, pero Satoru volvió a detener la furgoneta. De hecho, el arcén era ancho y apenas circulaban coches: podíamos parar cuando quisiéramos.

Pese a que raramente pasaba un vehículo, cuando me tocó bajar, Satoru dio la vuelta hasta el asiento del copiloto y me tomó en brazos.

¡Quiero ver esta panorámica desde un sitio más alto! Salté de los brazos al hombro de Satoru y me puse de puntillas. Hasta alcanzar la altura de sus ojos.

Justo en aquel instante, llegó el viento. Las espigas de susuki se mecieron y las ondas fueron extendiéndose hasta un punto muy lejano, imposible de seguir con la mirada. A continuación nacieron olas nuevas como si intentaran perseguir a aquellas que se habían perdido en el infinito.

Era como decía Satoru: parecía un mar en la tierra. Pero, a diferencia del otro mar, ese no lanzaba ningún bramido sordo y a mí me gustaba más... ¡En ese mar, incluso yo podría nadar!

Bajé al suelo de un salto. Y me adentré en el mar de pasto plateado.

Entonces el panorama cambió de golpe. Los tallos del frondoso susuki me bloquearon la vista. Lejos, sobre mi cabeza, se balanceaban las crestas blancas. Y por encima de ellas, muy alto, se extendía el cielo azul.

—¿Nana?

Me persiguió la voz preocupada de Satoru.

—Nana, ¿dónde estás?

Oí cómo la hierba seca crujía bajo sus pies. Por lo visto, Satoru también había penetrado en el mar de pasto plateado. ¡Aquí! ¡Estoy aquí! ¡Justo a tu lado!

Pero la voz de Satoru, que me llamaba, se fue alejando deprisa. ¡Mira por dónde! Desde aquí yo veo a Satoru, pero él no puede verme a mí. El susuki debe de ocultarme por completo. ¡Caramba! Anonimato total.

¡Y qué remedio! Tuve que correr en pos de Satoru para que no se pusiera nervioso.

—¡Nana!

¡Vale, vale! ¡Estoy aquí! Le respondía yo, pero mi voz debía de llevársela el viento porque no llegaba a sus oídos.

—¡¡Nana!!

La voz de Satoru había adquirido un tono desesperado.

—¡¡Nana!! Nana, ¡¿dónde estás?!

Mirando con preocupación hacia Satoru, cuya voz empezaba a perderse en la distancia, grité con todas mis fuerzas

¡¡Estoy aquí!!

Y desde encima de las crestas de susuki vueltas hacia lo alto, con el cielo a sus espaldas, Satoru miró hacia mí, a sus pies. En cuanto sus ojos se encontraron con los míos, su tenso rostro se relajó de golpe… y su mirada se distendió.

Sin pronunciar palabra, Satoru se arrodilló en el suelo y me abrazó con fuerza. ¡Eh, tú! ¡Me estás haciendo daño! ¡Voy a sacar las tripas por la boca!

—¡Tonto! Si te perdiera en un sitio como este, ya no te encontraría jamás. ¡Con tu tamaño, esto debe de ser como un bosque espeso!

¡Ah, sí! Un bosque espeso era aquello de lo que Satoru me había hablado en el viaje al monte Fuji. Me dijo que, en su interior, las brújulas no funcionaban y que no había manera de orientarse.

¡Qué tonto! Yo no me alejaría tanto como para perder a Satoru de vista.

—No te separes de mí… Quédate a mi lado.

¡Vaya!… ¡Por fin!

Siempre había sabido que Satoru pensaba eso.

A pesar de decir que tenías que dejarme, a pesar de andar desesperado buscándome un nuevo amo, yo sabía que cada vez que los encuentros se iban al traste, tú sentías alivio al emprender el regreso a casa.

A pesar de decir «¡qué lástima!» a quienes habíamos ido a visitar, en el coche, a la vuelta, sonreías contento. ¿Acaso crees que yo, después de haber visto tu rostro sonriente en aquellos instantes podría dejarte e irme a alguna parte?

No me separaré nunca de ti.

Lamí delicadamente, muy delicadamente, la mano de Satoru.

¡Tranquilo! ¡Tranquilo! ¡Tranquilo!... Seguro que también Hachi había sentido lo mismo al arrancarlo de su lado cuando Satoru era niño. ¡Qué grande debía de haber sido la preocupación de Hachi al verse apartado del niño que lo quería tanto como Satoru me quiere ahora a mí! Sin embargo, ni el niño ni el gato habían sido capaces de imponerse a las circunstancias.

Pero Satoru ya no es un niño. Y yo soy un gato callejero de casta. Esta vez sí podremos cumplir nuestros deseos.

¡Va! ¡Vamos! Este será nuestro último viaje.

En nuestro último viaje veremos un montón de cosas preciosas. Apostemos nuestro destino a las maravillas que nuestro camino nos depare.

Mi cola en forma de siete pescará todas las cosas preciosas que pasen por nuestro lado.

* * *

Ya en el coche, cuando nos pusimos de nuevo en marcha, se acabó el CD de aquella música en la que parecía que iba a aparecer una paloma, y una voz femenina grave y agradable empezó a cantar unas palabras extrañas que yo desconocía en una modulación también extraña.

Al parecer, la melodía de la paloma era la preferida de su madre, pero aquella era la que más le gustaba a su padre.

* * *

Más allá, mucho más allá, el camino siguió bordeado de las hermosas flores de colores violeta y amarillo.

El coche continuaba circulando a buen ritmo... ¿Cuánto tiempo haría desde la última vez que nos habíamos detenido en un semáforo? Aparecía uno de repente cada vez que, de tarde en tarde, nos aproximábamos a algún pueblo, pero al salir a las afueras volvían a desaparecer. La escasez de semáforos nos permitía correr.

Dejamos la carretera costera y enfilamos tierra adentro. A ambos lados del camino se extendían vigorosos eriales, que, poco después, dejaron paso a unas suaves colinas donde se apreciaba la mano del hombre.

¡Qué impresionante, que el suelo pudiera ser tan llano y grandioso! Aquel suelo era distinto del de cualquier otra región a la que había viajado antes.

En los terrenos que bordeaban la carretera empezaron a alzarse vallas de madera. Dentro de las parcelas acotadas por las vallas, unos animales grandes, con el hocico pegado al suelo, pastaban hierba. ¿Qué era aquello?

Me puse de puntillas con las patas apoyadas en el marco de la ventanilla. Dicho sea de paso, como me gustaba contemplar el paisaje, un día Satoru me adaptó el asiento poniendo una caja grande y sobre ella un cojín, para que pudiera observarlo con más comodidad. Sin embargo, cuando aparece algo que llama mi atención, yo sigo abalanzándome hacia la ventanilla.

—¡Ah! Aquello son caballos. Estamos en zona de pastos, ¿sabes?

¡¿Qué?! ¡¿Caballos?! Los había visto por la tele, pero era la primera vez que los veía al natural. Es que por la tele parecían mucho, muchísimo más grandes, ¿sabéis? Los caballos que pacían a ambos lados del camino eran grandes, cierto, pero relativamente esbeltos.

Cuando me volví para mirar el que habíamos dejado atrás, Satoru se rio.

—Si te interesan tanto, cuando volvamos a encontrar uno, pararemos, ¿vale?

En el siguiente prado por donde pasamos, la valla que cercaba los caballos quedaba un poco alejada de la carretera y había un animal que se veía muy pequeño.

—Está un poco lejos, ¿verdad?

Satoru bajó del coche con aire apesadumbrado y volvió a tomarme en brazos desde el asiento del copiloto.

Cuando cerramos la puerta de golpe..., a pesar de encontrarse tan lejos que parecía más pequeño que la mano de Satoru, el caballo dejó de pastar y alzó la cabeza.

Entre el caballo y nosotros se creó cierta tensión. El caballo nos miró de frente con las orejas levantadas. ¡Fíjate tú!... ¡Qué ser vivo tan susceptible!

—¡Oh! Está mirando hacia nosotros, Nana.

No era solo que nos estuviera mirando. Nos estaba observando. ¿Representaríamos algún peligro para él? Quizá nos examinaba aún más a fondo porque estábamos alejados de él. Quizá si hubiéramos estado a una distancia menor, habría visto de una ojeada que no éramos más que un humano y un gato, y se habría tranquilizado.

Mi opinión es que, siendo tan grandote no tenía por qué ser tan hipersensible, pero los animales poseen un temperamento innato. Por grandes que sean, los caballos comen hierba, y los animales que comen hierba conservan en la memoria el recuerdo de haber sido cazados por animales que comen carne. Por fuerza tienen que ser asustadizos.

Por el contrario, nosotros, los gatos, a pesar de ser tan pequeños, somos de los que cazan. Y los cazadores, en resumen, son los que pelean. Nosotros, los gatos, somos cautelosos, pero cuando tenemos que luchar, erizamos el rabo y no nos arredramos ni siquiera ante animales mucho mayores que nosotros.

Por eso un perro que se arriesga a juguetear con un gato acaba con el rabo entre las piernas. Porque los gatos, cuando tenemos que pelear, peleamos. Incluso con perrazos de un tamaño diez veces superior al nuestro.

Pensándolo bien, hace mucho tiempo que los perros han dejado de cazar. Incluso los perros de caza persiguen la presa para su amo, no son ellos quienes le dan la puntilla. Ahí estriba la diferencia decisiva entre ellos y nosotros, los gatos. Nosotros, aunque lo que cacemos sea solo un insecto, cuando perseguimos una presa, la matamos sin vacilar.

Tener o no tener el sentido de «matar» establece una gran diferencia entre los animales. Y un caballo es un gigante de un tamaño decenas de veces superior al mío, pero nunca será un enemigo temible para mí.

El orgullo ha brotado de forma inesperada. Orgullo por ser un gato que no ha perdido aún el instinto de la caza.

Yo, este gato que aún no ha perdido el instinto de la caza, de aquí en adelante jamás bajaré la cola ante nada que le pase a Satoru.

* * *

Retomamos el camino y contemplé muchas cosas que jamás había visto.

Abedules plateados de tronco inmaculado, copas de acafresna de color rojo bermellón.

Los nombres, me los enseñó Satoru. Y también que el fruto de la acafresna era de un color rojo subido. Una vez, hace tiempo, un científico que salió por la tele dijo: «A los gatos les cuesta distinguir el color rojo». Y, sin embargo:

—¡Uaaa! ¡Mira el color bermellón de la acafresna!

Satoru me lo fue explicando entre exclamaciones, así que aprendí a conocer el tono «rojo bermellón». Seguro que Satoru y yo lo veíamos distinto, pero lo que él llamaba «rojo bermellón» adquirió a mis ojos un determinado matiz.

—Estos todavía no son tan rojos, ¿verdad?

Cada vez que veía una acafresna, Satoru hacía observaciones de ese tipo. Así que acabé siendo capaz de discernir todos los matices del rojo. Me limité a aprender las gradaciones del rojo que indicaba él del modo en que yo las veía, pero como ambos compartíamos el mismo color, venía a ser lo mismo. Recordaré toda la vida las distintas tonalidades del rojo de las que me habló Satoru.

Campos donde recolectaban patatas o calabazas, campos donde ya había terminado la cosecha.

Las patatas recogidas se amontonaban en las esquinas de los campos, embutidas en sacos enormes que una multitud de personas habían llenado hasta los topes. Las calabazas se apilaban sobre la tierra negra y húmeda formando una infinidad de montañas triangulares.

Me asombré al ver diseminados por las suaves colinas enormes paquetes redondos de plástico de color blanco y negro. No comprendía por qué habrían dejado allí tirados aquel montón de juguetes, pero Satoru me dijo que eran pacas de hierba segada.

—Es que en invierno nieva mucho, ¿sabes? Y antes de que llegue la nieve tienen que segar la hierba que comerán las vacas y los caballos.

Nieve. Es esa cosa blanca y fría que en Tokio también cae a veces durante el invierno. Pero no veo por qué tienen que tomarse tan en serio una cosa que se funde tan rápido... Eso es lo que pensé entonces, pero cuando llegó el invierno aprendí en mi propia piel que la nieve de aquí es algo completamente distinto. La nieve de las ventiscas que impide ver a un paso por delante puede hacerme perder la calma incluso a mí. Pero eso vendría después.

La nieve de un país nevoso que llega hasta los aleros de las casas y la nieve de una gran ciudad que se funde a los pocos días. Meterlas en el mismo saco y llamarlas «nieve» por igual me parece poco serio, la verdad.

A medida que proseguíamos el viaje, parándonos de vez en cuando en una tienda o en algún restaurante con aparcamiento, el paisaje se fue volviendo montañoso, y pronto anocheció.

Tras cruzar un paso de montaña bañado por la luz del ocaso, volvimos a un lugar habitado. La noche iba cayendo rápidamente sobre nosotros y la furgoneta plateada avanzaba a través de las tinieblas del crepúsculo como si jugara con la noche al corre corre que te pillo.

Al acercarnos a la población adonde nos dirigíamos, todos los coches con los que nos cruzábamos llevaban ya los faros encendidos.

—¡Uf! Ya no va a poder ser. Tampoco hoy podré comprar flores.

A pesar de haber musitado estas palabras con aire preocupado, en vez de dirigirse directamente al hotel en el que íbamos a pasar la noche, Satoru se desvió a medio camino, enfilando una carretera un poco más estrecha que la troncal.

Conforme avanzábamos en línea recta, dejamos la población atrás y aparecieron una serie de casas particulares que se alzaban la una junto a la otra. Podría llamarse a aquello «zona residencial», aunque a nosotros nos chocara un poco viendo lo amplios que eran los solares. La distancia entre una casa y otra era enorme, inimaginable en la zona donde vivíamos nosotros.

Pronto, también las casas empezaron a escasear y el camino tomó una inclinación ascendente. Aquello debía de ser una colina. Avanzamos por la cuesta y, al final, encontramos un portal. Lo cruzamos en coche.

Hasta mucho más allá, el solar estaba ordenadamente dividido en rectángulos y, dentro de aquellos rectángulos se alzaban unas lápidas también rectangulares. Yo sabía qué era. Lo había visto por la tele.

Eran tumbas.

Dicen que a los humanos les gusta poner piedras majestuosas encima de sus muertos. Recuerdo que, cuando lo vi por la tele, me dije que era una costumbre muy excéntrica. El programa trataba de lo caras que son las tumbas o de algo así.

Los animales, cuando su vida se extingue y caen por el camino, se quedan allí yaciendo tal cual; el hecho de prepararse la cama para después de morir demuestra que el humano es un ser vivo muy poco libre y dado a preocuparse por nimiedades. Si piensa en lo que sucederá después de la muerte, no podrá caerse muerto con libertad en un lugar cualquiera, ¿no es así?

Satoru condujo el coche a través del amplio solar sin un solo instante de titubeo y, poco después, se detuvo en una de las parcelas.

Bajó del coche y empezó a andar con calma entre las tumbas. Pronto se detuvo ante una con una lápida blanquecina.

—Es la tumba de mi padre y de mi madre.

Aquel era el lugar adonde Satoru había querido ir contra viento y marea.

Yo no comprendo el deseo de los humanos de querer ponerse encima piedras majestuosas una vez muertos, pero sí puedo entender que los humanos quieran dar un gran valor a esas piedras majestuosas.

A pesar de estar agotado tras conducir tantas horas, Satoru había querido ir allí con la furgoneta plateada. Y llevarme a mí, porque tengo dos manchas en forma de ocho idénticas a las de Hachi y la cola, con una inclinación opuesta a la de Hachi, dibujando el número siete.

Un gato no es un ser vivo tan insensible como para no ser capaz de respetar este deseo.

—Quería visitar la tumba contigo, Nana.

Ya lo sé. Froté la frente en la tumba del padre y de la madre de Satoru.

Encantado. Es un honor para mí conocerlos. Creo que Hachi fue un buen gato, pero yo tampoco estoy nada mal, ¿verdad?

—Lo siento. Es que he venido a toda prisa. Mañana os traeré flores.

Mientras decía estas palabras, Satoru se acuclilló ante la tumba. Al ver unas flores algo mustias puestas en los jarroncitos, musitó:

—¡Vaya! Fue el equinoccio de otoño… Vino mi tía.

Satoru acarició con afecto las flores mustias.

—Lo siento. Siento no haber podido venir más a menudo. Ojalá os hubiera visitado muchas más veces.

Me mantenía un poco alejado para no estorbar a Satoru. Pensando que si dejaba de verme se preocuparía otra vez, me quedé justo en el límite de su campo visual.

Durante los cinco años que había vivido conmigo, Satoru solo había dejado la casa en contadas ocasiones para visitar el cementerio.

«Algún día quiero llevarte, Nana. Mis padres se sorprenderán al ver lo mucho que te pareces a Hachi...» A pesar de haberlo dicho, no me había traído nunca hasta entonces.

Satoru estaba muy ocupado, era joven y los pocos días libres que tenía le apetecía ver a sus amigos; también tenía compromisos de trabajo: ¡qué se le iba a hacer! Tampoco había cumplido su promesa de viajar juntos a pesar de haberme dicho: «Me gustaría ir de excursión contigo alguna vez».

Pero no era que no lo deseara. Siempre que el tiempo y el dinero se lo permitían, él quería venir. Seguro que ambos lo entendéis. Por algo sois el padre y la madre de Satoru.

—Nana, vamos.

Satoru me llamó y me subió a sus rodillas. Mientras me acariciaba, no sé qué les diría a sus padres.

Por lo visto, aquel era el pueblo natal de su madre. Su abuelo y su abuela, que habían sido agricultores, habían muerto a una edad temprana. Como la madre y la tía de Satoru aún eran muy jóvenes, no pudieron conservar las tierras de la familia y tuvieron que desprenderse de ellas. Al parecer, su madre siempre se había arrepentido de haberlas vendido. Especialmente después de que naciera Satoru.

Pensaba que un pueblo en el que solo quedaban tumbas debía de ser un lugar muy triste para un niño. La madre y la tía de Satoru contaban con pocos parientes y los pocos que tenían estaban diseminados por aquí y por allá. ¡Lástima!

En este mundo, a menudo las cosas no salen como uno desea.

Poco después, él se levantó llevándome en brazos.

—Mañana volveré.

Tras decir esas palabras, Satoru volvió al coche y cruzó el pueblo, ya noche cerrada, para dirigirse al lugar donde íbamos a hospedarnos.

* * *

Nuestro alojamiento de aquel día era un pequeño hotel para gente en viaje de negocios, que, sin embargo, contaba con habitaciones para mascotas. La revista que consultó Satoru solo mencionaba a los perros, pero cuando llamó por teléfono para confirmarlo, le dijeron que «por supuesto» también admitían gatos. Era un hotel decente.

Satoru debía de estar cansado después de pasar el día entero al volante y, aunque aprovechando que salía a cenar fue de compras, no tardó más de una hora en volver y se acostó enseguida.

A la mañana siguiente, por el contrario, se levantó muy temprano.

Estuvo listo en un momento y, cuando salimos del hotel, las calles estaban bañadas por los primeros rayos del sol.

—¡Qué mala suerte! La floristería aún no está abierta.

Al dar la vuelta a la estación, Satoru se quedó desconcertado.

—Quizá de camino al cementerio encontremos alguna abierta...

Aunque ya había partido un tren atestado de pasajeros, la puerta metálica de la floristería seguía bajada. Así que, a medio camino, Satoru detuvo el coche al borde de la carretera.

—En fin. Voy a tomarme la libertad de coger algunas.

Mientras lo decía, empezó a arrancar flores…, las flores de color violeta y las flores amarillas que desde la víspera habían adornado el camino que recorríamos.

Está bien así. Mejor dicho, es mejor así. Son bonitas y, además, el padre y la madre de Satoru estarían más contentos si les llevaban las flores del campo.

Yo también busqué matas de crisantemos cargadas de flores y se las enseñé a Satoru.

—¿Quieres ayudarme, Nana? —se rio Satoru, y fue tronchando los tallos de las flores que yo agitaba para mostrárselas.

Cuando hubo recogido una brazada de crisantemos, nos dirigimos de nuevo al mismo cementerio de la víspera.

Puesto que el día anterior ya estaba oscuro no lo habíamos visto, pero desde lo alto de la colina, a lo lejos, se divisaba un pueblo muy llano. Hasta los confines de la población, hasta donde morían los edificios.

El cementerio vacío era tan pulcro y sencillo que sorprendía. Abierto y despejado, tenía un ambiente inesperadamente alegre. Las tumbas y los templos son elementos clásicos de las historias de terror, pero aquel cementerio no tenía en absoluto un aire tétrico que hiciera temer la aparición de almas atormentadas.

¿Que si nosotros, los gatos, podemos ver fantasmas? ¿Saben ustedes que en este mundo hay asuntos que es mejor dejar en la incertidumbre?

Satoru bajó del coche con las flores que había cogido y las ofrendas que había traído consigo para la visita al cementerio.

Tras limpiar la tumba, sacó las flores mustias, cambió el agua de los jarrones cilíndricos y puso en ellos las flores. Al añadir unos girasoles púrpura que acaba de coger de unas matas espesas, resultó una combinación de colores ligera y alegre.

Para la ofrenda floral, llenó los jarroncitos cuanto pudo, pero sobraron la mitad. «Luego nos servirán», dijo, y humedeció las flores que quedaban, las envolvió en papel de periódico y las guardó en el coche.

Satoru desenvolvió el *manjū* y los dulces que había comprado y los depositó como ofrenda en la tumba. Las hormigas empezaron a corretear por ahí de inmediato y seguro que los cuervos y las comadrejas no tardarían en llevárselo todo, pero era preferible eso a que se echaran a perder sin más.

Luego quemó incienso. Al parecer, la tradición familiar consistía en prender todo el haz de varitas a la vez y dejar que ardieran con fuerza. La humareda fue algo excesiva para mi gusto, pero pronto remontó el viento y la cosa no fue a mayores.

Satoru se sentó en el borde de piedra y permaneció largo tiempo contemplando la tumba. Cuando me restregué contra sus rodillas, me acarició la barbilla sonriendo.

—Me alegro de que hayamos venido juntos —musitó en una voz muy baja, apenas audible.

Una voz que traslucía felicidad.

Para no estorbar a Satoru, me alejé silenciosamente de su lado y empecé a pasear sin alejarme del alcance de su vista. Debajo de unos arbustos de poca altura que rodeaban el solar crecían frondosas las sombrereras.

Debajo de ellas saltó algo parecido a un grillo... Al menos esa fue la impresión que me dio. Empecé a olisquear con fruición debajo de las plantas y Satoru no tardó en aparecer. Debía de haber acabado de hablar con sus padres.

—¿Qué te pasa, Nana? ¿Qué haces ahí, debajo de las sombrereras?

Nada. Es que ahí debajo…

—¿Había algo?

Sí. Algo fantástico. Lo he visto saltar de repente. Ha dejado un olor muy raro. Al verme olisqueando tenaz bajo las hojas de las sombrereras, Satoru se rio.

—Pues a lo mejor era un Korobokkuru.

¡¿Y eso qué es?!

—Un enanito que vive debajo de las hojas de las sombrereras.

¡¿Cómo?! Es la primera vez que oigo que existe en el mundo una criatura tan rara como esa.

—Salía en un libro de cuentos que me gustaba mucho cuando era pequeño.

¿Qué historia era esa?

—A mi padre y a mi madre también les gustaba mucho esa historia, ¿sabes? Cuando empecé a leer el libro, los dos se pusieron muy, muy contentos.

Luego, Satoru me contó muchas cosas sobre aquellos hombres chiquitines, pero lo que sucede en los cuentos no tiene demasiado interés para los gatos. ¡Ahhh! Solté un bostezo y Satoru sonrió con ironía.

—Parece que no te interesa demasiado, ¿verdad, Nana?

Es que los gatos somos animales realistas, ¿sabes?

—Pero si ves uno de verdad, no lo caces, ¿eh?

Vale, vale, entendido. Si realmente hay alguno, puede que me entren unas ganas locas de atraparlo, pero no lo tocaré por consideración hacia ti.

Por último, Satoru volvió a sentarse ante la tumba con las manos unidas. Y yo también manifesté mi afecto frotando la mejilla en una esquina de piedra.

Después de haber estado rezando un rato, Satoru se puso en pie y se despidió diciendo: «¡Hasta pronto!». Debía de haberse quitado un peso del corazón porque su rostro tenía una expresión renovada y fresca.

De nuevo al volante de la furgoneta, Satoru visitó de paso otra tumba de otro cementerio.

—Es la tumba de mi abuelo y mi abuela, ¿sabes?

Allí puso todas las flores que habían sobrado. Desenvolvió los dulces, los dejó en ofrenda, y quemó incienso como había hecho ante la tumba de sus padres.

Que sus meditaciones fueran cortas era muy natural teniendo en cuenta que Satoru no había conocido a sus abuelos, ya que ambos habían muerto jóvenes.

—Ya está. Vamos.

Nuestro siguiente destino era Sapporo, donde vivía su tía.

Al fin, la furgoneta plateada emprendió su último recorrido.

* * *

Sucedió a lo largo de un camino sin nada especial que reseñar.

Era una senda que se abría paso a través de unas colinas de cierta altura. Las dos orillas del camino se habían aproximado formando una pronunciada pendiente. En lo alto de los terraplenes de ambos lados se sucedían hileras de abedules plateados y, desde el pie de los abedules hasta media pendiente, crecían frondosos los bambúes.

Un paisaje sin nada especial, común y corriente en las tierras de Hokkaido.

Mientras circulábamos por este paisaje, Satoru lanzó un grito:

—¡Oh! —Y detuvo el coche con un brusco frenazo. Fue tan repentino que me abalancé hacia delante.

¡Caramba! ¿Qué sucede?

—¡Nana! ¡Mira! ¡Mira!

Obedecí a Satoru y miré por la ventanilla hacia atrás... ¡Oh! ¡Qué sorpresa!

Había unos ciervos con el lomo moteado de blanco. Dos grandes y uno pequeño. Seguro que eran los padres con su cervatillo. Las manchas de los lomos se confundían con las plantas del sotobosque y constituían un camuflaje fantástico.

—Al principio no los había visto. Me he dado cuenta gracias a que uno de ellos se ha dado la vuelta.

El culo del ciervo que se había girado dibujaba un airoso corazón blanco que escapaba de los colores de camuflaje.

—¿Bajamos la ventanilla?

Satoru se abalanzó hacia el asiento del copiloto y pulsó el botón para bajar el cristal de la ventanilla. Al bajar, se oyó un ligero ruido mecánico... y los tres ciervos se volvieron a la vez.

Hubo cierta tensión.

¡Vaya! Otra vez igual. Son animales del mismo tipo que el caballo: a ellos los cazan y nosotros cazamos.

—¿Se habrán puesto en guardia?

Satoru dejó de bajar el cristal y espió sus reacciones. Los ciervos se quedaron con la mirada fija en nosotros, pero pronto los dos adultos echaron a correr hacia lo alto de la pronunciada pendiente.

El cervatillo que se había quedado atrás mantuvo la mirada fija en nosotros. Su sentido de la cautela debía de estar poco desarrollado aún. Por lo visto, los padres lo llamaron, contrariados, desde lo alto del terraplén, y el cervatillo emprendió la carrera por la pendiente.

—¡Oh! ¡Se han ido!

Satoru miró hacia lo alto del camino con aire desolado.

—¡Pero ha sido hermoso! Es la primera vez que veo ciervos en un camino como este.

¡Ah! Eso seguro que es gracias a mi cola. Tengo la impresión de que mi rabo ganchudo en forma de siete todavía prenderá muchas, muchísimas más cosas maravillosas.

Y así, poco después de despedir con la mirada a los ciervos, nos aproximamos a una zona de nubes grises de poca espesura y empezó a llover. Gotas ligeras, de las que caen aun cuando luce el sol.

—¡Qué bien! Acabamos de atravesar la frontera de la lluvia.

Satoru conducía de muy buen humor, pero es bien sabido que a los gatos nos deprime la lluvia. Yo deseaba que llegáramos pronto a la frontera del tiempo despejado.

Mis deseos no tardaron en cumplirse y la lluvia se convirtió en llovizna. Otra nueva frontera. La luz del sol brillaba de nuevo.

Satoru se quedó sin aliento. Ante la vista de aquel fenómeno, incluso yo dejé de dormitar y alcé la cabeza. Satoru redujo la velocidad y detuvo el coche en el arcén.

De la colina que había delante de nosotros se alzaba el pie del arco iris.

—Impresionante.

Sí. Lo reconozco. Es impresionante. Mucho más que la frontera de la lluvia.

El pie del arco iris, que dibujaba una ligera curva, se asentaba con firmeza en la colina. A medida que íbamos persiguiendo aquella curva, otro pie, más allá, empezaba a pisar con fuerza otra colina.

Era la primera vez en mi vida que veía la base del arco iris. Y estoy seguro de que Satoru también.

—¿Bajamos?

Satoru descendió medrosamente del coche. Como si tuviera miedo de que, al primer movimiento brusco, el arco iris se esfumara de pronto.

Me tomó en brazos desde el asiento del copiloto y ambos alzamos la mirada.

El arco iris estaba asentado en el suelo sobre sus dos pies. En la cúspide, los colores eran algo más pálidos, pero la curva no se interrumpía en ningún punto. Trazaba un arco perfecto.

Aquellos tonos los había visto yo antes en alguna parte.

Tras pensar un poco, lo recordé. Las flores que había llevado Satoru a la tumba aquella mañana. Los crisantemos silvestres de un color violeta que cambiaba sutilmente de tono según la mata, el fresco color amarillo de la vara de oro de Canadá y los girasoles púrpura.

Si hubiésemos cubierto el ramo de flores de la ofrenda con una delicada gasa habría quedado exactamente igual que el arco iris.

—Es como si a la tumba le hubiésemos hecho la ofrenda del arco iris.

Al escuchar a Satoru musitando aquello en voz muy baja, me puse muy contento. Realmente, nosotros dos íbamos a una. ¡Qué gozada!

En vez de enorgullecerme, eché la cabeza hacia atrás cuanto pude. Al mirar justo encima de mí, descubrí otra cosa impresionante. Aún con el cuello arqueado hacia atrás, maullé. Al seguir la dirección de mi mirada, Satoru vio lo mismo que yo.

Sobre aquel arco iris que trazaba una curva perfecta sólidamente asentada sobre sus dos pies, aunque algo pálido… colgaba otro arco iris grande, muy grande, grandísimo.

Satoru volvió a quedarse sin aliento.

Y pensar que hemos visto cosas como estas en nuestro último viaje… Y pensar que tanto Satoru como yo hemos visto, por primera vez en nuestras vidas, estas cosas juntos.

Ni Satoru ni yo olvidaremos jamás este arco iris.

No olvidaremos jamás este arco iris que cuelga como si bendijera el fin de nuestro viaje.

Permanecimos allí de pie, inmóviles, hasta que despejó por completo y el arco iris se acabó diluyendo en el cielo.

Este será nuestro último viaje.

«En nuestro último viaje veremos un montón de cosas preciosas. Apostemos nuestro destino a las maravillas que podamos contemplar…» Ayer nos pusimos en marcha con esa promesa.

Hemos visto muchas cosas maravillosas.

El hecho de que hayamos visto tantas cosas maravillosas, el hecho de que, al final del final, incluso hayamos contemplado el pie de un arco iris doble, demuestra que nuestro destino está bendecido. Sin duda.

* * *

Y así llegamos finalmente a Sapporo, donde terminó nuestro viaje.

Crónica 04

Noriko

Como en su empleo anterior la trasladaban a menudo, estaba habituada a las mudanzas. Estaba desempaquetando ordenadamente el contenido de las cajas de cartón, artículos de primera necesidad. Cuando había vaciado dos o tres cajas, las aplastaba con el fin de liberar espacio para seguir desembalando.

De hecho, no había muchos bultos, ya que tenía la costumbre de no adquirir más muebles ni más enseres de los necesarios.

De la caja de cartón que acababa de abrir, sacó un reloj de pared. Las agujas marcaban unos minutos pasadas las doce. Como no había aparecido todavía el gancho para colgar el reloj, lo dejó sobre el sofá de la sala de estar. Cada vez que desembalaba tras una mudanza, pensaba que en la próxima ocasión metería el gancho junto al reloj, pero eso, solo eso, siempre se le olvidaba.

El teléfono móvil, que durante las mudanzas se guardaba en el bolsillo pensando que sería un desastre dejárselo olvidado en alguna parte, empezó a vibrar. Había entrado un mensaje.

Se lo enviaba Satoru Miyawaki. Lo que para ella, Noriko Kashima, equivalía a decir «su sobrino». El hijo que su hermana mayor dejó al morir y que se apellidaba Miyawaki porque este era el apellido del marido de su hermana.

«Lo siento», ponía en el asunto junto con un gracioso emoticono. Noriko nunca usaba emoticonos. Cuando era más joven, lo había intentado alguna vez pensando que acabaría familiarizándose con ellos, pero como todo el mundo de su entorno sin excepción ponía cara de pasmo, había dejado de hacerlo y, entonces, mediada ya la cincuentena, seguía alejada de la cultura de los emoticonos.

«Dije que llegaría a primera hora de la tarde, pero me retrasaré un poco. ¡Siento que tengas que ocuparte tú sola de la mudanza!»

Ella tituló «De acuerdo» su mensaje de respuesta. Y en el texto escribió: «Por mí, no hay problema. Conduce con cuidado», y lo envió.

Una vez enviado, la asaltó una preocupación. ¿No había sido demasiado brusca? ¿Y si a él le daba la impresión de que estaba enfadada por el retraso y que el mensaje era muy frío?

Volvió a abrir el mensaje que acababa de mandar y lo releyó. En comparación con el breve texto de Satoru, que traslucía calidez a pesar de ser un simple aviso, el suyo parecía seguir un modelo prefijado. ¿Tendría que haber añadido algo más?

Decidió mandarle otro, Noriko escribió un nuevo mensaje en el que puso «Posdata» por título, pero no se le ocurría nada espontáneo. Tras dudar mucho, escribió: «No vayas a tener un accidente por querer darte prisa», y lo envió; pero, tal como era previsible, en cuanto lo hubo mandado, volvió a tener la impresión de que habría sido mejor no haberlo hecho.

Aventuró un tercer mensaje para intentar subsanar los anteriores. En «Posdata 2», escribió: «Me preocupa que corras demasiado por tratar de llegar a la hora», y lo envió. Tras enviarlo, se dio cuenta de que lo único que conseguía enviando tantos mensajes en plena mudanza era distraerse y perder de vista su objetivo. Se deprimió.

Enseguida llegó otro mensaje a su móvil. Era de Satoru. En el asunto aparecía: «¡Ja! ¡Ja! ¡Ja!». Al ver aquel título de significado inconfundible se tranquilizó.

«Gracias por preocuparte tanto por mí. Haré lo que dices, iré despacio.»

Al final, como era de esperar, había un emoticono muy gracioso que agitaba la mano en señal de despedida.

Agotada de golpe por su apocamiento, Noriko se hundió en el sofá…

Su hermana mayor se había desvivido siempre por ella. ¿Había hecho también Noriko todo lo posible por el hijo que ella había dejado al morir? ¿No se había limitado a cubrir solo sus necesidades económicas? Esta duda jamás abandonaba su corazón.

* * *

Se llevaba ocho años con su hermana mayor.

Habían perdido a su madre cuando Noriko aún no tenía uso de razón y su padre murió cuando ella estaba en primero de bachillerato, de modo que su hermana mayor había sido su tutora.

Al morir su padre, Noriko pensaba abandonar los estudios, pero su hermana insistió en que fuera a la universidad aduciendo que valía la pena y que debía hacerlo. Su hermana mayor, que había entrado a trabajar en una cooperativa agrícola del pueblo al acabar el bachillerato, quiso darle a Noriko estudios universitarios e incluso eligió su carrera. Dada la situación económica de la familia, aun cuando su padre hubiese gozado de buena salud, difícilmente habría podido costear los estudios universitarios de las dos hijas.

La primavera en que, finalizado el bachillerato, Noriko aprobó el examen de ingreso en la facultad de derecho de la universidad, trasladaron a la hermana mayor de la cooperativa del pueblo a la de Sapporo. Como la universidad de Noriko estaba fuera de Hokkaido, ambas hermanas dejaron a la vez su pueblo natal y la hermana mayor se deshizo de las tierras y los bosques heredados de su padre que les quedaban.

La hermana mayor decía que no ganarían nada vendiéndolos por separado. Hasta entonces las habían arrendado a un agricultor de una aldea cercana a la ciudad, pero el dinero del arriendo tampoco era gran cosa. Desprendiéndose de todas las tierras de golpe, reuniría cierta suma con la que podía afrontar la matrícula de la universidad y los envíos periódicos de dinero a Noriko.

La hermana mayor quería, en principio, conservar la casa y la puso en alquiler, pero, antes de que Noriko terminara la universidad, acabó desprendiéndose también de ella. La chica iba a casarse y destinó la suma de la venta a sufragar los gastos de estudios que quedaban pendientes. Como era lógico, no podía cargar sobre el nuevo hogar la manutención de su hermana menor.

«Perdóname por no esperar a que termines la universidad para casarme.»

La hermana mayor se había disculpado muchas veces, pero Noriko sabía que el que iba a convertirse en su cuñado llevaba mucho tiempo esperando discretamente.

La proposición de matrimonio se había adelantado debido a que por imperativos de su trabajo tenía que dejar Hokkaido.

Esa era la razón oficial, pero había otra que no querían divulgar: la familia de su cuñado se oponía a que se casara con una joven que, además de no tener padres, mantenía a su hermana. El cuñado de

Noriko pertenecía a una familia adinerada que había llegado a la conclusión de que aquella chica que vivía con estrecheces solo buscaba la fortuna del novio.

La familia había buscado muchas novias para su hijo con el fin de separarlo de la hermana mayor de Noriko, y la realidad era que la pareja no podía soportar más tanta presión.

Por suerte, su cuñado no era persona que cediera a los designios de su familia y no acabó dejando a su hermana. Noriko le estaba agradecida y jamás se le pasó por la cabeza oponerse a la boda.

«¿No sería mejor conservar la casa?», le dijo un día Noriko.

Sabía que su hermana la había alquilado para que no acabara en ruinas, pero que más adelante, en cuanto tuviera ocasión, deseaba volver a la casa donde había nacido.

«A mí solo me queda un curso y cuando sea pasante empezaré a ganar dinero...»

El rostro de la hermana mayor se ensombreció.

«Ya no está en alquiler. La casa es bastante vieja y...

El inquilino actual dice que, si se la vendo hará reformas, y si no se la vendo, se irá.

Las condiciones que ofrece no están mal... Ni tú ni yo vamos a vivir en Hokkaido y es imposible conservar una casa cerrada. Si hiciéramos reformas y volviésemos a ponerla en alquiler, quizá encontráramos inquilino, pero eso es muy costoso...»

Además, si la casa se quedara vacía no aguantaría las nieves del invierno.

Por primera vez Noriko fue consciente de que su hermana se había preocupado de que a ella no le faltara nada sin contarle siquiera las dificultades que atravesaba.

La hermana mayor quería la casa del pueblo mucho más que

Noriko. Y, sin embargo, se había desprendido de la casa por ella sin manifestar jamás la más mínima queja.

Algún día Noriko le devolvería a su hermana todo lo que esta había hecho por ella. Deseaba hacerlo, pero su hermana se había ido de este mundo demasiado pronto junto con su marido.

Así las cosas, al menos deseaba hacer todo lo que estuviera en sus manos por Satoru, el hijo que ambos habían dejado. Deseaba hacerlo, pero… quizá también ahí había fallado desde el principio.

Y si seguía así, llegaría de nuevo el final sin haber hecho lo suficiente por Satoru.

«Perdóname, hermana.

»Seguro que no he conseguido hacer feliz a Satoru.

»Por el contrario, solo he hecho que se preocupe por tonterías… A pesar de la broma, el mensaje titulado "¡Ja! ¡Ja! ¡Ja!" traslucía una tierna inquietud muy propia de Satoru.»

Desde que se había hecho cargo de él, Satoru había sido siempre un niño dócil, atento y maduro. Pero ¿era ese su verdadero carácter?

Su hermana mayor siempre decía que era travieso, aunque sonreía feliz cuando hablaba de los problemas que ocasionaba el chico.

También con Noriko se había mostrado revoltoso en las contadas ocasiones en que los había visitado, muy seguro de sí mismo como suelen serlo los niños queridos, sin el menor atisbo de timidez. Zalamero, la llamaba «¡Tiíta! ¡Tiíta!», y en ocasiones incluso se ponía un poco pesado y cogía alguna que otra rabieta.

Era un niño muy infantil. Sin embargo, a partir del momento en que Noriko se hizo cargo de él, jamás le pidió ningún capricho. Tal vez la muerte de sus padres lo había hecho madurar, pero ¿no sería más bien que ella lo había forzado a comportarse de ese modo?

Tras el primer error que ella había cometido, jamás había sabido cómo acortar la distancia con el niño y lo único que hizo fue dejar que Satoru disimulara esa sensación de distancia.

Desde hacía un tiempo deseaba que él estuviera a sus anchas, sin cohibirse, pero a pesar de que lo deseaba de verdad, ni siquiera era capaz de mantener con éxito un simple intercambio de mensajes entre tía y sobrino.

Al menos…, pensó Noriko mientras se levantaba del sofá donde se había sentado para tomarse un descanso…

Al menos ordenaré los trastos lo mejor que pueda antes de que llegue Satoru. Leer el corazón de los demás no era lo suyo, pero desempeñar una tarea con diligencia no se le daba tan mal, después de todo.

* * *

Poco antes de las tres, Satoru llegó a la nueva casa.

—Perdona, tía, que llegue tan tarde.

—No te preocupes, no pasa nada. Sola he adelantado más.

Lo había dicho por pura cortesía, pero al oírlo Satoru puso cara de decepción. Al ver su rostro, ella se percató de lo inapropiado de sus palabras, que solo podían interpretarse como un intento de mantener las distancias con él, a pesar de que compartirían la casa.

—Vivir contigo no me representa ninguna molestia. Además, soy tu tutora —añadió precipitadamente.

También aquellas palabras eran inadecuadas, habría sido mejor callárselas. Con el propósito de subsanar su error, empezó a hablar cada vez más rápido.

—Solo quedan tus cosas por desembalar, y las he metido en tu cuarto. El resto está todo en su sitio. No hace falta que me ayudes.

Miró a Satoru, que la contemplaba parpadeando con sorpresa, y se dio cuenta de lo avasalladora que era su actitud.

—Lo siento. Yo soy así, no sé hacerlo de otro modo.

Ella dejó caer los hombros, descorazonada, y Satoru soltó una risita.

—Tía, me tranquiliza ver que no has cambiado. La verdad es que estaba un poco nervioso por tener que vivir juntos otra vez, después de trece años.

Satoru dejó en el suelo la bolsa que llevaba colgada al hombro y un transportín para gatos.

—Nana, esta es tu nueva casa.

En cuanto Satoru abrió la portezuela del transportín, salió un gato de su interior. Tenía dos manchas en forma de ocho en la frente, la cola formaba un gancho de color negro y el resto del cuerpo era blanco, blanquísimo... Noriko se acordó de que el gato que Satoru tuvo que abandonar mucho tiempo atrás, cuando ella se hizo cargo del niño, tenía el mismo moteado.

Con cara recelosa, el gato olisqueó todos los rincones.

—Siento mucho que también hayas tenido que hacerte cargo de Nana... —Satoru bajó las cejas con aire compungido—. Quería resolver el asunto antes de venirme a vivir contigo, pero, por más que lo he intentado, no he encontrado a nadie que pudiera quedárselo. Y mira que se habían ofrecido varias personas, pero al final...

—No te preocupes, no pasa nada.

—Pero si incluso has tenido que mudarte a una finca en la que se permitieran los gatos.

Él le había dicho que antes de marcharse de Tokio buscaría a alguien que lo cuidara, pero no lo había conseguido y ella había aceptado que se lo llevara con él al nuevo domicilio. Noriko había dejado el piso donde vivía, en el que no se admitían mascotas, y había buscado uno donde permitiesen tenerlas y se había mudado.

A un lugar cercano al hospital adonde Satoru tendría que acudir a menudo a partir de entonces.

—¡Oh! ¡Nana, mira qué cosa tan buena hay aquí!

Satoru le habló al gato con una sonrisa en los labios. Al dirigir la mirada hacia ellos, Noriko vio al gato olfateando una caja de cartón vacía aún sin plegar.

—¿Qué hay de bueno ahí?

A ojos de Noriko, aquello no era más que una caja de cartón.

—A los gatos les encanta meterse dentro de las cajas vacías o de las bolsas de papel. También disfrutan mucho colándose por resquicios estrechos.

La nuca de Satoru, que estaba en cuclillas jugando con el gato, era flaca como la de un anciano y bailaba dentro del cuello de la camisa.

«¡Con lo joven que es!»

Sintió punzadas en el fondo de la nariz y corrió hacia la cocina.

De seguir el curso natural de la vida ella tendría que precederlo a él, que era más de veinticuatro años más joven… ¿Por qué Satoru?

«Tía, lo siento mucho.»

Se acordó del día en que recibió aquella llamada sin esperanza. A Satoru le habían encontrado un tumor maligno en un reconocimiento médico. Había recibido una cita urgente para operarse y quería que ella firmara una autorización.

Noriko se dirigió a Tokio a toda prisa y, en el hospital, Satoru le explicó cuál era la situación. Nada invitaba al optimismo y, al parecer, cuanto más detalles le daban los médicos, más se desvanecían sus esperanzas.

Le dijeron que no había tiempo que perder, pero la operación que realizaron sin pérdida de tiempo resultó infructuosa. El mal se había extendido por todo el cuerpo y se limitaron a cerrar la incisión que le habían practicado.

Le quedaba un año de vida.

Satoru dejaría la empresa, abandonaría Tokio, se iría a vivir con Noriko. Y, así, cuando llegara la hora de ingresar en el hospital, ella podría estar allí para cuidarlo.

Noriko era juez en Sapporo, pero dejó su trabajo para poder acoger a Satoru. A un juez lo cambiaban de destino con relativa frecuencia y no podía descartarse que la trasladaran cuando Satoru estuviera en sus últimos días. Gracias a sus contactos, entró a trabajar como abogada en un bufete de la ciudad de Sapporo.

A Satoru no le gustaba la idea de que Noriko cambiara de trabajo por él, pero ella ya tenía el proyecto de ejercer la abogacía cuando se jubilara. Solo se había adelantado unos años.

Más bien, ¿por qué no lo había hecho antes? Noriko incluso se arrepintió de no haberse planteado ese cambio cuando se hizo cargo de Satoru.

Total, ya que cambiaba ahora, hubiera podido hacerlo antes. Justo en la época en que más sensible era el niño, lo había obligado a cambiar de domicilio con frecuencia y, una vez que Satoru había hecho amigos, ella lo arrancaba del lugar al que se había acostumbrado.

Ya que tenía que abandonar este mundo siendo tan joven, ojalá le hubiese permitido disfrutar de una niñez más feliz, sin restricciones de ningún tipo. Noriko fingía estar enfrascada en poner en orden la cocina mientras contenía las lágrimas que se le agolpaban en los ojos cuando Satoru se dirigió a ella.

—Tía, ¿puedo dejar sin plegar la caja pequeña?, me parece que a Nana le ha gustado.

—De acuerdo, pero cuando se canse, sácala, ¿vale?

Conscientemente alzó la voz para que él no se diera cuenta de que tenía la voz temblorosa.

—¿Has encontrado el aparcamiento enseguida?

Tenía alquilada solo una plaza en el aparcamiento del sótano y había decidido cedérsela a Satoru. Para su coche, Noriko había alquilado otra plaza en un aparcamiento cercano.

—Sí, enseguida. Es la número siete del rincón. Tía, ¿escogiste el número siete a propósito?

Satoru se puso contento al ver que tenía el mismo número que Nana.

—Pues no. Lo hice porque me pareció que la del rincón era más fácil de encontrar.

Tras revelarle sin ambages el motivo real, se dio cuenta de que, en situaciones como esa, tal vez habría sido mejor mentir diciendo: «Ah, pues sí». Era propio de su carácter no haber caído en la cuenta antes de responder. Arrepentida, hizo una pregunta tonta.

—¿Nana es por el número siete?

—Pues, claro. Es que tiene la cola en forma de siete. Mira…

Satoru quiso coger a Nana y mostrarle lo que estaba diciendo, pero ladeó la cabeza con sorpresa: «¡Vaya!»

Nana había desaparecido.

—¡Aaaahhh!

Fue Noriko quien había lanzado aquel grito extemporáneo. Algo blando estaba restregándose contra su pantorrilla.

Soltó la cazuela que tenía en la mano, que cayó en el suelo con estrépito. De inmediato se oyó un ¡¡marramiau!! y el gato salió disparado de entre sus pies.

El animal buscó refugio en Satoru, que soltó una risita mientras tomaba en brazos al gato que había corrido hacia él.

Riendo con dificultad, Satoru se disculpó: «Lo siento mucho».

—¡Pobre tía! Mira que tener que vivir con nosotros a pesar de que no te gustan los gatos…

—No es que les tenga manía, pero no me inspiran mucha confianza…

En la réplica había un dejo de disculpa. En cierta ocasión, cuando era pequeña, le había hecho una carantoña a un gato callejero y este le había pegado un mordisco descomunal en la mano. Aquella mano derecha que había tendido confiadamente hacia el gato se le había hinchado hasta duplicar su grosor, y a partir de aquel día Noriko desconfiaba.

De pronto, se dio cuenta… ¿Desde cuándo sabía Satoru que a ella no le iban los gatos?

—Pero si no recogí aquel gato no fue porque no me gustaran, ¿eh?

—Ya lo sé, tía. Eso ya lo sé.

Si obligó a Satoru a desprenderse del gato cuando se hizo cargo del chico, fue debido a sus frecuentes traslados. En la mayoría de las viviendas oficiales se prohíben las mascotas. Si se hubiera quedado el gato, habría tenido que buscar piso por su cuenta cada vez que se hubiera trasladado.

Pero, si a ella le hubiesen gustado los gatos, ¿no se habría tomado, quizá, esta molestia? O, aunque no se tratara de un gato, si a ella le hubiera gustado cualquier animal, ¿no habría comprendido, tal vez, los sentimientos de un niño a quien separan a la fuerza de su mascota?

Cuando Satoru se encontraba en Fukuoka de viaje escolar, una noche se escapó del hotel. Un profesor lo descubrió en la estación y, aparte de reprenderlo con severidad, llamó a Noriko como tutora del chico. En aquel instante, a ella le dio un vuelco el corazón.

¿No habría ido, tal vez, a ver al gato que tuvo que abandonar? El pariente lejano que se había hecho cargo del bicho vivía en Kokura, la primera estación después de Hakata en tren bala. Satoru le había dicho una vez que le gustaría ir a visitar al gato, pero ella le había respondido que estaba muy ocupada y que no podía ser. Para Noriko, el asunto del gato era un caso archivado. Había encontrado a alguien de confianza que lo cuidase, no había ninguna necesidad de molestarse en ir a ver cómo estaba.

El asunto había quedado en que Satoru se había escapado del hotel para acompañar a un buen amigo, pero cuando le contaron todos los detalles, a ella le dio otro vuelco el corazón. Por lo visto, el amigo quería ir a un lugar adonde había ido con sus padres, entonces divorciados.

¿No habría simpatizado quizá Satoru con el otro niño por la soledad que también él sentía? Por más amigo que fuese de aquel chico, a Noriko no le cuadraba que un niño tan sensato como Satoru se saltara las normas como lo hizo durante el viaje escolar.

Si quieres ver al gato, te llevo. Cuando se lo propuso, Satoru le contestó que no se preocupara. Que aquello no había tenido nada que ver con el gato.

Al decirle que no se preocupara, ella no había vuelto a mencionar el asunto y, a la postre, no había ido a visitarlo.

El gato murió cuando Satoru estaba en bachillerato y él fue a visitar su tumba con el dinero que ganó en un trabajillo durante las vacaciones de verano.

Una vez más Noriko pensó que ojalá hubiese permitido que lo fuera a ver cuando estaba vivo.

—Lamento no haber sido capaz de comprender el cariño que sentías por el gato que tenías de pequeño. Ojalá hubiese permitido que te quedaras con él.

—A Hachi lo cuidaron con cariño hasta el final y con esto me basta. Y fue porque tú, tía, buscaste quien lo hiciera.

Satoru acarició a Nana, que estaba en su regazo.

—Pero con Nana he agotado todas mis amistades sin éxito. Me has hecho un gran favor permitiendo que viniera a vivir con nosotros.

Satoru volvió la cara de Nana hacia Noriko.

—Venga, Nana. Dale las gracias a la tía.

* * *

Por más que me diga que le dé las gracias, yo todavía estoy cabreado. Porque, ¡vamos!, Noriko es una maleducada. Como por lo visto voy a vivir aquí, me dije que yo también tenía que hacer buenas migas con ella y la saludé.

Para los gatos, restregarse contra las pantorrillas de un humano es la máxima expresión de afecto, pero ella va y suelta un alarido: «¡Ahhhhhhh!». Como si en medio de la oscuridad de la noche se le hubiera aparecido un fantasma. ¡En fin! Como se ha hecho cargo de Satoru y de mí, haré la vista gorda, pero…

Así empezó mi convivencia con Noriko, con mal pie.

La tal Noriko no sabía nada de gatos y nos costó un poco encontrar la distancia adecuada entre ambos.

—Buenos días, Nana.

Parece que ella, a su modo, también intenta adaptarse a mí, y al saludarme me tiende la mano con miedo, pero... ¡si lo que me toca, sin más, es la cola! ¿De qué va esa?

La cola, así por las buenas, solo permito que me la toquen los más íntimos. De ordinario, la hubiera arañado sin misericordia, pero por gratitud hacia la dueña de la casa me limité a apartar el rabo.

Era de esperar que mi reacción le hubiera enseñado algo, pero cada vez que Noriko quería acariciarme iba directa a la cola.

Aquella mañana quiso la casualidad que Satoru estuviera presente y me echó un cable.

—No, tía. No le toques la cola así. Nana lo detesta.

—¿Dónde tengo que tocarlo, entonces?

—Primero en la cabeza, o detrás de las orejas. Cuando se acostumbre a ti, también puedes acariciarlo debajo de la barbilla.

Con una mano sostenía el cepillo de dientes y con la otra Satoru me acariciaba la cabeza para ilustrar sus explicaciones.

—Cabeza, detrás de las orejas, debajo de la barbilla...

Mientras lo iba repitiendo, ¿qué creéis que hacía Noriko? ¡Pues tomar notas!

—La cola no se toca...

¡Que alguien le diga algo! ¡Que alguien le diga algo, por favor! Claro que aquí solo está Satoru.

—¿Crees que te hace falta tomar apuntes? —le dijo Satoru riendo.

—Es que sería fatal que lo olvidara —repuso Noriko con extrema seriedad.

¡Uf! ¡Mira que...! ¡Qué torpe llegas a ser, hija mía!

—Acariciándolo aprenderás mejor que tomando apuntes.

—¿Cómo? Pero es que la boca…

¿Qué quieres decir con eso de la boca…?

—Si me muerde…

¡Eso es el colmo de la grosería! ¡Decirle eso a un caballero como yo, que se ha contenido y no la he arañado a pesar de que ella me ha tocado la cola de buenas a primeras! Y teniendo en cuenta, además, que se la has buscando no solo una o dos veces sino muchas más. ¡Ahora sí que merecerías un mordisco, por lo que acabas de decir!

—No te preocupes. Mira.

Incitada por Satoru, Noriko alargó medrosamente la mano… Con lo que ha dicho se merece que la muerda. Y yo, que me aguanto y me comporto como un adulto, merezco las alabanzas de todos ustedes.

Pero, ¡en fin!, al menos comprendí por qué buscaba siempre la cola. Noriko había concluido, muy a su modo, que era lo que más lejos estaba de la boca, cuando es bien sabido que todos los animales que viven bajo la luz del sol, en lo que respecta a la velocidad de reacción, son más rápidos cuando les tocan la cola o la espalda que cuando les alargan la mano de frente.

—Es suave, ¿verdad?

Presumo de tener un tacto que nada tiene que envidiar al terciopelo.

—Mira, parece que Nana también se siente muy a gusto.

A decir verdad, los gestos de Noriko eran demasiado rígidos para resultarme agradables, pero, con miras pedagógicas, no escatimé esfuerzos en fingir que me gustaba.

—¡Hiiiiiiii!

Noriko lanzó un chillido y retiró la mano. Incluso yo contuve el aliento, sobresaltado. ¿Qué demonios pasa ahora?

—¡La garganta! ¡Qué asco! ¡Tiene un hueso en la garganta que va rodando y rodando!

Aquello era una grosería al cuadrado. ¡Y pensar que ronroneaba por gentileza hacia ella aunque no me gustara demasiado su tacto!

—No te asustes, no pasa nada. Cuando se siente bien ronronea.

Esto por regla general, porque ahora lo hago por cortesía. ¡Estoy haciendo lo imposible para salir airoso de un trance de lo más desagradable!

—¡Ah! ¿Entonces ese ruido que hace con la garganta es lo que se conoce como ronronear?

Al final, Noriko pareció acostumbrarse y me pasó la mano con suavidad por el cuello.

—Pues, ¿con qué creías que lo hacían, si no con la garganta?

—No sé, con la boca.

¡¿Ronronear con la boca?! ¡¿Será imbécil?! ¡Vaya! Al ver tanta ignorancia me vuelvo malhablado. ¡Perdón! ¡Perdón!

Noriko dejó de acariciarme y al punto dejé de ronronear. Luego me acerqué a la caja de cartón que estaba en un rincón de la sala de estar y me deslicé en su interior.

La caja de cartón de la mudanza que Satoru había dejado sin plegar tenía una angostura muy agradable.

—¿Hasta cuándo tiene que quedarse ahí esta caja, Satoru?

—A Nana le gusta. Dejémosla un poco más.

—Preferiría tirarla. Da sensación de desorden. Además, le he comprado una cama para gatos y una torre para que pueda subirse a ella.

La cama y la torre no tienen nada que ver con de la caja, ¿lo sabías?

De ese modo, Noriko iba familiarizándose tímidamente con los hábitos gatunos.

—¿Qué te parece esto?

Lo que Noriko mostraba era, por lo visto, un sustituto de la caja de cartón que yo había dejado hecha trizas tras afilarme las uñas en ella.

Había cogido una caja de cartón de las ventas por correo, la había abierto, desplegado y convertido en una caja de poca profundidad, que luego había reforzado, por aquí y por allá, con cinta adhesiva.

—Esta es más amplia, más nueva y mejor, ¿no te parece? Tiene dos capas y durará más aunque se afile las uñas en ella. Así que ya podemos tirar la vieja. En la del rincón, Nana ni siquiera cabe tumbado.

—¡Hmm! A ver cómo va.

Satoru me echó una mirada rápida con una sonrisa forzada en los labios… ¿Qué tal?

Le respondí con un bostezo… No me estimula, ¿sabes?

Noriko no entiende nada en absoluto. Una caja espaciosa no suscita el menor interés, no es nada divertido meterse en ella.

Cuando me metí en la caja vieja ignorando su concienzuda obra, Noriko se mostró decepcionada. Sonriendo, Satoru prosiguió sus explicaciones.

—Quizá hubiera sido mejor no tocarla. Cuando tengas una caja de cartón nueva, déjala tal cual, a ver qué hace.

—¡Con el trabajo que me ha dado…!

Sus esfuerzos eran en balde. Bien sabido es que los gatos prefieren descubrir por sí mismos lo que les gusta y es poco probable que lo que se les ofrece tenga éxito.

Así que la caja de Noriko permaneció tozudamente junto a la vieja durante algún tiempo, hasta que fue a parar al reciclaje de papel.

* * *

Satoru empezó a ir con frecuencia al hospital que estaba en el barrio, tan cerca que podía ir andando. A pesar de que salía de casa a primera hora de la mañana, no regresaba hasta el atardecer. O el hospital estaba atestado de gente, o la visita o el tratamiento requerían mucho tiempo.

El brazo derecho de Satoru fue llenándose de pinchazos y los cardenales de color negro azulado no se le iban. Pronto le sucedió lo mismo en el brazo izquierdo. A mí me fastidiaba tener que vacunarme cada año, lo de Satoru debía de ser una verdadera tortura.

Por más tiempo que pasara en el hospital, aquel olor que Satoru desprendía no se iba, sino que, por el contrario, ganaba intensidad. Los perros y los gatos con los que se había cruzado habían dicho que olía a alguien a quien no le quedaba ya mucho tiempo… Cuando empieza a oler así, no hay ser vivo que pueda volver atrás.

A veces, Noriko llora a escondidas. Solo yo lo sé. Delante de Satoru, hace lo imposible por reprimir el llanto, pero, claro, un gato no cuenta para nada.

Si me refriego contra sus piernas ya no grita «Ahhhhh!», sino que me acaricia suavemente el cuello y su mano me dice «Gracias».

La ciudad está sepultada bajo el blanco manto de la nieve y, forjadas por el frío, las acafresnas lucen cada día más incandescentes.

—¿Vamos a pasear, Nana?

Sus fuerzas han decrecido sensiblemente y cuando vuelve del hospital se mete en la cama; sin embargo, le sigue gustando salir a pasear conmigo.

Hace frío y el suelo está resbaladizo, aun así salimos todos los días, excepto cuando va al hospital o si hay ventisca.

—Es tu primer invierno en la nieve, ¿eh, Nana?

Todo es nuevo para mí. El frío suelo helado bajo mis almohadillas. Los carámbanos que cuelgan de los aleros. La nieve retirada con pala que se amontona a un lado del camino como un milhojas.

Gorriones alpinos posados uno junto al otro en los cables eléctricos. Perros ociosos que se abren paso a través de la nieve amontonada en el parque. Gatos callejeros que se introducen hábilmente en estrechos resquicios para protegerse del frío.

Hay muchas, muchísimas cosas que vemos juntos por primera vez.

—¡Oh! ¿Qué gatito tan mono! ¿Han salido de paseo?

Un día despejado de esplendoroso cielo azul, una abuelita muy agradable nos abordó.

—¿Cómo se llama?

—Se llama Nana, porque tiene la cola en forma de siete, ¿ve?

Ahí estaba de nuevo el chiflado por los gatos explicando el porqué de mi nombre al primero que pasaba por la calle.

—¡Tiene que ser muy listo para salir con usted de paseo!

—Pues sí, lo es.

Tras despedirse de la abuelita, Satoru me abrazó.

—Como eres muy listo, seguro que podrás seguir portándote bien a partir de ahora, ¿verdad?

¿Y cuándo he dejado yo de portarme bien? Que me pidas confirmación me parece una grosería, ¿sabes?

Las calles resplandecían con la iluminación navideña y en la televisión los anuncios navideños se sucedían uno tras otro. La noche en que Satoru y Noriko cortaron un pequeño pastel, a mí me ofrecieron *sashimi* de atún y, a la mañana siguiente empezó a respirarse claramente el ambiente de Año Nuevo.

En Año Nuevo me ofrecieron pechuga tierna de pollo, la olisqueé una y otra vez y le hubiera tirado con gusto arena por encima, aun a riesgo de parecer desagradecido. Por supuesto, allí no había arena, así que habría tenido que tirarle la arena de mi retrete.

—¿Qué te pasa, Nana? ¿No te la comes?

Satoru ladeó la cabeza, sorprendido. Comerme, me hubiera comido una montaña entera, pero aquella pechuga tenía un olor sospechoso.

—Tía, ¿la pechuga de pollo de Nana es la misma de siempre?

—Como es Año Nuevo, hoy es de primera.

—¿Le has hecho algo especial?

—Pues sí, un poco de vino para quitarle el olor.

¡Tenías que ser tú, Noriko! Siempre metiendo la pata.

—¡Ah, claro! Nana no puede comérsela porque huele el alcohol.

—¿Cómo? Pero si solo han sido unas gotas.

—Es que los gatos tienen muy buen olfato.

—¿No son los perros los que tienen buen olfato? Por lo visto, su olfato es seis mil veces mejor que el de los seres humanos.

Noriko no es mala persona, pero es un poco cabeza cuadrada, la pobre. Es cierto que se habla mucho del buen olfato de los perros, pero eso no significa que los gatos lo tengan malo. Además, para distinguir el olor del alcohol que ha echado por encima de la pechuga, no hace falta un olfato seis mil veces superior al de los humanos.

—También los gatos lo tienen más agudo que las personas.

De pie en la cocina, Satoru puso en un plato limpio pechuga de pollo de calidad comprobada y segura, y me lo trajo. Y retiró el plato con el pollo que con tanto esmero había cocinado Noriko.

—La pechuga cocida al vapor con vino me la comeré yo con la sopa *zôni* de Año Nuevo.

Noriko lanzó un suspiro.

—Eso de que una persona se comiera los restos que deja un gato, antes de que viniera Nana nunca se me habría pasado por la cabeza.

—Cuando se tienen gatos, esas cosas suceden a veces. Además, no son restos de comida. Ni lo ha tocado con la boca.

Dicho esto, Satoru echó la pechuga de pollo en su tazón de *zôni*.

—No vayas contando por ahí que te hago comer lo que ni siquiera se comen los gatos, porque suena fatal.

—Si se lo dijera a alguien que tiene gatos, estoy seguro de que lo entendería.

—¡Feliz Año Nuevo!

Tras las rituales felicitaciones, Satoru y Noriko empezaron a comer la sopa.

—Solo hace tres meses que Nana vive aquí, pero tengo la sensación de que los gatos son criaturas muy extrañas.

¡Vaya! ¡Mi primera felicitación de Año Nuevo! No puedo pasar por alto unas palabras tan violentas.

—Aquella caja, por ejemplo.

La caja de cartón de la mudanza aún permanecía en un rincón de la sala de estar, a pesar de que Noriko había refunfuñado con rencor diciendo que quería tirarla antes de empezar el año.

—Y eso que la nueva estaba más limpia y era más agradable…

No es cierto. Lo siento por ti.

—Además, ¿por qué intenta meterse, quieras que no, en cajas a ojos vistas pequeñas? Debería darse cuenta de que apenas cabe en ellas, ¿no crees?

Sí. A veces me pincho.

—Antes, le he metido entre las patas delanteras una caja de joyería vacía.

—¡Eso, eso! Los gatos son así.

Satoru asintió contento.

—Pues también la ha emprendido con esta caja, y eso que era muy pequeña, de esas donde se guardan los relojes de pulsera.

A eso solo se le puede llamar instinto. Es bien sabido que los gatos siempre intentan encontrar bonitos resquicios donde ocultarse por completo. Una caja cuadrada abierta de par en par no despierta los instintos. Y es que, vete a saber, a lo mejor, si meto la pata, se activa algún mecanismo… Claro que, por el momento, jamás se han cumplido mis expectativas.

Aunque dicen que en el extranjero hubo un gato que estuvo abriendo puertas que debían de conducir alguna vez al verano.

—Lo siento, ya estoy lleno.

Satoru soltó los palillos sin haberse terminado la sopa. Por un instante, en el rostro de Noriko se dibujó la tristeza. Le había puesto una sola torta de *o-mochi* en el tazón, y del suntuoso *o-sechi* que había comprado en los grandes almacenes se había limitado a picar de una manera casi simbólica.

—¡Estaba buenísimo! Habas de Egipto, guisantes y zanahorias; mamá también los ponía siempre en el *zôni*. Tus platos, tía, tienen un sabor muy parecido a los que cocinaba mamá.

—Es que aprendí de mi hermana mayor, que para mí fue una madre.

—Cuando te hiciste cargo de mí, fue una suerte que el arroz que cocinabas se pareciera al de mamá. Creo que por eso me acostumbré tan pronto a vivir contigo. —Satoru sonrió alegremente—. Me alegro de que te hicieras cargo de mí, tía.

Sorprendida, Noriko contuvo ligeramente el aliento, y luego, estremecida, deslizó los ojos por los objetos que la rodeaban. Bajó la cabeza y musitó en voz muy baja:

—Yo… yo no he sido tan buena tutora. Seguro que habría sido mejor que yo no…

Ignorando las palabras de Noriko, Satoru repitió:

—Me alegro de que te hicieras cargo de mí, tía.

La garganta de Noriko dejó escapar un ruido gutural parecido al croar de las ranas. ¿Quién dijo que le daba asco mi ronroneo? ¿Acaso no estás haciendo ahora tú un ruido mucho más descarado que el mío?

—… A pesar de lo que te dije cuando me hice cargo de ti.

—¡Pero si aquello tenía que saberlo antes o después! Tú no te equivocaste en nada, tía.

—Pero, es que… —Aún con la cabeza baja, Noriko sorbió las lágrimas.

Muchas, muchas veces, su garganta dejó escapar aquel ruido parecido al croar de una rana, y entremedias musitó una y otra vez: «Lo siento mucho.».

—Ojalá aquel día no te hubiera dicho aquello —dijo al final con voz ronca.

* * *

Cuando la informaron del fallecimiento de su hermana y de su marido, Noriko estaba soltera, pero asistió a los funerales firmemente decidida a hacerse cargo de Satoru.

Ya que no había podido devolverle nada a su hermana por lo que hizo por ella, al menos, quería cuidar de Satoru. El niño era lo que más le recordaba a su hermana mayor. Por él haría todo cuanto estuviera en su mano.

La familia de su cuñado asistió al funeral para guardar las formas y se fue sin tocar el tema. Para ellos, Satoru era un niño ajeno a la familia, cosa normal, habida cuenta del trato que habían dispensado en vida a su hermana mayor.

Entre los demás parientes tampoco había nadie dispuesto a hacerse cargo de Satoru. Cuando Noriko dijo que ella se quedaría con el niño, algunos le expresaron su opinión: estando soltera, no tenía por qué hacerlo. Proponían dejar el niño en alguna institución.

«Satoru es el hijo de mi hermana y de su marido. Si no tuviera parientes, aún sería admisible. Pero, habiendo parientes con capacidad económica para hacerse cargo del niño, dejarlo en una institución es solo desidia.»

Creía haber usado las palabras justas, pero sus parientes se sintieron molestos. «No mide las palabras. Por eso, a la edad que tiene, aún no ha encontrado marido...» Más tarde, Noriko se enteró de que su tío y otros miembros de la familia iban murmurando sobre aquello.

El tío gozaba de la sabiduría que dan los años y la crítica de que Noriko no medía las palabras era certera.

Sucedió después del funeral, tras liquidar los asuntos económicos, cuando le anunció a Satoru que se haría cargo de él.

— Es algo que, aunque me lo callase, acabarías sabiendo, así que voy a decírtelo ya. Tú, Satoru, no tienes la sangre ni de tu padre ni de tu madre.

Era algo que, de todas formas, descubriría algún día, así que podía decírselo entonces. Los hechos son los hechos... Así pensaba ella, pero, en cuanto vio la expresión que se dibujó en el rostro de

Satoru al oír aquellas palabras, comprendió que había cometido un error.

Satoru palideció como si de un plumazo le hubieran borrado el color de sus mejillas. Y aquel cambio súbito de expresión hablaba con toda elocuencia de la brutal conmoción que acababa de sufrir.

Noriko se dio cuenta entonces de lo fría y seca que era… En aquel breve lapso había despojado a Satoru, por segunda vez, de todo.

Aquel día, un amigo del chico se había presentado al velatorio, y Satoru había llorado por primera vez. Luego, poco a poco, su rostro había ido recobrando la expresión y el color. Pero, ahora, ella…

La conciencia de que había hecho algo irreparable la puso fuera de sí.

—¿Quiénes son entonces mis verdaderos padres?

—¡Tus verdaderos padres eran mi hermana y mi cuñado! ¡Querrás decir quién te trajo al mundo!

Se lo dijo como si lo reprendiera, a pesar de que Satoru no había hecho nada malo. Noriko estaba fuera de sus casillas y no podía contenerse.

Los auténticos padres eran su hermana y su cuñado. Los otros, los padres naturales, solo lo habían parido. Lo habían traído a este mundo de modo irresponsable y casi lo habían dejado morir cuando era un bebé.

Aquel había sido el primer caso judicial importante de Noriko. Eran unos padres jóvenes, y su negligencia en el cuidado del bebé, que había derivado en caso criminal, podía calificarse de asesinato. Habían dejado de alimentar al bebé hasta el punto de que este perdió la voz, habían dejado que se debilitara y, metido en una bolsa de plástico, lo habían sacado a la calle el día de recogida de la basura.

A un vecino que fue a depositar la basura le resultó sospechoso ver que aquella bolsa se movía, la abrió y descubrió al bebé. Cuando instó a los padres a detenerse, estos lo agredieron, sumando un nuevo delito al anterior.

En el juicio, los padres fueron condenados a la pena que les correspondía, pero Satoru se quedó sin un lugar adonde ir. Los parientes de sus progenitores se negaban a criarlo. Satoru solo podía ingresar en una casa cuna.

El caso había sido muy penoso para ella. Y, aunque había aplicado la pena que correspondía al delito cometido, había hipotecado con ello el futuro de un niño inocente.

Su hermana mayor fue quien la ayudó a ahuyentar aquellos pensamientos que no conducían a ninguna parte. Como el caso que llevaba Noriko era muy importante, su hermana estaba pendiente del desarrollo del juicio.

Debería obligarse a la gente a obtener una licencia para poder casarse, dijo Noriko, que aquellos días se desahogaba con su hermana.

«Si todos los matrimonios que tienen hijos fueran como tú y tu marido, jamás ocurrirían estas cosas.»

Al soltarlo, Noriko sintió que un sudor frío le resbalaba por la espalda... Cuando llevaba un tiempo casada, su hermana descubrió que no podía tener hijos. Las críticas de los suegros arreciaron y, como consecuencia, su cuñado se había distanciado de su propia familia. Aun así, las preocupaciones de su hermana no desaparecieron.

Justo antes de que el bebé ingresara en la institución, su hermana le comunicó que quería hacerse cargo del niño.

«Me has dicho que seríamos tan buenos padres...», le dijo su hermana riendo.

«En realidad ya habíamos pensado en adoptar un niño, y tú nos has ayudado a tomar la decisión. Además, nos gusta la idea de adoptar a un chico que haya tenido algo que ver contigo.

En aquel instante, no pudo responderle nada... Seguro que la familia de su cuñado tendría mucho que decir al respecto.

«¿Y qué dice tu marido?»

Era una pregunta indirecta.

Su hermana se rio a carcajadas.

«Igualmente la familia de mi marido estaría quejándose toda la vida de que no tenemos hijos, así que mejor será que hagamos lo que nos apetezca, ¿no te parece?»

—Tus padres naturales solo te trajeron al mundo. Tus verdaderos padres son mi hermana y su marido. Por eso tengo la obligación de hacerme cargo de ti.

Lo dijo para que no pensase que era una molestia, pero, al pronunciarla, la palabra «obligación» le sonó dura.

—Tú, Satoru, no tienes que preocuparte por nada.

Lo que acababa de decir no contribuía a suavizar la frase anterior; más bien daba la impresión de que lo incitara a preocuparse.

La crítica del tío y de parte de la parentela de que no medía las palabras era acertada. Lo primero que le decía al niño que acababa de adoptar era justo lo que este menos necesitaba oír en un momento tan difícil para él.

Por eso no encontraba marido. También aquella predicción había acabado cumpliéndose. En aquel tiempo, Noriko tenía novio, pero rompió con él poco después de hacerse cargo de Satoru.

Que se hubiera quedado con el niño estando ella soltera fue la razón principal de la ruptura, pero lo que más molestó a su novio fue que ella hubiera tomado la decisión sin siquiera consultárselo.

«¿Por qué no me has dicho nada?» Cuando su novio se lo reprochó, Noriko le respondió que, tratándose de su sobrino, no veía la necesidad de hacerlo.

La expresión de su novio dejó bien claro que acababa de cerrar la puerta. Noriko había fracasado una vez más en sus conocimientos del corazón humano.

Transmitir afecto a quienes estaban a su lado era más difícil que trabajar con leyes.

El gato de Satoru se lo quedó un pariente lejano con quien apenas tenía relación. Cuando fue a recoger al gato, le acarició la cabeza al niño.

«Tranquilo, ¿eh?, en casa a todos nos gustan los gatos y lo querremos mucho. Seguro que estará bien.»

La expresión de Satoru se iluminó al instante y asintió con una fuerte sacudida de la cabeza... El niño jamás le había mostrado ese rostro a Noriko tras la muerte de sus padres.

De vez en cuando, el pariente enviaba fotografías del gato, y aunque con el tiempo, las noticias eran cada vez más esporádicas, todos los años recibían la felicitación de Año Nuevo con una fotografía del gato junto a unas líneas que decían: «Hachi está bien».

Tras morir el gato no se olvidó de comunicárselo puntualmente al chico y, cuando este fue a visitar la tumba, lo acogió en su casa con hospitalidad.

Si él se hubiese hecho cargo de Satoru, ¿no habría sido el chico, quizá, más feliz? Incluso ahora, Noriko lo pensaba en ocasiones. Entre los parientes que no quisieron adoptar un niño con quien no les unían lazos de sangre, únicamente él dijo, refiriéndose a Satoru: «Si está en mi mano, me gustaría hacer algo». Era el padre de una familia de cuatro hijos y sonrió avergonzado al decir: «El problema es el dinero».

¿Acaso no podía Noriko haber costeado la manutención si él se hubiera quedado con el niño? El hecho de que ella se hubiera hecho cargo de Satoru, ¿no habría sido, quizá, simple egoísmo por no querer desprenderse del hijo que había dejado su hermana al morir?

A pesar de que siempre lo había pensado, siempre...

* * *

—Si hubiera dejado que te quedaras con el tío de Kokura, quizá habrías sido más feliz.

—¿Por qué?

Satoru parpadeó con sorpresa.

—Ya sé que el tío de Kokura es una buena persona, pero yo prefiero que fueras tú quien se quedara conmigo, tía.

—¿Por qué? —preguntó Noriko.

—Es que, vamos a ver... ¿acaso tú no eres la hermana menor de mi madre? ¿Acaso no eres quien más puede hablarme de mis padres?

—Pero, cuando acababas de perder a tus padres, yo te dije aquello...

Satoru interrumpió a Noriko.

—Es cierto que me quedé helado. Pero, gracias a que me lo dijiste entonces, fui consciente desde muy, muy pronto de lo afortunado que era.

Noriko puso cara de extrañeza y Satoru sonrió.

—Hasta que tú, tía, me lo dijiste, jamás se me había pasado por la cabeza, nunca, ni por un instante, que con mis padres no me ligaran lazos de sangre. Hasta tal punto me habían convertido en su verdadero hijo. Por más que mis padres naturales me hubiesen abandonado como un trasto, el hecho de que otros padres me hubiesen querido tantísimo era algo espléndido, algo que no sucede todos los días.

Por eso soy feliz... Satoru también me lo ha dicho a mí muchas veces, sonriendo, contento.

Cuánto lo habían querido sus padres. Lo feliz que era su vida. Lo comprendo. Cuando Satoru me recogió, estuve tan contento como él lo estuvo entonces.

Aunque lo habitual es que a los gatos callejeros los dejen tirados, Satoru me salvó cuando me rompí la pata. Y, por milagroso que eso fuera, haberme convertido, además, en su gato me hizo la criatura más feliz del mundo. Esas cosas, tarde o temprano, hay que decirlas...

Por eso, aunque Satoru no pueda conservarme a su lado, yo no habré perdido nada. Habré ganado el nombre de Nana y mis cinco años de vida junto a él. Si no hubiera conocido a Satoru, jamás lo habría conseguido.

Aun suponiendo que él muera antes que yo, pese a todo, seré más feliz habiendo encontrado a Satoru de lo que lo habría sido si no lo hubiera conocido.

Porque yo siempre, siempre, recordaré los cinco años que he vivido a su lado. Siempre, siempre, llevaré el nombre de Nana, tan inadecuado para un gato macho.

Los barrios donde creció Satoru
y los campos de verdes arrozales susurrando al viento
y el mar que alzaba un rugido pavoroso
y el monte Fuji que se te venía encima
y el cómodo televisor en forma de caja
y Momo, la preciosa gata de mediana edad

y el chulo e ingenuo Toramaru, de pelo atigrado

y el blanco y gigantesco ferry cargando coches en la barriga

y los perros que le agitaron la cola a Satoru en el cuarto de las mascotas

y el lenguaraz gato chinchilla que me dijo *good luck*

y la inmensa tierra de Hokkaido extendiéndose hasta el infinito

y las vigorosas flores de color violeta y amarillo que florecían junto al camino

y los campos de susuki tan parecidos al mar

y los caballos que pacían en la hierba

y los frutos bermellón de la acafresna

y todos los matices del rojo de la acafresna que Satoru me mostró

y los bosques de delicados abedules plateados

y el cementerio claro y alegre

y los ramos de flores con los colores del arco iris que dejamos en ofrenda

y el trasero del ciervo con forma de blanco corazón

… y el gran, gran, grandísimo arco iris que brotó del suelo trazando un doble arco:

No los olvidaré mientras viva.

Kōsuke, Yoshimine, Sugi y Chikako… y, en especial, Noriko, que crió a Satoru hasta que fue mayor y con quien el destino me ha unido.

Y siempre recordaré, también, a quienes rodean a Satoru.

* * *

¿Cabe una felicidad mayor?

* * *

—Cuando eras pequeño, te sentías muy solo por culpa de mis traslados. Cada vez que hacías amigos, yo te apartaba de ellos.

—Pero allí adonde íbamos volvía a hacer amigos. Cuando me separé de Kōsuke, me sentí muy solo, pero en secundaria conocí a Yoshimine, y, en bachillerato, a Sugi y a Chikako. Cuando los visité con Nana, todos ellos me dijeron que querían cuidarlo. El hecho de que, en un momento de necesidad, haya tantas personas dispuestas a quedarse con un gato al que quiero demuestra que mi vida ha sido plena, ¿no te parece?

Satoru alargó el brazo hacia Noriko, le tomó la mano y la envolvió entre las suyas.

—Y aunque las cosas no salieran bien con quienes se ofrecieron a cuidar a Nana, al final tú, tía, te has hecho cargo de él.

Todavía cabizbaja, a Noriko le temblaban los hombros.

—Por encima de todo, gracias a ti encontré a mis padres. Y fuiste tú, tía, quien se hizo cargo de mí, y siempre me has hablado de los recuerdos que compartías con ellos. ¿Cómo podría no ser feliz?

Así que no llores, Noriko.

Si, en vez de lamentarte, sonríes hasta que llegue el final, seguro que serás mucho más feliz.

* * *

Satoru empezó a quedarse con frecuencia en el hospital.

—Volveré dentro de unos días, ¿de acuerdo?

Al decirlo me acariciaba la cabeza y se iba con una bolsa. Poco a poco, fue aumentando el número de días en que permanecía hospitalizado. Se marchaba diciendo que solo serían tres o cuatro días y no volvía hasta al cabo de una semana. Si decía que se iba por una semana, volvía diez días después.

La ropa que se había traído de Tokio ya no le quedaba bien. Las camisas y los jerséis le iban muy anchos, los pantalones le bailaban y, en la cintura, le sobraba más de un palmo.

Empezó a llevar gorros de lana incluso dentro de casa. No sé por qué, pero no solo su cuerpo había adelgazado, también el pelo se le había vuelto cada vez más fino, hasta que un día apareció con la cabeza rapada. Pensé que quizá lo habían rapado en el hospital, pero por lo visto fue él quien decidió ir a la barbería.

Un día, mientras preparaba sus cosas para quedarse en el hospital, metió dentro de la bolsa la fotografía que tenía siempre en la cabecera de la cama. Era una en la que estábamos los dos. Esta fotografía la había tomado al acabar uno de nuestros viajes y la había tenido siempre en la cabecera desde cuando estábamos en Tokio.

Aquel día tuve un presentimiento.

¡Miau!, maullé mientras arañaba el transportín que estaba en un rincón de la habitación. ¡Va! Vamos a necesitarlo, ¿no?

Mientras cerraba la cremallera de la bolsa donde había embutido sus cosas, Satoru me miró sonriendo con aire de apuro.

—Sí, ya, Nana. Quieres venir conmigo, ¿verdad?

Satoru abrió la puerta del transportín. Cuando entré en su interior ilusionado, cerró la puerta… y cambió el transportín de posición, de modo que la puerta quedara pegada a la pared.

¡Eh! ¡Eh! ¡Que si haces eso, no podré salir! ¿No lo ves? ¡Déjate de bromas pesadas!

—Tú, Nana, eres muy sensato, así que seguirás portándote bien de ahora en adelante, ¿verdad?

¡Eh, tú! Arañé la jaula con todas mis fuerzas desde el interior. ¡¿Qué estás diciendo, Satoru?!

Satoru se puso en pie con la bolsa en la mano. Abrió la puerta de la habitación dejando el transportín donde estaba.

¡Espera, tonto! Arañé el transportín con un frenesí cada vez mayor, lo empujé con mi cuerpo, gemí erizando el pelo.

—Te portarás bien, ¿verdad?

¡Pesado! ¡Qué portarse bien ni que ocho cuartos! ¡No te permitiré nunca, jamás, de ninguna de las maneras, que te vayas sin mí!

—¡Pórtate bien, tonto!

¡¿Cuál de los dos es el tonto, so tonto?! ¡Vuelve! ¡¡¡Vuelve!!! ¡Llévame contigo!

—No es que quiera dejarte, ya lo sabes. ¡Te quiero mucho!

¡Sí, y yo también te quiero mucho a ti!

Satoru salió de la habitación desoyendo mi llamada y cerró la puerta como si se me quitara de encima de un manotazo.

¡Vuelve! ¡Vuelve, vuelve, vuelve, vuelve!

¡Seré tu gato hasta el final!

Grité hasta el límite de mis fuerzas, pero aquella puerta que él había cerrado como si se me hubiera quitado de encima de un manotazo ya no se volvió a abrir. Grité, grité, grité y grité, hasta enronquecer.

¿Cuánto tiempo había transcurrido? Cuando la puerta se abrió pesadamente, la habitación estaba sumida en la oscuridad.

Noriko entró. Apartó el transportín de la pared y abrió la portezuela.

Si no ha venido Satoru, ¿piensas que voy a salir corriendo enseguida? Me quedé tumbado con aire de enojo y ella alargó medrosamente la mano.

Me acarició la cabeza, me rascó detrás de las orejas, hundió los dedos en el pelo de mi garganta... Ya no tenía la insolencia de temer que la mordiera si acercaba su mano a mi boca.

Para no gustarle los gatos, los progresos de Noriko eran notables.

—Satoru, ¿oyes?, Satoru te envía saludos. Dice que eres muy importante para él.

Eso ya lo sé. Ya sé que era un gato muy importante para Satoru.

—La comida, aquí tienes la comida. Y he desmenuzado pechuga tierna de pollo por encima. Satoru me ha dicho que hoy te mime.

Si se cree que con eso quedará olvidada la fechoría de haberse marchado sin mí, se equivoca de medio a medio.

—El cuarto de Satoru es pequeño, pero es una habitación individual y no parece de hospital. Allí Satoru se sentirá relajado. Los enfermeros son buenas personas. Satoru dijo que quería pasar sus últimos momentos tranquilo y en silencio, y el hospital en el que ha recibido el tratamiento le recomendó ese otro lugar.

Mientras me acariciaba, a Noriko le temblaba la voz.

—«Así que, a Nana», ha dicho Satoru, «dile que no se preocupe.»

Por más que en aquel sitio no haya nada por lo que tenga que preocuparme, el simple hecho de que no esté yo allí ya lo convierte en lo peor de lo peor.

—Al entrar en la habitación, lo primero que ha hecho ha sido sacar la fotografía en la que está contigo, Nana. La ha puesto en la cabecera de la cama, como en casa. Así que no hay problema.

¡Vaya tontería! ¿Cuál de los dos es mejor? ¿El yo que aparece en la fotografía o el yo de carne y hueso? La respuesta está clarísima.

Siendo, como soy, tan cálido y suave como el terciopelo, resulta más que evidente que él estaría mejor junto a mi yo de carne y hueso.

Pero…

Lamí suavemente la mano de Noriko. Ya no me suelta la grosería de que mi lengua es áspera y que le da asco.

Noriko está llorando. ¡Va! Ya comeré después, cuando me venga el hambre, visto que has tenido la delicadeza de desmenuzarme pechuga de pollo.

* * *

Aparte de cuando iba a comer o al retrete, jamás salía de la habitación de Satoru.

Siempre estaba alerta y, cada vez que se abría la puerta de la calle, me precipitaba hacia ella, pero siempre era Noriko quien entraba y yo volvía con la cola baja a la habitación de Satoru. Bajar la cola porque no fuera Satoru quien llegaba no me avergonzaba lo más mínimo. ¿Acaso no era normal estar triste por su ausencia?

A veces Noriko me proponía que saliéramos a pasear. Por lo visto, se lo había pedido Satoru. Pero, sin su compañía, no me apetecía andar por las calles cubiertas por el inmaculado y frío manto de nieve.

Satoru no tiene conciencia de lo que vale. No tiene ni la menor idea de lo que significa para mí.

Día tras día, me pasaba las horas mirando por la ventana. El paisaje se extendía en un continuo hasta el infinito, y esa continuidad debía de llegar hasta la habitación donde se encontraba Satoru.

Hola, Satoru. ¿Qué tal por ahí?

La ventisca de hoy ha sido terrible. Al otro lado de la ventana todo está blanquísimo y ni siquiera se ve la luz de las farolas. ¿Lo ves desde donde estás?

Hoy hace buen tiempo. El cielo está alto y azul. Pero, con este azul tan nítido y transparente, debe de hacer un frío de aúpa.

Hoy los gorriones alpinos que posan en los cables eléctricos han batido un nuevo récord de redondez. No nieva y el cielo está apenas empañado, pero seguro que ahí fuera hace un frío morrocotudo.

Por la calle principal ha pasado un coche bermellón. Del mismo color que los frutos de la acafresna que me enseñaste. Pero, en mi opinión, el color de la acafresna tiene mayor profundidad y resulta más sobrecogedor. Los humanos son buenos imitando los colores, pero no han logrado reproducir la fuerza de los tonos originales.

¿Qué ves tú por la ventana de tu habitación? ¿El tiempo del otro lado de tu ventana es el mismo que el de la mía?

Un día Noriko entró en la habitación de Satoru.

—Nana, vamos a ver a Satoru.

¡¿Cómo?!

—Satoru se siente tan solo sin ti que he decidido solicitarlo. Los médicos me han dicho que no puedes estar en la habitación, pero sí verlo mientras pasea por el jardín.

¡Bravo, Noriko!

Entré lleno de ilusión en el transportín que Noriko me ofrecía. Cogimos la furgoneta plateada. Por lo visto, Noriko la utilizaba desde que Satoru había ingresado en el hospital, pero yo no me había montado en ella desde el último viaje que él y yo hicimos juntos.

Tardamos unos veinte minutos en coche.

¡No me digas que Satoru está tan cerca!

Si hubiera acompañado a Satoru, al llegar, yo habría abierto el cerrojo de la puerta y habría salido del transportín, pero estaba con Noriko, así que permanecí dócilmente encerrado en él. Noriko, que no estaba acostumbrada a pensar en un gato, lo había colocado al pie de los asientos traseros, de modo que lo único que yo podía ver era la tapicería del coche.

—Pórtate bien y espera un poco, ¿eh? Voy a buscar a Satoru.

Te portarás bien, ¿eh? Te portarás bien, ¿verdad? Satoru me lo había recordado muchas, muchísimas veces, en otra ocasión.

Pues, claro.

Pues claro que me portaría bien. Yo soy un gato muy listo, capaz de saber lo que hay que hacer en todo momento.

Noriko volvió poco después y sacó el transportín de la furgoneta.

El hospital se levantaba, solitario, en el interior de una tranquila urbanización, y detrás del aparcamiento se extendía un terreno cubierto de mullida nieve. La gruesa capa blanca maquillaba también las plantas y los bancos. Seguro que, debajo de ella dormían el césped y los parterres.

Bajo la terraza cubierta por un tejado saledizo había mesas y sillas: aquel debía de ser el lugar de descanso los días en que hacía mal tiempo. Y…

Bajo el alero de la terraza estaba Satoru sentado en una silla de ruedas.

Me moría de ganas de salir disparado del transportín, pero, como lo llevaba Noriko, refrené mis deseos de descorrer el pasador a mi antojo y salir.

—¡Nana!

A pesar de lo rollizo que se veía embutido en el plumón, Satoru estaba aún más delgado que cuando nos separamos la última vez, y tenía la cara muy pálida.

En las mejillas, de un blanco enfermizo, afloró la sangre… No voy a vanagloriarme de haber sido yo quien hiciera que sus mejillas se tiñeran del cálido color de la sangre, pero ¿a ustedes qué les parece?

—¡Qué bien que hayas venido!

Satoru hizo ademán de levantarse de la silla de ruedas. Estaba tan impaciente como yo por salvar la distancia que nos separaba. Yo deseaba abrir el cerrojo del transportín y salir disparado..., pero Noriko no sabía que yo pudiera hacerlo a mi antojo. Paciencia, paciencia.

Por fin, Noriko llegó al lugar donde estaba Satoru. En cuanto abrió la portezuela, salí disparado sin perder un instante y me planté de un salto sobre las rodillas de Satoru.

Él me abrazó con fuerza sin pronunciar una sola palabra. Yo ronroneé hasta que me dolió la garganta restregando con fuerza la cabeza contra su cuerpo.

¿No es un disparate total que estemos separados con lo bien, con lo estupendamente bien que nos llevamos los dos?

Me gustaría estar siempre, siempre así, entre tus brazos, pero el frío agudo y penetrante nos cala en un momento hasta los huesos. Y Satoru, débil como está, tiene terminantemente prohibido extralimitarse.

—Satoru.

Noriko lo llamó discretamente. También Satoru era muy consciente de que tenía que entrar, pero le costaba dejarme.

—Tengo la foto en la que salimos los dos en la cabecera de la cama.

Sí, ya me lo ha dicho Noriko.

—Así que no me siento solo, ¿sabes?

Eso es mentira. Una mentira tan grande que Enma-sama, el demonio que castiga a los mentirosos, en vez de arrancarte la lengua se echaría a reír.

—Cuídate también tú, Nana.

Tras abrazarme por última vez con tanta fuerza que casi se me salen las tripas por la boca, Satoru me dejó, y siguiendo las instrucciones de Noriko, me porté bien y entré en el transportín.

—Espera un momento, dejo a Nana en el coche y vuelvo.

Noriko me llevó de vuelta en la furgoneta y regresó a donde estaba Satoru.

¡Es hora de irse! Abrí el cerrojo del transportín, me escurrí por el interior del coche y esperé sentado en el asiento del conductor a que volviera Noriko.

Tardó una hora escasa en regresar. Se acercó andando con los hombros encogidos por el frío a través de la nevisca que danzaba a su alrededor.

Con un ruido seco, abrió la portezuela del conductor… ¡Ahora!

Sabiendo muy bien lo que hacía, me deslicé al exterior desde los pies del asiento del conductor.

—¡¿Nana?!

Noriko emprendió la persecución al instante, pero, por fortuna, en una carrera, un humano nunca podrá competir con un animal de cuatro patas. Corrí por el aparcamiento y la dejé atrás en un periquete.

—¡No te vayas! ¡Vuelve! ¡Ven aquí!

La voz de Noriko era casi un alarido lastimero. Perdóname, pero en esto no puedo complacerte. Soy un gato muy listo, que sé en todo momento lo que hay que hacer.

Con todo, me detuve y me volví hacia Noriko.

Levanté la cola con brío y…

¡Bueno, adiós!

Después de la despedida penetré corriendo en el paisaje nevado sin mirar atrás.

* * *

Bueno, bueno... por más que me jacte de ser un gato callejero, los inviernos de Hokkaido son muy crudos.

La nieve de las ventiscas, que te impide ver a un palmo de tus narices, no debería tener el mismo nombre que la que cae en Tokio.

Todo lo aprendido en mis paseos con Satoru me sería muy útil.

Los gatos con los que me había topado se ocultaban hábilmente en cualquier resquicio que encontraran para protegerse del frío. Y, además, seguro que en las cercanías de aquel hospital habría gatos que sobrevivían heroicamente.

Si era así, ¿por qué no podría ser capaz de sobrevivir también yo, que en todo momento había sido consciente de que un día u otro quizá podría verme obligado a volver a la calle?

Encontré varios lugares donde resguardarme del frío teniendo siempre como base de operaciones el hospital. El edificio era muy grande, y en el garaje y en el almacén abundaban los rincones donde podía colarse un gato. Por otra parte, debajo del suelo y de las calderas de las casas particulares se estaba bastante bien. Resultó que mis objetivos ya tenían moradores, pero el frío del crudo invierno fomenta la solidaridad. Entre gatos, son más frecuentes las veces en que compartimos gustosamente el espacio que las ocasiones en que el asunto deriva en pelea.

Dicen que los habitantes de Hokkaido tratan a los desconocidos con mucha amabilidad. Noriko le contaba a Satoru que era corriente, incluso, acoger en casa a borrachos y a viajeros.

Y es que si no fueran amables, se morirían; esta es la conclusión de la historia, que es algo más que una simple frase ingeniosa. Pero enseguida descubrí que esa ley también es aplicable a los gatos.

Los gatos del lugar me enseñaron incluso dónde encontrar comida: las casas o establecimientos con buenas sobras, los parques donde las mujeres daban de comer a los gatos. Por otro lado, como cerca del hospital había tiendas abiertas las veinticuatro horas, desempolvé la vieja técnica de ser adorable con cualquiera y conseguí arrancar tributos a los humanos.

Y, por supuesto, también contaba la caza. Atrapaba con facilidad pájaros hinchados o ratas con movimientos torpes por el frío.

Algunos camaradas gatunos me miraban con extrañeza, como si fuera un bicho raro, por haber vuelto a la calle tras gozar de la confortable vida del hogar. ¿Por qué lo has hecho? ¡Qué lástima!, me llegaron a decir a la cara. A sus ojos, yo no era más que un gato loco.

Para mí, sin embargo, había algo más importante que un lugar donde vivir a lo grande.

Ha parado de nevar y aún tardará en irse el sol. Es posible que... Rodeé el almacén que daba al vestíbulo del hospital... Exacto, tal como lo imaginaba.

Satoru salía por la puerta del hospital impulsando la silla de ruedas.

Cuando me acerqué corriendo hacia él con la cola erguida, Satoru se rio con lágrimas en los ojos.

—¡Has vuelto! ¡Pillo!

¡Eh! Ya sabes lo que le pasará a quien pretenda atraparme por la fuerza, ¿no? Que le arañaré la cara de arriba abajo y de izquierda a derecha, de modo que se pueda jugar al tres en raya sobre ella.

Al ver mi clara actitud de alerta, Satoru sonrió con amargura:

—Ya lo hemos dejado correr.

¿Ah, sí? Perfecto.

Al parecer, después de que me despidiera de Noriko, ambos habían sido presa del pánico. Satoru me dijo que, al enterarse de que me había escapado, del susto le había subido la fiebre.

Día tras día, Noriko había ido a buscarme, pero yo no era tan torpe como para dejar que ella me encontrara. ¡Vamos!

Y cuando, días después, aparecí ante Satoru, que había salido a la terraza abatido, su alegría fue indescriptible.

¿Lo ves? Te dije que me quedaría a tu lado hasta el final, ¿te acuerdas?

Satoru quiso mantenerme agarrado, pero eso no podía ser. Me revolví como un salmón recién pescado y me zafé de su abrazo.

Una vez en el suelo, le clavé los ojos de frente manteniéndome a una prudencial distancia. Satoru puso cara de niño antes de echarse a llorar. Tal vez en ese momento comprendió la decisión que había tomado.

—Eres tonto, Nana —dijo Satoru en un susurro, con el rostro contraído.

¡Muchas gracias por el cumplido!

Soy tu único gato, Satoru. Y tú eres mi único compañero.

Y, como gato orgulloso que soy, jamás abandonaré a mi compañero. Y si para continuar siendo tu gato hasta el final tengo que volver a la calle, pues no lo dudaré ni un segundo.

Avisada por Satoru, Noriko llegó sin aliento. No sé de dónde la habría sacado, pero al irse dejó una enorme jaula en el garaje. Claro que un servidor no es tan tonto como para dejarse atrapar.

Durante un tiempo, también el personal del hospital fue mi enemigo. Quizá a instancias de Noriko y de Satoru, me llamaban con voz dulzona con la intención de pillarme.

Pero, viendo que yo aparecía cada vez que Satoru salía a la terraza y que me retiraba cuando él volvía al interior, acabaron acostumbrándose a mí.

Noriko se llevó aquel mamotreto de jaula. El personal del hospital dejó de intentar atraerme llamándome con voz dulzona y empezó a ignorarme como se ignora siempre a los gatos callejeros.

Me convertí en el gato visitante de Satoru.

Los días en que no nevaba, Satoru salía unos instantes al exterior. Pasábamos juntos esos breves momentos. Yo comía el pienso o el tentempié de pechuga que me había llevado y me aovillaba sobre sus rodillas. Satoru me acariciaba detrás de las orejas o en el cuello, y yo ronroneaba... ¡Vaya!

Como cuando acabábamos de conocernos, ¿verdad?

En aquella época, cuando todavía no era tu gato, ya me gustabas mucho, ¿sabes? Esperaba con ilusión el momento de verte. Pero ahora me hace mucha, muchísima más ilusión que antes. Contigo he conseguido el nombre que tengo, he disfrutado de cinco años en tu compañía y te quiero decenas, centenas, miles de veces más que entonces.

Ahora que puedo venir a verte siempre que quiera, soy muy feliz.

—Miyawaki-san.

Una enfermera de mediana edad fue a buscarlo. Debía de tener los mismos años que Noriko, pero era bastante más rolliza que ella.

—Sí, gracias. Enseguida voy.

Tras responderle, Satoru me abrazó con fuerza. Cada vez que nos despedíamos, Satoru me abrazaba muy, muy fuerte. «Puede que esta sea la última vez.» Eso es lo que me comunicaban sus brazos.

¡Adiós! *Bye bye*! ¡Hasta mañana! Nos vemos aquí, ¿eh? ¡Seguro!

Lamí profusamente la mano de Satoru y salté de sus rodillas al suelo.

* * *

Por cierto, el hecho de que yo me convirtiera en un gato visitante ofreció pingües beneficios a los gatos con los que tenía trato.

Conmovidos por mi valor y mi cariño hacia Satoru, el personal del hospital y los visitantes empezaron a depositar comida aquí y allá en el solar. Todos creían ser los únicos que lo hacían, pero lo cierto es que su número fue en aumento y llegaron a ser muchos los que me alimentaban.

Como yo solo no podía comérmelo todo, lo compartía con los gatos que habían sido amables conmigo, en justa correspondencia.

* * *

La ventisca duró varios días.

* * *

Cuando por fin cesó, me escurrí detrás del almacén, desde donde se veía el vestíbulo. A pesar de que hacía un día radiante por primera vez en días, Satoru no salió a la terraza.

Al anochecer, Noriko llegó en la furgoneta plateada. Estaba muy pálida.

Cuando me acerqué a ella corriendo, me dijo:

—Perdona, Nana. Luego, ¿vale? —Y entró precipitadamente en el hospital.

* * *

Durante la ventisca, el estado de Satoru se había agravado ostensiblemente.

¿Ya habrá llegado la hora? Noriko se había dirigido al hospital entre la nieve que la azotaba de lado, sintiéndose como si se hubiera tragado una bola de plomo.

Se quedó varias horas en el hospital, y cuando amainó la tormenta, Satoru superó el punto crítico, pero no recobró el conocimiento.

Al amanecer, Noriko volvió a casa, solucionó algunos asuntos pendientes y descabezó un sueño, ya que la cama sencilla para los acompañantes no ayuda a dormir profundamente.

Al caer la tarde, la avisaron del hospital.

«Su sobrino agoniza. Venga inmediatamente.»

A su llegada al hospital, se topó con Nana, que había salido disparado de vayan ustedes a saber dónde.

—Perdona, Nana. Luego, ¿vale?

Durante la ventisca, poco habría comido el animalito. Pero no era el momento de preocuparse por Nana.

Satoru estaba en la habitación de siempre, y lo único que Noriko podía hacer era quedarse mirándolo.

En el monitor, las ondas del electrocardiograma mostraban una oscilación cada vez más débil.

Solo entreveía la figura de Satoru desde detrás de los médicos y enfermeros que se afanaban en rápida sucesión alrededor del paciente.

Un enfermero golpeó con la cadera una mesita que habían apartado a un lado de la cama y las dos fotografías que había, una junto a la otra, se cayeron al suelo. Noriko las recogió corriendo para que no las pisaran.

En una estaba la familia con Noriko, y en la otra, Satoru con Nana. La de la familia, él la había tenido siempre en la sala de estar, y la de Nana, en el dormitorio.

En aquel instante se oyó el eco del maullido de un gato, más bien parecía un aullido. Muchas, muchas, muchas veces.

Era Nana.

—El gato.

Se le escapó sin pensar. Algo que en circunstancias normales jamás habría dicho.

—¿Puedo traer al gato? Al gato de Satoru.

Era la primera vez en su vida que Noriko pedía algo tan insensato.

—Por favor. El gato.

—¡No me haga esta pregunta, por favor! —le dijo el jefe médico como si la reprendiera—. Porque si me hace esta pregunta, solo podré responderle que no.

Noriko salió disparada de la habitación. Corrió por el pasillo haciendo caso omiso de los rótulos que prohibían correr, bajó la escalera saltando los peldaños de dos en dos, pese a su edad, y corriendo salió del vestíbulo.

—¡Nana! ¡Nana! ¡Ven!

Nana acudió zumbando desde la noche como una bala blanca. Se subió de un salto a los brazos que le tendía. Abrazándolo, Noriko volvió corriendo a la habitación.

—¡Satoru!

Cuando entró en ella precipitadamente, la asistencia médica ya había concluido.

Corrió junto a la cabecera de Satoru, que el personal sanitario había dejado libre.

—¡Satoru! ¡Es Nana!

Un espasmo recorrió sus párpados cerrados. Se alzaron un poco, muy despacio, como si se rebelaran contra la ley de la gravedad.

Miró a Nana, miró a Noriko, volvió a mirar a Nana.

A Noriko la asaltó la desesperación. Estrujó la mano de Satoru, apretó con fuerza la cabeza de Nana.

Los labios de Satoru se movieron casi imperceptiblemente.

Las ondas de la señal del electrocardiograma dibujaban una línea recta.

Nana restregó la cabeza sin cesar, una y otra vez, en la mano de Satoru, que estaba inerte.

—Ha expirado.

Tras estas palabras, el jefe médico añadió:

—Esto no puede ser. Traer aquí un gato. Sáquelo de aquí enseguida, por favor.

El ambiente se relajó. La expresión del personal de enfermería se suavizó. A Noriko incluso se le escapó una risita. Y una marea inundó de distensión aquel instante como si se hubiera abierto camino a la fuerza.

La mujer lloró a lágrima viva como no lo había hecho desde hacía mucho, muchísimo tiempo, cuando era niña. Tras morir su hermana y su cuñado, estaba tan obsesionada pensando en el porvenir de Satoru que apenas había llorado.

El personal de enfermería desconectó los aparatos del cuerpo de Satoru y los retiró.

—Y el gato, sáquelo enseguida, por favor —le recordó el jefe médico antes de macharse.

Poco después, la garganta empezó a dolerle como si se la estrujaran, su llanto perdió fuerza y derivó en sollozos.

De pronto se percató de que una lengua rasposa le estaba lamiendo la mano. Delicadamente, muy delicadamente.

—Llevémonos a Satoru a casa, Nana.

Nana volvió a lamerle la mano como respuesta.

—Quizá sí pueda creerme que Satoru ha sido feliz.

Nana frotó la cabeza contra la mano de Noriko, y luego delicadamente, muy delicadamente le lamió la mano.

Última crónica

Las flores de color violeta y amarillo llegan hasta el infinito.

Los colores de Hokkaido en esa estación del año. Llenos de calidez y fuerza: los colores de Hokkaido a comienzos del otoño.

Yo estoy allí persiguiendo una abeja.

¡No, Nana!

Su voz me detiene con apremio. Me coge las dos patas, las sujeta en su puño.

Y si te pica, ¿qué?

Es Satoru, que me reconviene con una sonrisa.

¡Hola! ¡Cuánto tiempo sin vernos! Tienes muy buen aspecto.

Froto la mejilla una y otra vez contra el brazo de Satoru.

Gracias. Y tú, ¿cómo estás?

Pues bien.

Desde el día en que salió de viaje, Satoru me visita siempre en esa llanura. En la abierta e inmensa planicie rebosante de las flores que vimos en nuestro último viaje.

Pero aquí el frío del invierno de año tras año pasa factura.

Es que ya tienes una edad.

De la edad no me hables. Que tú dejaste este mundo cuando eras más joven que yo, así que no te crezcas.

A pesar de lo dulces que son los rayos del sol, menudos copos de nieve bailan en el aire mecidos por el viento. Es una nieve tan frágil que parece una ilusión... Por lo visto, el invierno está al caer.

Se acerca la hora de concluir mi crónica.

* * *

El funeral fue muy solitario, ya que solo asistieron los parientes de la parte de Noriko y de la madre de Satoru. Se celebró poco después de que se trasladasen a Sapporo y ninguno de los amigos y conocidos de Satoru vivía en la ciudad. Yo me quedé esperando en casa, dicho sea de paso, porque no me interesan demasiado los funerales que organizan los humanos.

Satoru había salido de viaje aquel día. Yo le había dicho adiós. Y ahora Satoru estaba dentro de mí. No tenía por qué reafirmar algo tan natural en un funeral dirigido a los humanos.

Satoru había dejado una lista de amigos y conocidos. Antes de su muerte, le había expresado a su tía el deseo de que se despidiera de ellos de su parte, y Noriko cumplió concienzudamente su última voluntad.

Como respuesta, recibió un sinfín de cartas y llamadas telefónicas de pésame. De los amigos de Satoru, por supuesto, y también de compañeros de trabajo, de sus jefes y de antiguos profesores suyos. Incluso le expresaron sus condolencias algunas personas a quienes no las había informado directamente y que se habían enterado por otros medios.

Noriko estuvo muy ocupada en responderles. En aquella época, casi todos los días escribía misivas de agradecimiento. Mantenerse tan atareada los días posteriores a la muerte de Satoru fue muy bueno para ella.

A mí me preocupaba hasta qué punto se vendría abajo cuando Satoru faltase. «Puede que envejezca diez años —me dijo Satoru después de ingresar en el hospital—. Así que quédate a su lado, ¿lo harás?»

De hecho, Noriko solo envejeció unos dos o tres años. Pero, vamos, como tampoco era muy joven —más o menos como Momo, la gata de Sugi y Chikako—, con dos o tres años más tampoco cambió tanto. ¡Vaya! Si me oyeran, quizá se enfadaran las dos, Noriko y Momo.

—Satoru trataba bien a todo el mundo, ¿verdad, Nana?

Esto parecía hacer muy feliz a Noriko. Pues, sí, cierto. A tu sobrino lo quería muchísima gente.

Todos lloraban la muerte de Satoru y hubo quienes dijeron que querían quemar incienso en su memoria. Yo los conocía a todos… Eran aquellos a quienes Satoru les había dejado una carta escrita de su puño y letra.

«Siento que tengan que desplazarse a un lugar tan lejano.» Noriko les mostró su agradecimiento, pero, como todos insistieron en ir, Noriko fijó un día para acogerlos a todos.

Fue justo cuando en Honshu estaban los cerezos en flor, aunque en Hokkaido aún habría que esperar. De hecho, en las calles umbrías de Sapporo quedaba todavía la pertinaz nieve.

Durante muchos días, el tiempo había sido impredecible, pero aquel fue un día radiante. Era como si Satoru les diera la bienvenida.

Y entonces llegaron unas personas de quienes yo guardaba un recuerdo entrañable… Kōsuke, Yoshimine, Sugi y Chikako.

* * *

Todos vestían de luto. Se mostraban circunspectos, con los labios prietos.

—Adelante, pasad.

Noriko fue la primera en juntar las manos ante el altar budista de la sala de estar.

—Satoru, han venido a verte.

Dicho esto, les cedió el puesto ante el altar. Empezó Kōsuke, seguido de Yoshimine y luego Sugi y Chikako. Todos le hicieron una ofrenda de incienso.

Kōsuke, que tenía el rostro desencajado, permaneció largo tiempo rezando con las palmas de las manos unidas.

Yoshimine lo despachó pronto con toscos ademanes y, al final, hundiendo la barbilla, bajó la cabeza ante la tablilla mortuoria budista. Sugi lo hizo con expresión de desconcierto y mordiéndose los labios. A Chikako se le llenaron los ojos de lágrimas y ella se las iba secando suavemente con la punta de un dedo. Aunque todos lo vieron, fingieron no darse cuenta.

—He encargado sushi para celebrar el funeral. Esperad, mientras preparo un consomé.

Ante las joviales palabras de Noriko, todos manifestaron su agradecimiento de forma muy ceremoniosa.

—Lamentamos ocasionarle tantas molestias.

En consonancia con las palabras de Kōsuke, todos fueron inclinando la cabeza al tiempo que formulaban expresiones similares.

—No os preocupéis. Estoy muy contenta de agasajar a los amigos de Satoru.

—¿Puedo ayudarla?

Chikako acababa de ponerse en pie, pero Noriko la hizo sentar con un ademán.

—No hace falta. No me gusta que los invitados entren en la cocina.

Fiel a su costumbre, Noriko lo había soltado con indiferencia, pero Chikako se molestó un poco. Si hubiera estado Satoru, este habría sonreído con incomodidad mientras decía: «Lo siento, de verdad. No tiene mala intención». Noriko tenía los ojos clavados en la tabla de picar y no se dio cuenta de nada. Lo cierto es que fue mejor así, porque si hubiera visto la expresión de Chikako, seguro que habría añadido algo a todas luces innecesario y habría acabado metiendo la pata hasta el fondo.

—Es mejor que juegues con Nana.

¡Vaya! Muy amable por desplazar la atención hacia mí. Me acerqué a Chikako y me restregué contra ella.

—¡Hola, Nana! ¡Cuánto tiempo sin vernos! Me hubiera gustado que te quedaras con nosotros.

Entonces, Kōsuke alzó la voz.

—¡Vaya! ¿Así que a vosotros también os llevó a Nana para ver si podíais quedaros con él?

Sugi dirigió una sonrisa incómoda a Chikako, que sonreía asintiendo.

—En casa no pudo ser porque no hizo buenas migas con nuestro perro.

—En casa no funcionó por culpa de un gatito —dijo Yoshimine sumándose a la conversación.

Entonces se rompió el hielo y todos se animaron hablando de mí. «Es que, aunque no lo parezca, Nana es muy quisquilloso, ¿verdad?» Kōsuke había hablado más de la cuenta. ¡Pesado! Y eso, a pesar de haber lloriqueado cuando se peleó con su esposa.

Por lo visto, ahora tenía un gato y vivía con la señora en cuestión. En el móvil llevaba un montón de fotos de una preciosa gatita a rayas grises y las exhibía con orgullo. ¡Vaya! Por más amigos de la infancia que fueran, no tenía por qué parecerse a Satoru hasta en eso... Justo acababa de pensarlo cuando Yoshimine sacó el móvil: «En casa también tengo uno». Yoshimine, ¡¿hasta tú?!

Rayas, aquel gatito que tenía un nombre tan poco original, se había convertido en un joven gato muy gallardo. Quizá fuera el fruto de mis enseñanzas, pero, por lo visto, incluso era capaz de cazar ratones.

—Es que conoció a Satoru cuando vino a casa y quería enseñarle una foto suya de ahora.

Y Yoshimine se acercó de nuevo al altar budista a mostrar la fotografía a Satoru.

—¡Qué rabia! Si hubiera sabido que íbamos a presumir de mascotas, habría traído el álbum de fotos.

A pesar del lamento de Chikako, la pareja no se quedó atrás. Sacaron sus respectivos móviles y exhibieron las fotografías de Momo y Toramaru.

—Tenemos un hostal donde se admiten mascotas. Podéis venir a visitarnos cuando queráis.

Sugi les pasó su tarjeta y acto seguido todos se intercambiaron sus señas.

Mira, Satoru, desde que te fuiste, todos los que te echan de menos están muy unidos, ¿lo ves?

—Nos encantaría que viniera también usted.

Sugi entregó una tarjeta a Noriko, que había aparecido con el sushi.

Dásela, dásela. No dejes de hacerlo. Quiero volver a disfrutar de vuestro televisor en forma de caja.

—Gracias. Quizá ya va siendo hora de que vuelva a subir al monte Fuji.

Ve tú sola, Noriko. Yo me quedaré esperándote en casa de Sugi y Chikako.

Se sentaron alrededor de la mesa y entonces la conversación se centró en Satoru.

—¡¿Qué?! ¿Que en secundaria Satoru no hizo natación?

Kōsuke parpadeó repetidas veces, atónito, y Yoshimine asintió con un gesto de la cabeza.

—Estaba siempre conmigo en el club de jardinería. ¿Tan bueno era en natación?

—Era uno de los mejores nadadores del club. Había ganado muchas competiciones y todo el mundo tenía muchas expectativas respecto a su futuro… ¿Tampoco lo hizo en el bachillerato?

Al ser interrogados, Sugi y Chikako negaron con un movimiento de la cabeza.

—Tenía muchos amigos, pero no participó en ninguna actividad extraescolar.

—¡Caramba! ¡Con lo rápido que era nadando! ¿Por qué lo dejaría?

—Seguro que fue porque tú no estabas, Kōsuke —dijo Noriko con indiferencia mientras me daba pedazos de la mejor parte del atún a los que había quitado el rábano picante.

¡Anda! ¡Vaya con Noriko! ¿Cómo puede ser que, con lo torpe que eres hablando, a veces encuentres una palabra de alta precisión y con ella des una estocada a quien se la diriges? A Kōsuke se le descompuso el rostro, como cuando había estado orando delante del altar budista.

—Mientras escribía las cartas, me contó muchas cosas sobre

todos vosotros. Que se había escapado de casa contigo, Kōsuke, por culpa de un gato. Que estabas preocupado porque te habías peleado con tu esposa.

¡Oh, no! ¿Qué dices? Eso podrías habértelo callado.

Kōsuke repuso precipitadamente: «Ahora estamos muy unidos los dos».

—Que se lo había pasado tan bien contigo, Yoshimine, y con tu abuela ayudando en las labores del campo. Que tú ibas a tu aire y que a Satoru se le habían puesto los pelos de punta cuando, en plena clase, saliste corriendo hacia el invernadero.

Yoshimine entrecerró los ojos y se quedó mirando a lo lejos con nostalgia.

—Que Sugi y Chikako eran una pareja de buenos amigos a quienes les gustaban mucho los animales. Que estuvo contentísimo de reencontrarse con ellos en la universidad.

Sugi puso una cara rara, como si le doliese algo y Chikako volvió a enjugarse las lágrimas que asomaron a sus ojos.

—¿Por qué...? —susurró Sugi— ¿Por qué Satoru no nos dijo nada sobre su enfermedad?

¡Vamos, hombre! Ya estás hablando de obviedades, entre dudas y titubeos. Como de costumbre.

¿Es que no lo entiendes?

—Yo me lo imagino.

¡Bravo, Yoshimine! No esperaba menos de ti. Si fueras gato, ligarías como un condenado.

—Porque quería despedirse de nosotros sonriendo.

Exacto.

Satoru os quería a todos, ¿lo sabéis?

Os quería tanto que quería llevarse consigo vuestra sonrisa.

¿Acaso no es algo fácil de comprender?

—La carta.

La voz de Kōsuke estaba impregnada de tristeza, pero él sonreía.

—Solo ponía cosas divertidas. Había bromas tontas. Pensé: «Esta no puede ser su última carta», y me reí y todo, ¿sabéis?

Todos debían de saber de qué les estaba hablando porque soltaron una risita. ¿Pero qué diablos pusiste en las cartas, Satoru? No sé, pero creo que despedirse de este mundo no es algo que tenga que tomarse a risa necesariamente.

—Y acababa diciendo: «Gracias». Muy típico de Satoru —susurró Chikako apretando los dientes.

Y siguieron hablando de sus recuerdos de Satoru hasta la hora de coger el avión de regreso. Noriko los acompañó al aeropuerto en la furgoneta plateada... Desde que Satoru había salido de viaje, nuestra furgoneta plateada era la furgoneta de Noriko.

Ya no era el coche mágico que nos mostraba diferentes paisajes a Satoru y a mí, pero era un buen coche que funcionaba sin sobresaltos. ¡Manos a la obra! Antes de que Noriko volviera, tenía un trabajillo que hacer.

Ya había caído la noche cuando Noriko regresó y, al entrar en la sala de estar, soltó un chillido.

—¡Otra vez! ¡¿Otra vez con lo mismo, Nana?!

Había sacado todos los pañuelos de papel de la caja que había en la sala, sin dejar ni uno en ella.

—¡¿Por qué ha sacado los pañuelos de la caja si no vas a usarlos?!

¡Ja, ja, ja! Enfrascada en su enojo y en poner orden, se le habría borrado de golpe la tristeza de la despedida.

—¡Qué desperdicio! ¡Pero qué desperdicio!

Mientras iba de un lado a otro recogiendo los pañuelos de papel, Noriko sonrió dejando escapar de golpe un soplo de aire suave.

—¿Sabes una cosa, Nana?

¿Qué cosa?

—Sí, Satoru fue feliz.

¿Acaso no te había asegurado que había sido feliz justo después de que muriera?

¿De qué estás hablando a estas alturas? Seguro que Satoru estaría sonriendo con aire pícaro.

* * *

Y pasaron los años, muchos años.

Por lo visto, Kōsuke había convertido su negocio en un estudio fotográfico para mascotas. Al comunicárselo a Noriko le dijo que, como la idea fue de Satoru, me haría fotografías gratis siempre que lo deseara. Pero en la tarjeta de felicitación que mandaba todos los años aparecía la gata de pelo gris con disfraces estrafalarios y gesto hosco, así que *No, thank you.*

De vez en cuando, Yoshimine enviaba verduras de su huerto. «Ya sé que en Hokkaido hay verduras buenas», decía en las cortas misivas que adjuntaba siempre. Mandaba tal cantidad que Noriko no se las podía acabar sola y tenía que correr, de aquí para allá, repartiéndolas entre los vecinos.

Noriko fue conmigo una vez al hostal de Sugi y Chikako. Mejor dicho, ella fue con la intención de subir al monte Fuji y a mí me dejó en la casa. Hasta que regresó, pude disfrutar del televisor en forma de caja hasta saciarme.

Momo se había convertido en una elegante abuelita y el chulo

Toramaru había adquirido un poco de sentido común. Siento lo que pasó aquel día, se disculpó. Y me dio el pésame por la muerte de Satoru.

¡Ah! Se me olvidaba. Sugi y Chikako habían tenido una hija. Una niña marisabidilla que recibió a Noriko diciendo: «Bienvenida, abuelita», lo que molestó un poco a la aludida.

Año tras año, los frutos de la acafresna forjan un rojo sobrecogedor y la nieve pronto empezará a endurecerse, capa a capa.

¿Cuántas, cuántas veces habré visto ya el rojo que Satoru me enseñó?

Un día, Noriko trajo a casa a un invitado inesperado.

—¿Qué hacemos, Nana?

De la caja de cartón que llevaba en brazos salían unos maullidos que recordaban a las sirenas. En su interior, había un gatito blanco, marrón y negro. No un tricolor «frustrado» como Hachi y como yo, sino un puro tricolor. Por supuesto, era hembra.

—La han abandonado, y como tú vives en casa, he pensado que...

Olisqueé a la gatita, que seguía maullando como una sirena, y la lamí cariñosamente.

Bienvenida... Tú serás mi sucesora, ¿sabes?

—Ya ha pasado por el veterinario. Nana, ¿te llevarás bien con ella?

Claro. Pero dale leche pronto. Me parece que tiene hambre, la pobre.

Me metí en la caja y me arrimé a la gatita tricolor para darle calor. La gatita me buscó los pezones en la barriga. Por desgracia, no tengo.

—¡Vaya, vaya! Veo que tiene hambre. He comprado leche en el veterinario. Voy a calentársela.

Y, de pronto, el día a día de Noriko comenzó a girar en torno a los cuidados de la gatita.

* * *

Colores violeta y amarillo, como un aluvión.

La llanura sepultada hasta el horizonte bajo las flores que vimos en nuestro último viaje.

Satoru me visita siempre en un sueño teñido de estos colores.

Hola, Nana. ¿Cómo te va últimamente? ¿Estás algo fatigado, tal vez?

Pues sí. Momo, la gata de Sugi y Chikako, hace algunos años que se fue. Puede que yo no llegue tan lejos como Momo. Y, mira, acaba de llegar a casa una gatita para reemplazarme.

¿Mi tía está bien?

Desde que ha recogido a la gatita parece que ha rejuvenecido, ¿sabes?

Noriko le puso a la gatita el obvio nombre de Tricolor. Una perogrullada barata idéntica a las de Satoru, pese a que no la unían con él lazos de sangre.

¡Vaya! ¡Nunca hubiera imaginado que mi tía llegaría a recoger un gato!

Satoru parecía muy emocionado.

Pues, ya ves, al final resulta que tenía disposición para ser una chiflada por los gatos. Cuando encarga sushi, siempre me da a mí la mejor parte del atún.

¿Ah, sí? Pues yo, lo de la mejor parte del atún, me lo pensaría un poco, se rio Satoru.

Es que para ella soy su primer gato.

Claro, claro.

De todos modos, aunque vivamos juntos, yo no soy el gato de

Noriko. Yo seré siempre, para siempre, eternamente, tu gato, Satoru. Así que no puedo ser el gato de Noriko.

¿Te vienes ya?

No tardaré. Pero me queda una última cosa que hacer.

A Satoru, que ladeaba la cabeza extrañado, le dediqué un carraspeo mientras hacía temblar los bigotes.

Tengo que educar a Tricolor. Noriko la cría fatal.

La mima tanto que, si fuera a parar a la calle, la palmaría en dos días. Al menos tengo que inculcarle el abecé de la caza.

Cuando la cojo por el cogote, dobla bien las patas, así que tiene buena madera. Mucho más que Rayas.

Cuando Tricolor sea una gata hecha y derecha, emprenderé el viaje… hacia este lugar que solo puedo ver en sueños.

Oye, Satoru. ¿Qué hay al final de esta llanura? ¿Hay muchas cosas hermosas?

¿Podré viajar de nuevo a tu lado?

Satoru sonrió. Me aupó. Para mostrarme el lejano horizonte desde la altura de sus ojos.

¡Oh!… Nosotros hemos visto muchas, muchísimas cosas juntos.

* * *

Los barrios donde creció Satoru.

Los campos de verdes arrozales susurrando al viento.

El mar que alzaba un rugido pavoroso.

El monte Fuji que se te venía encima.

El cómodo televisor en forma de caja.

Momo, la preciosa gata de mediana edad.

El chulo e ingenuo Toramaru, de pelo atigrado.

El blanco y gigantesco ferry cargando coches en la barriga.

Los perros que le agitaron la cola a Satoru en el cuarto de las mascotas.

El lenguaraz gato chinchilla que me dijo *good luck*.

La inmensa tierra de Hokkaido extendiéndose hasta el infinito.

Las vigorosas flores de color violeta y amarillo que florecían junto al camino.

Los campos de susuki tan parecidos al mar.

Los caballos que pacían en la hierba.

Los frutos bermellón de la acafresna.

Todos los matices del rojo de la acafresna que Satoru me enseñó.

Los bosques de delicados abedules plateados.

El cementerio claro y alegre.

Los ramos de flores con los colores del arco iris que dejamos en ofrenda.

El trasero del ciervo con forma de blanco corazón.

… Y el gran, gran, grandísimo arco iris que brotó del suelo trazando un doble arco.

Y, sobre todo, la sonrisa de quienes amamos.

* * *

Mi crónica está a punto de acabar.

Y eso no es triste, en absoluto.

A mí también me espera otro viaje, el último, y finalmente yo también he aprendido a decir gracias.

FIN

Índice

Este libro
terminó de imprimirse
en Madrid
en febrero de 2024